MW01241496

La villa de los deseos

José Antonio Gioffré

Novela

Título: *La villa de los deseos*
Edición: Noviembre de 2018
© Horacio Gioffré
ISBN: 978-1729551714
Edición: La Caverna, escuela de escritura creativa
Cubierta: Foto del Archivo general de la Nación de Argentina
Diagramación: Mónica María Orjuela Contreras
Revisión: José Díaz Díaz

Sueño

Siete de mayo de 2001
Soñé con mi papá, es la tercera vez que lo hago desde
que él murió (octubre del dos mil). Pero la primera
sabiendo que estaba muerto, lo encontré caminando
por la calle, caminamos juntos, le puse mi brazo sobre
el hombro y le besé la frente, tenía calor, se sacó su
abrigo negro y yo lo lleve. Fue un sueño hermoso y en
el final me mostró escrita una frase en la pared que
decía:
"Lo absoluto siempre es verdadero".
Horacio Gioffré

Introducción

Por Horacio Gioffré

Finalmente acá estamos con el libro editado, pasaron muchos años, con decirles que yo era chico y me acuerdo cuando mi papá terminó de escribir su novela. Era su orgullo, su obra, una historia que había querido contar hace mucho tiempo.

Lo obsesionaba la problemática social, y las diferencias entre los que más tienen y los que no tienen nada. Su idea era publicarlo pero comenzaron a pasar los años, las décadas y no podía hacerlo. La melancolía y la frustración le ganaron y ahí quedaron sus deseos.

En octubre del 2000 falleció pero solo en lo físico. Él me acompaña todos los días. Debido a que mi familia y yo vivíamos en Miami, La publicación póstuma del libro entró en un mar de incógnitas. Yo estaba seguro de que había dos copias pero vaya a saber dónde, hasta que hace muy poco apareció una. Mi mamá—que también ya falleció— se la había entregado a mi hijo mayor, en uno de los últimos viajes que él hizo a la Argentina. Ahí estaba la copia, hojas amarillas con las correcciones que alguna vez le hicimos juntos, y entonces solo quedaba cumplir con la obsesión y el deseo de mi querido viejo, de mi querido Pepito, como le decíamos cariñosamente. Había llegado la hora de publicar su obra magna.

No solo para mí sino también para mi mamá, mis hermanas, mis sobrinos, mi mujer, mis hijos, publicarlo es una manera minúscula de agradecerle todo lo que nos enseñó ¡Gracias, viejo!

1

Venía del interior, para ser más preciso, de la ciudad de Quimili, al sur, en los suburbios, cerca de Santa Justina en la provincia de Santiago del Estero. Uno de los mercados exportadores más importantes del país en la distribución de carne humana, ya que nutría la existencia de todas las 'villas miserias" de nuestras metrópolis y del prolífico cinturón que la circunda.

Mis padres habían muerto y frente a la vida quedé solo.

Estaba en juego mi futuro y decidí abandonar el pueblo, no había nada en él que me atara a su destino. La miseria y el hambre eran las principales industrias de ese pueblo que se moría mansa y lentamente. Los chiquillos raquíticos y descalzos con las costillas al aire como un barco viejo pudriéndose en el agua, se consumían rodeados de todas las desgracias y miserias inimaginables. La lucha contra la naturaleza para poder malvivir, hacía la vida de los pueblerinos un infierno real y permanente. El olvido trágico de los gobernantes por las más elementales normas de la convivencia humana, engendraba en el ánimo de las gentes una apatía tal, que todo les resultaba indiferente y rutinario.

Conociendo todos esos antecedentes no quería cometer el error de seguir vegetando como lo hacían muchos de mis paisanos. Era joven, apenas si contaba con veintitrés años, mi vida recién se asomaba a su destino. Mis conocimientos librescos de lector precoz, contaminados de latinajos y frases célebres constituían mi brújula para navegar el mundo. Aún no estaba contaminado ni moral ni físicamente. Mi cara curtida por el sol y la vida, expresaban bien mi preparación para enfrentarlo.

Mi orgullo era la herencia que mi padre me había dejado al morir, su nombre criollo como el Mandubay y que él siempre había sabido llevar: Agustín Flores, y que yo sabría continuar con decoro. También le heredé un físico con el cual me sentía confortable. Casi uno ochenta de estatura, de rasgos marcados y varoniles en un cuerpo delgado y firme semejaba un porte atlético que me hacía sentir ágil de espíritu y de mente. Así que, vendiendo los pocos enseres que tenía logré reunir algún dinero para mantenerme por un tiempo, luego vería qué hacer sobre la marcha.

Tenía algunos parientes por parte de mi madre en Tucumán, pero ni pensé en decirles nada de mi viaje ¿Para qué? Total, no me podían ayudar en nada. Bastante hambre tenían ellos y la situación no se prestaba como para aguantar otra boca más, por esos lares el hambre se heredaba. Se me presentaba un porvenir preñado se sombras e incertidumbres y ese camino lo quería recorrer yo solo. Hasta el fin.

Tanta era la necesidad de buscar alojamiento, como de buscar trabajo. Y así perseguido por el hambre perenne que roía las entrañas de todas las provincias me largué decidido en busca de la gran aventura. Hacia lo desconocido, que repelía a todo ser de un ambiente extraño, y sin embargo me atraía, por lo que había sentido y oído comentar. Abrí los brazos como si estrechara en ellos a la gran capital del sur ¿Esta le abriría los suyos? Esa era la gran incógnita.

En el andén de la estación la gente andaba apresurada, despidiéndose con besos, abrazos y apretones de manos. El tren pitaba apresuradamente y se aprestaba a partir. Yo me hallaba sentado al lado de una ventanilla, en un vagón de segunda clase. Llevaba largo tiempo que no montaba en tren, desde que dejara el servicio militar, y ahora, todo el paisaje que desfilaba ante mis ojos me parecía completamente nuevo. Mientras el tren partía me acomodé en mi asiento y entrecerrando los ojos me dediqué a evocar mi vida pasada. Me veía pequeño y de guardapolvo blanco, sobre el sulky guiado por mi hermano Salvador, que ya hacía muchos años había muerto en un accidente trabajando en una obra de la zona. Mis primeras letras, mis peleas con otros compañeros; más tarde el abandono de clases para ayudar a mis padres en las labores del campo y el cuidado de un minúsculo rebaño de ovejas. Recordé aquella vez que una víbora casi me pica y me quedé paralizado del susto, pero salvado por mi hermano que de un estacazo le aplastó su chata cabeza haciéndosela papilla en el instante.

Los años transcurrían inexorablemente en ese ambiente hostil, la vida se hacía dura, hachando, arando la tierra bajo un sol de fuego. Desnutridos y harapientos los que sobrevivían llegaban a hombres, pero hombres de verdad forjados al rojo vivo en la lucha por la vida, de esa pobre vida, y que aun así nadie quería perderla. Todos teníamos la esperanza de verle la vida al buen Dios, inalcanzable e inaccesible ¿Pero qué importa? Para que apareciera al fin a traer un poco más de justicia y de humanidad para los pobres. Al poco tiempo vino el fallecimiento de mi hermano en ese desgraciado accidente, y luego la muerte de mi madre, lo que dejo sumido en la oscuridad del dolor a mi padre, así como a mí. Cómo me dolía todo eso que había dejado en mi alma un sabor amargo imposible de superar. Mi padre quedo afectado, nunca se repuso de tan lamentables pérdidas que a la larga lo llevaron a la tumba. Recuerdo que a veces lo veía vagar con la cabeza baja doblegada por el viejo sombrero echado sobre los ojos, recorriendo lugares comunes que ya no andaría más ni mi madre ni mi hermano. De noche al volver de las faenas cotidianas nos sentábamos a conversar y veía en esa mirada apagada la profunda melancolía que le traía esos recuerdos. Estaba presente a mi lado y al mismo tiempo ausente. Esa tristeza lo fue minando paulatinamente hasta convertirlo en un guiñapo. Lamentablemente lo veía derrumbar pero yo no sabía cómo podría ayudar a evitarlo.

El tiempo no transcurre en vano, para ese entonces ya había cumplido dieciocho años y tuve que enrolarme. Para ese entonces yo era ya un hombre serio y responsable. La vida me iba tallando con trazos indelebles, forjando mi alma y mi carácter duro como la naturaleza que me rodeaba y seco como el suelo de Santiago, olvidado de la mano del buen Dios. Para entonces, los libros y los consejos de don Calixto Pereyra, un maestro viejo y retirado, suavizaron en parte la dureza de mi alma resentida, de esa forma me hice un autodidacta, conocí grandes pensadores y leí sobre pueblos de los que nunca había oído nombrar, descubrí la trayectoria de la humanidad a través de sus milenios y fases, conocí cómo la gran mayoría de la gente viven de la manera vil y miserable, en fin, que mis conocimientos me ampliaron la visión del mundo y de la historia. Don Calixto me fue puliendo en perseverancia y tesón, como si hubiera sido mi padre.

Pensando de esa manera, casi ni me di cuenta que el tren estaba haciendo una parada. Aproveché para bajar y desentumecer un poco mis piernas mientras fumaba un cigarrillo, vicio que había contraído durante el servicio militar. Mientras descansaba, miraba un afiche de propaganda de cierta marca de cerveza que una hermosa rubia con las piernas abiertas y los brazos en alto sostenían una botella, y que algún gracioso, de esos que nunca faltan, dañó dibujando con burdos trazos un líquido que parecía desgajaba de los magníficos muslos de la rubia. El traqueteo del viaje me había dejado molido, encendí otro cigarrillo y corrí al baño, me estaba orinando.

La locomotora bufaba de nuevo invitándonos a subir presto para partir. Me volví a sentar y dejar que mis nalgas se durmieran junto a la dureza de la madera del banco. Ya no tenía sueño, volví a tomar el hilo de mis pensamientos ubicándome de nuevo en el pasado de mi vida. Entrecerré los ojos y las alas de mi imaginación me transportaron al recuerdo de Elena, mi primer amor de adolescente, carente de todo romanticismo. Fue un amor pobre, nervioso, infeliz como era todo lo de mi pueblo. Recuerdo un beso suave, lleno de timidez y cálida ternura, luego nos veíamos a hurtadillas y nos besábamos cada vez más apasionadamente, hasta mordernos los labios. Le acariciaba las tetillas firmes y puntiagudas, estremeciéndonos como si estuviéramos locamente afiebrados. De vuelta a casa me deleitaba en solitario, haciéndome el firme propósito que en la siguiente entrevista debía poseerla. En ese sentido Elena era muy arisca, y hasta agresiva. Pero el deseo de penetrarla se convirtió en obsesión. Ella me permitía todo pero nunca que la encaramase. Cuando veía mis intenciones se defendía como una gata salvaje. Le gustaba el jueguito y al mismo tiempo le rehuía. En aquel entonces yo contaba ya con dieciséis años y vibrara placentero al menor roce sexual, me costaba contener mis impulsos varoniles. Estaba obsesionado por conseguir ese placer, que aunque era natural estaba prohibido y por esa razón doblemente deseado; mi imaginación trabajaba a millón, fantaseaba con cien formas distintas de poseerla, pero siempre me faltaba la oportunidad para concretar mis ansias amatorias. Así fue que una tarde al caer el sol, ya casi anocheciendo, después de un día por demás caluroso, regresaba de efectuar una diligencia y me encontraba atravesando el lecho de un riachuelo seco,, cuando de pronto vi que Elena, caminando delante de mí. Mi corazón ante lo inesperado casi se detiene al ver la visión de mis sueños, empecé golosamente a paladear la oportunidad anhelada.

El sitio se prestaba para ello. Sentí la boca seca, y no arrancaba ni para atrás ni para adelante. Me sobrepuse a ese temor que me inhibía. Y la llamé con desespero así me pareció a mí, porque ella no me sentía y seguía su marcha. De mi lengua no salía ni la voz trate de tranquilizarme y lo logré a medias. Empecé a correr y le di alcance inmediatamente, al sentir mis pasos se volvió y sus ojos se dilataron asombrados.

—No esperaba verte por aquí, me dijo y yo tomándola por la cintura y reteniéndola le contesté:

—Nos encontramos por casualidad, pero ya que estamos aquí—seguí diciéndole—aprovechemos esta hermosa puesta de sol y esta quietud y sentémonos por un rato. Al juntarnos nuestros cuerpos, afloró a mi mente impúdicamente un deseo sexual avasallante, sentía que mi sexo pugnaba por librarse de su escondrijo y golpeaba mi entrepiernas con un ritmo escandaloso. Tomé a Elena por la cintura y la besé detrás de la oreja, con un beso cálido y suplicante. Mi mano nerviosa le acariciaba su sexo sobre la bombachita corta y sedosa. El fuego que empezaba a despedir Elena aunado al mío gestaba el incendio que terminaría por quemarnos. Tomé una de sus manos y suavemente la hice acariciar mi miembro al que ya le había abierto la compuerta de su liberación. Al sentir el contacto me imaginé que iba a retirar su mano, en forma instintiva apenas si lo hizo, entonces reteniéndola la besé en los labios intensamente y sus dedos febriles aprisionaron mi sexo que en esos momentos clamaban venganza con belicosa desesperación. Pensé que iba a poseerla y mi corazón se agitaba con clamor. Nos tiramos al suelo y más que sacársela le arranque la bombacha y de súbito me encaramé sobre ella, Elena viendo mis fogosas intenciones trataba de recular, pero sus forcejeos me enardecían cada vez más.

Aún viven en mí sus palabras nítidas de entonces, temblorosas, llenas de miedo a lo desconocido destilando ansiedad en cada gesto. Y al evocarlas después de tantos años, aún me emociono y se me forma un nudo en la garganta. Había sido mi primer deslumbramiento sexual. La posesión fue breve con características casi de animalidad y sobre sus muslos morenos y lisos llovió el semen infecundo. Aunque luego quise repetir la prueba, Elena se opuso con tenacidad. Lloriqueando y sin mirarnos nos pusimos de pie, la vergüenza la inundaba y me hacía sentir incómodo frente a ella, regresamos al pueblo separados para evitar las murmuraciones, nuestra despedida fue silenciosa sellado con un beso salobre.

Luego nos seguimos viendo pero en forma esporádica, ella trataba de rehuir todo encuentro, tenía miedo de reincidir, nuestras entrevistas fueron espaciándose cada vez más, hasta que Elena comprendió que había muerto para mí. Nunca más pude poseerla de nuevo y lo único que mantengo vivo es ese hermoso recuerdo juvenil.

Pasaban los años y los veía correr a través de mis pensamientos monótonos, vacíos de esperanza. El porvenir se diluía antes de llegar a su objetivo. Muchas veces me preguntaba mientras realizaba mis labores ¿qué será de mí? ¿Morirse de hambre en este pueblo olvidado y miserable como todos los míos? O ¿tendré que emigrar como lo hacían muchos jóvenes? Quién sabe. Me llamaron para hacer el servicio militar, un año que había perdido y del cual ni me quería acordar. Cuando regresé volví a retomar el gusto de mis cosas, de mi trabajo, y encontré a mi padre más consumido y con menos ganas de seguir viviendo. Lo ayudaba como podía y nos conformábamos con poco, lo suficiente como para no morirnos de hambre. Nada era nuestro, ni tierra ni animales solo un rancho mísero sin arreglar desde la muerte de mi madre. Don Santiago— que así se llamaba mi padre— no tuvo interés en arreglarlo en lo mínimo, dejando que se cayera poco a poco así como se iba derrumbando él moral y físicamente. Algunas herramientas, muy pocas y bastante usadas, por cierto, algunos muebles y unas pilchas que servían para nutrir polillas, todo esto al final constituiría mi herencia, lo que me correspondía. Lo pienso y me dan ganas de llorar. El viejo sin dármelo a entender se dejaba morir lentamente, manso y resignado... yo lo veía pero, ¿qué podía hacer? Cuando uno se obsesiona son inútiles los consejos, se vive para esa idea fija que le carcome el cerebro, que lo va destruyendo paulatinamente. Sus deseos pesaban más que todas mis palabras de aliento, mis razonamientos quedaban todos anulados, estaba cansado de vivir, de sufrir mejor dicho y se entregaba, sin rebelarse, resignado con su sino con estoicidad total. Sus palabras como despidiéndose de la vida, me dejaban entrever que su final no estaba muy lejano. Mi intuición no me defraudó, a los pocos días al volver de mis tareas encontré a mi padre acostado, creí que estaba durmiendo y lo dejé. Ya casi de noche fui a preparar algo para comer y entré a llamarlo pero como no despertaba, me acerque y lo toque en el hombro. Su inmovilidad me sobresaltó, Rápido encendí la lámpara y la acerqué a su cara, mi padre no dormía, ¡estaba muerto! Sus facciones sufridas y su barba blanca me impresionaron y las lágrimas afloraron a mis ojos y aunque yo era duro, lloré, lloré por mi padre, por mi desamparo y por la angustia que atenazaba mi corazón.

Esperaba este desenlace pero no tan pronto, su decaimiento había sido visible y creo que su muerte fue causada por la pena y la amargura de haberse quedado solo y porque estaba cansado de vivir como un paria en su propia tierra, ya no tenía ganas de luchar para él no existía el porvenir, y si existía estaba completamente a la intemperie y yo no contaba con fuerza suficiente para sacarlo de su obstinación y para hacerlo aferrar de nuevo a la vida. En los primeros instantes no atiné a nada, dejaba que mis lágrimas corrieran libremente por mi rostro. Recuerdo que me arrodillé y con la cara entre mis manos muertas lloré quedo, sin tragedias ni gritos, resignado a lo inevitable. Luego me lavé la cara y me peiné, salí para avisar a algunas amistades y les encargué que transmitieran la noticia a los más alejados. Regresé al rancho junto al cadáver que aún parecía dormido, acomodé un poco las cosas, prendí algunos cabos de velas viejos y tiré la comida al diablo. Mientras tanto, llegaron algunos conocidos y entre todos preparamos el velorio. Esa solidaridad en esos momentos tan desgraciados me conmovía en lo íntimo. Yo andaba como si estuviera dopado, nos quedamos sentados esperando el final de esa noche interminable, sentía los murmullos y los cuchicheos de la gente, pero estaba ausente, ensimismado en la desgracia y el dolor que me embargaban.

Así fue como me encontré solo en el mundo y tuve la corazonada de cambiar de aires, no sé si sería para bien o para mal, el tiempo lo diría, pero de lo que estaba seguro era de que en mi pueblo no viviría más.

El traqueteo del tren a medida que avanzaba me producía una agradable somnolencia, hasta que me dormí profundamente, cuando me desperté estábamos entrando en la estación de Retiro, punto final de mi largo y monótono viaje. Ahora comenzaba una nueva vida para mí, entraba a lo extraño y desconocido y aun así no estaba acobardado, más bien un poco asustado. Bajé del tren con mi pequeña valija y me encaminé a la salida. El espectáculo que vi me deslumbró y me atontó al mismo tiempo. Eso era en realidad un maremágnum: ruidos, voces, gritos, por lo que veía la ciudad estaba en plena confusión, mientras tanto la estación seguía vomitando gente hacia la gran ciudad. Esto era normal en la vida de la gran urbe, por lo que sabía y por lo que había sentido pero nunca me imaginé que podría presenciarlo. A este ritmo febril debía adaptarme o claudicar, no había otra alternativa, además ya estaba adentro del monstruo que era la capital de la República, y que para mí lo era doblemente, acostumbrado a la quietud de mi pobre pueblo de Santiago. Debía dirigirme a la calle veinticinco de Mayo y Paraguay, ahí vivían algunos amigos que me podrían orientar, pregunté a un vendedor de diarios que me indicara cómo podría llegar hasta allí, el lugar no estaba muy lejano, así que me fui caminando. Era una pensión, enseguida la ubiqué, lucía un frente bastante deteriorado, pregunté y me hicieron pasar, me presenté como el hijo de don Santiago Flores, luego de las consabidas preguntas y respuestas que siempre se estilan en estos casos, acerca de familiares y amigos me invitaron a cenar a lo que accedí gustoso. Mi estómago me lo estaba pidiendo a gritos, luego pasamos a hablar sobre mi futuro. Para que me fuera ubicando de cómo era la ciudad y estableciera comparaciones, entre mate y mate me fueron contando sus vidas, humillaciones y alegrías, y por lo que sentía, sobresalían las humillaciones. Ellos trabajaban en una empresa constructora como peones mal pagados, desarrollando un trabajo bastante duro pero no había alternativas y tenían que aguantar. Además ¿qué podían pretender? Era gente de campo y sin profesión, elementos como ellos pululaban por la gran ciudad, el hambre los había hecho emigrar y ahora andaban a la deriva *puchereando* cómo y donde podían. Yo me involucraba en las mismas condiciones que mis paisanos y debería aceptar lo que me ofrecieran, así resultábamos presa fácil para quienes se lucraban con nuestras necesidades, carne en tránsito para la explotación.

El crecimiento industrial que ya empezaba a declinar en la medida que Europa se iba estabilizando económicamente después de la guerra, absorbía toda la mano de obra barata de muchos desplazados del interior, no existían diferencias entre nosotros, los tucumanos, cordobeses, correntinos, etc., incluso con los chilenos paraguayos o bolivianos, todos formábamos esa gran masa fluctuante de muertos de hambre. A mí el trabajo no me asustaba aunque las expectativas dejaban mucho qué desear. Esa noche dormí con ellos en la pensión, la cuestión— pensaba yo— era comenzar a trabajar sin ninguna clase de pretensiones. Luego ya veríamos. Al día siguiente a las seis de la mañana estábamos los tres en pie, listos para comenzar la jornada, me dijeron que me quedara pero yo no quise. Quería conocer, verlo todo y hablar con el capataz de la obra. Luego de tomar una taza de café emprendimos el camino hacia la esperanza, en especial para mí que estaba desamparado. A medida que íbamos caminando los amigos se afanaban por mostrarme su veteranía en el conocimiento de la ciudad. Todo era novedoso para mis ojos y los aturdía con mis preguntas a veces un poco absurdas por el desconocimiento urbano pero ellos se encargaban de ilustrarme. Llegamos a la obra casi sin darnos cuenta, situada en la calle Córdoba antes de la Carlos Pellegrini, la obra constaba de tres pisos y estaba en plena marcha.

Ya empezaba a llegar la falange de asalariados, electricistas, yeseros, albañiles, herreros y un sinfín de gente de diferentes especialidades, de los que hacen todo y no tienen nada. Aunque esta frase no es nada nueva ni es de mi autoría, puesto que existe desde que el mundo es mundo y valga la perogrullada. Al entrar marcaban una tarjeta de identificación en un reloj y luego se dirigían a sus respectivos trabajos, ubicados en los diferentes pisos de esa gran colmena que resultaba ser esa obra en construcción. En ese momento venía el capataz y mis compañeros le solicitaron trabajo para mí, este era un señor italiano relativamente joven que nos atendió con cierta amabilidad, luego nos dijo que la nómina estaba completa y que por ese momento no precisaba peones. Nos retuvo hasta que llegó el arquitecto. Quizás— dijo el— podría ubicarlo en alguna otra obra, porque tiene varias—. Le agradecí cortésmente, luego mis compañeros entraron a trabajar y yo me quedé justo a la entrada. Como a las dos horas se acercó un coche y del mismo bajó un señor bien atildado y por los papeles que traía supuse era el arquitecto. Efectivamente así era porque al rato salió el capataz y me llamó. Me explicó que lo único que podían ofrecerme era un puesto de sereno de noche y durante el día tenía que ayudar a los albañiles que estaban trabajando.

Se trataba de una incipiente construcción por el barrio del Once. Ni lo pensé. Acepté de inmediato. Si quería ya podía comenzar o si no a la mañana siguiente. Opté por ir esa misma noche. Me dio la dirección: Sarmiento, antes de llegar a Pueyrredón, al mismo tiempo me advirtió que si quería conservar el puesto no debía ausentarme de noche de la obra y no emborracharme, le aclare que conmigo no tendría problemas de ninguna índole ya que precisaba trabajar con urgencia. Tuve suerte de encontrar trabajo enseguida. Agradecido me despedí del capataz quien me deseo suerte, y me dijo también que avisaría a los de la obra. Cuando miré el reloj faltaba un cuarto para las once.

Al rato tres golpes producidos en un trozo de hierro colgado con un alambre anunciaba la hora de salida. La obra empezó a vomitar obreros, algunos iban a comer a la fonda, otros llevaban su propia comida. Salieron mis dos amigos y fuimos a comer a una fondita cercana que ellos ya conocían. A las trece horas empezaban a trabajar de nuevo, así que teníamos tiempo de conversar. Les conté del trabajo ofrecido y ellos se alegraron mucho, me dijeron que era un magnifico comienzo, además tenía resuelto el problema del alojamiento. Únicamente tenía que pensar en vestir y comer, con un poco de suerte podría ahorrar algo. Me indicaron cómo llegar hasta allí, mi pequeña valija me serviría para llevar mis cosas y volver el día siguiente a la pensión. Me sentí feliz. Ese churrasco y la ensalada me fortalecieron. A las dos de la tarde ya estaba en el lugar de mi trabajo. La calle Pueyrredón parecía una romería. Qué diferencia con la gente de mi pueblo tan tranquila y con tiempo para todas las cosas, aquí en cambio parecía afiebrada y entendí que debía adaptarme a ese ritmo costase lo que costase. Me paré en la esquina mirando como fluía la vida en incesante movimiento, adivinando bajo las polleras de las mujeres que pasaban contoneándose, las nalgas voluptuosas y las caderas cimbreantes. Suspiré hondo y traté de cambiar la mira de mis pensamientos. Me estaba haciendo mala sangre fantaseando con esos cuerpos tan apetitosos.

Doblé la esquina y me introduje por Sarmiento, crucé la calle y me encontré con la dirección indicada. Tras las chapas que circundaban el frente de la obra, algunos obreros efectuaban diversas tareas, pregunté por el encargado y al rato me hizo pasar mostrándome la piecita del sereno. En realidad no era una construcción nueva sino una refacción que abarcaba desde el sótano hasta los pisos superiores; la casa se hallaba desocupada y después de las cinco de la tarde yo como sereno era el patrón de ella. El encargado era un hombre de cierta edad y de muy buen carácter, andaba alrededor de los cincuenta años, era argentino de la capital y todo el mundo lo llamaba Don Silvestre. Afablemente me fue indicando todo lo que debía hacer y lo que no debía hacer también. El trabajo en realidad era sencillo, atender a la gente que trabajaba y prepararles la comida al mediodía. Al finalizar las tareas diariamente debía limpiar y guardar las herramientas, además de barrer los restos de materiales que siempre se amontonaban en el patio y los pasillos. Le expliqué que hacía pocos días había llegado del interior y que desconocía todo, para que otro obrero me orientara por el comienzo. Llamó a otro muchacho de mi edad y le dijo:

—Che, pibe ¿vos vivís solo, no? ¿Tenés inconveniente en quedarte unos días para avivarlo y ayudarlo un poco? Es un cabecita negra que llegó hace poco y parece un buen chico. Y dirigiéndose a mí me preguntó: ¿cómo te llamas?, ¿de dónde sos?

—Me llamo Agustín Flores y soy de Santiago del Estero.

—No te dije, Raúl, así se llamaba el otro joven, es un cabecita macanudo.

Yo me quedé intrigado con ese mote de "cabecita" que me endosaba pero decidí averiguarlo en la primera oportunidad que se me presentara, Raúl mientras me miraba a mí, le respondió a Don Silvestre:

—Yo no tengo ningún problema y con eso y a usted le debo algunas gauchadas, creo que me puedo quedar, total a mí nadie me espera en casa.

Le agradecí con la mirada.

—Bien, pibe después te anoto una hora de más por la molestia. Y tocándome la cabeza le dijo: avivámelo enseguida a ver si lo hacemos bueno.

En cuanto quedamos solos le pregunté a Raúl qué era eso de "cabecita", que aunque no lo había dicho en tono despectivo, me quedó sonando porque ya tenía referencia de que los porteños eran la piel de Judas cuando hacían chistes, claro que no serían todos, por supuesto. Y además, de ninguna manera me iba a prestar a ese juego, yo tenía nombre y por él tenían que llamarme. Raúl era un año mayor que yo, delgado, de ojos claros y dientes parejos; de estatura mediana, bien parecido y tirando a rubio, porteño y oriundo de la capital, por lo que deducía que se la sabía todas, era colocador de azulejos e igual que yo, andaba solo en el mundo. Así que en cuanto me oyó, largó una carcajada al mismo tiempo que me palmeaba el brazo. Por favor, no te enojés, me dijo—Primero, ya que tenemos que convivir, vamos a tutearnos. ¿Te parece? Asentí con un leve movimiento de hombros —y segundo, que aquí en Buenos Aires a todos los que vienen del interior sean hombres o mujeres enseguida los tildan de "cabecitas negras" así que mirá si está difundido el término.

—Y ¿a qué se debe ese apodo sacado de la fauna?— Le pregunté yo.

—Bueno eso es muy sencillo, se debe al pelo renegrido y color aceitunado y obscuro de la piel y también muchas veces a las facciones angulosas, verdaderos descendientes de indígenas.

—Y eso que tiene que ver, ¿acaso no soy argentino como vos? O es que los del interior valemos menos.

—No, no es eso Agustín, pero qué se yo de dónde salió eso de cabecita negra. Pero estoy seguro que muchos porteños vamos a trabajar al interior y no somos capaces de realizar el sacrificio de ustedes, para poder subsistir, porque nosotros aquí vivimos mal, pero ustedes están peor, mucho peor. La vida es dura trabajan de sol a sol, hambrientos y mal vestidos, viven como los topos o en ranchos que parecen taperas, permanentemente tienen la espada de los desalojos sobre la cabeza y a la larga deben emigrar como lo hiciste vos.

—Todo eso es cierto, Raúl, muy cierto, si yo emigré de mi pueblo, fue porque somos unos parias en nuestra propia tierra, es una vergüenza que en un país rico tengamos que vivir como mendigos.

—Y además puedo asegurarte que de acuerdo a varias estadísticas tenemos o vamos en camino de tener los mejores superávits en analfabetismo, en raquitismo, etc., y si esto fuera poco, en varias provincias la enfermedad de los pobres, la tuberculosis, empieza a levantar cabeza de nuevo.

—Vamos a ver si en esta ciudad llena de espejismos donde brilla el oro falso de los prejuicios estúpidos tengo más suerte que en la tierra de mis mayores— Le repliqué.

Nos disponíamos a salir cuando vinieron mis dos amigos a traerme la valija, los invité a entrar pero no quisieron. Quedamos en visitarnos más adelante y se fueron contentos de verme bien colocado. Mientras esperaba a Raúl encendí un cigarrillo, él me acompañaría a efectuar algunas compras y de paso me enseñaría cómo debía movilizarme. Salimos y algunos negocios comenzaban a encender sus luces; enfrente nuestro el subterráneo lanzaba a sus pasajeros a borbotones, mientras caminábamos me iba señalando los negocios de los cuales yo sería un futuro cliente. En la esquina, sobre la garita, un vigilante los brazos en cruz parecía la imagen de Cristo resucitado. Compré algunas ropas y un par de zapatillas y lo suficiente para cenar y matear. Cuando emprendimos el regreso estaba anocheciendo. Mientras Raúl preparaba el fuego para tomar unos mates, yo fui acomodando las cosas de mi valija. En la piecita había una cama, un cajón de manzanas que servía de mesita de luz toda forrada en papel de diario, un ropero bastante deteriorado con ausencia total de un espejo, en vez de puerta, estaba cubierta con un trozo de cartón. En las paredes, algunas fotos de mujeres bien desvestidas, por cierto, matizaban el ambiente, languideciendo con las nalgas llenas de polvo. Pasé la escoba por las paredes y el piso para limpiar un poco. Con unos tablones cortos improvisamos una mesa a la que vestimos con papeles de diarios y que resultaba lo más barato. Al rato, Raúl me pegó un grito— Che, Agustín, vení a tomar unos mates. Corrí complacido. De tanto polvo que había tragado tenía la garganta seca. Nos sentamos sobre una pila de ladrillos. La noche iba cayendo lentamente como la entrega de la mujer soñada. Como sucede siempre entre los muchachos la conversación derivó al terreno sexual y aunque Raúl era de mi edad, en cuestiones amorosas tenía más experiencia. Sus palabras así me lo dejaban entender. Un muchacho que practicaba bailes y que se había hecho en la calle, por fuerza las tenía que saber todas, paulatinamente me fue avivando de todas la mañas y los modismos de la gran ciudad los rebusques para las 'minas" como decía él; la forma de catalogarlas y hacerles el 'tren", en fin era un diccionario lunfardo. A pesar de estar un poco cohibido por el tema demasiado escabroso su desparpajo y la franqueza de sus palabras terminaron por desarmarme.

Tomando mate agotamos la pavita de aluminio de todo su contenido, estábamos ahítos, nos levantamos y luego de encender un cigarrillo fuimos a la calle. Las luces iluminaban las aceras como si fuera de día, la gente pasaba indiferente. Raúl miró su reloj— son las ocho y media—, me dijo— ¿vamos a comer? Acepté con un leve movimiento de cabeza, rápido preparamos la mesa, y empezamos a cenar con parsimonia ajenos a todo lo que nos rodeaba. Serios y circunspectos, hablamos poco y nada, estábamos exclusivamente dedicados a masticar. Cuando terminamos de cenar la tanda de la comida había durado exactamente cuarenta y cinco minutos.

Nos miramos y de inmediato nos reímos con estrépito. Estábamos satisfechos. Raúl puso el agua para preparar café, eso era algo que yo no estilaba, pero me gustó. Para los hambrientos era una mala costumbre a la que de inmediato me aficioné. De todos modos para mí no dejaba de ser un lujo. Para Raúl era normal, luego con el correr del tiempo me daría cuenta de muchas cosas que teóricamente eran normales pero que en los hechos nos eran negadas. Para eso había que hurgar profundo en la realidad y asimilar un montón de cosas, lo único que se podía apreciar a simple vista eran las rebeldías de un pueblo manso con un futuro luminoso, pero sin objetivos inmediatos, la confusión sembrada era tan extensa que resultaba difícil salir de ese marasmo. La voz de Raúl me sacó de mi ensimismamiento—Voy a comprar cigarrillos, ¿querés vos?

—No gracias, le respondí—por ahora tengo.

Me puse a limpiar la mesa, junté todas las sobras, las envolví en un trozo de papel y las arrojé al tacho de los desperdicios. A todo esto había pasado más de media hora y Raúl no volvía, ya empezaba a tener sueño, acostumbrado a dormir temprano allá en mi pueblo. El sueño me entraba por los ojos y bostezaba cansado. Cuando me iba a acostar sentí pasos y el taconeo de una mujer. ¿Quién será? Me pregunté algo intrigado y picado por la curiosidad esperé impaciente. Entró Raúl acompañado de una joven agradable y bien parecida, me la presentó como una vieja amiguita suya, ella se llamaba Marta y su pelo rubio me pareció auténtico, como así también sus encantadores contornos. Nos sentamos y tomamos un café, a mí la verdad, se me esfumó el sueño como por encanto, la luz de la pieza pegaba en su cara de perfil haciendo brillar sus vellos como si fuera la pelusa de un apetitoso durazno. Raúl la había visto en la esquina cuando cruzaba la plaza, la conocía muy bien, como me aseguró después, se había acostado varias veces con ella. La invitó a quedarse. La miré como diciendo dónde la ponemos. No te hagas problemas, me dijo Raúl con talante serio, la acostamos en el medio. Marta que había captado mi alarma se echó a reír y luego nosotros la seguimos ruidosamente. Esa risa terminó por darme el valor que me faltaba y sus piernas también, y luego era yo el que insistía para que se quedara, pero esa noche resultó imposible, estaba comprometida, y según ella, no le gustaba defraudar a ninguno. Se despidió de nosotros con la promesa formal de que volvería, agregando— cualquier noche de estas me vengo a dormir aquí—y señalándome a mí me dijo—Siempre que vos no te enojés— ¿Enojarme yo? Con las ganas que tenía—Vos vení y ya vas a ver—. ¡Dios te oiga! Agregué hasta que no vengas de nuevo tendré que bajarla con la mano—. No seas exagerado, me contestó Marta riendo.

—Te digo la verdad, si no mirá—, el pantalón palpitaba como si tuviera vida, delatando así mis intenciones bastante visibles—. Raúl y Marta largaron una carcajada al unísono, tan espontánea como alegre, festejando las travesuras de mi sexo inquieto y enervado. Sentí la flacidez apropiarse de mi miembro dadas las risotadas de mis amigos hasta que recuperó su tamaño natural terminando con la bravura que lo había levantado.

—No importa, ríanse les dije—la noche que vengas a dormir conmigo me reiré yo pero esa noche para que baile vas a tener que tocarlo.

—Pero si yo no me asusto, dijo Marta riendo aún, para mí es una cuestión de rutina, para que sepas yo me gano la vida tocando, así que...

—La acompañamos hasta la puerta, Raúl antes de llegar le dio un beso y yo para no ser menos le acaricie las nalgas suavemente ¡Qué hermosa fuente de placer! Nos separamos como buenos amigos, cerramos la puerta y nos fuimos a dormir pero ya con los instintos bastante excitados.

— ¿Te gusta, Agustín?— Mirá yo no sé si la veo tan apetecible o será que tengo hambre de sexo, de cualquier manera es innegable que me gusta, y lo que es seguro es que esta noche voy a soñar con los culos más lindos del mundo. Bueno Raúl vamos a dormir si no mañana no nos vamos a levantar. Apagué la luz y cada cual se dio vuelta para su lado, enseguida nos quedamos dormidos. Opulentos y lujuriosos culos en mi imaginación danzaban al baile los sexos, agitándose con todo frenesí. Nunca había tenido sueños eróticos tan persistentes como esa noche. Acaso fuera la inseguridad de mi existencia que no me permitía pensar en otra cosa, ahora, más o menos se iba consolidando, entonces mis sueños se extendían. Quizás fuera el deseo contenido por tanto tiempo. Marta con su caminar había sublevado mi psiquis. Por lo visto en el subconsciente tenemos algún rincón pequeño que genera el erotismo, que, aflora impensadamente en nuestros sueños. Pero, ¿qué mortal puede sustraerse a la tiranía del sexo?

De repente sentí que una mano me sacudía el hombro. Era Raúl que me despertaba. Las seis y media ya. Qué barbaridad. Las horas se habían pasado vertiginosamente. A las siete empezaba la rutina diaria, tenía que abrir la puerta, dentro de poco empezarían a llegar los obreros. Nos lavamos la cara y nos peinamos, mientras yo calentaba el agua. Esos sueños me habían dejado la boca seca y unos mates no vendrían mal, Raúl, con sigilo, iba a vaciar una lata llena de orina que había usado durante la noche.

Estábamos tomando mate cuando llego el capataz. Luego de saludarnos, preguntó cómo estaba el santiagueño. Raúl lo miró y se sonrió — si sigue así dentro de un mes va a resultar un bárbaro —. Por favor, les dije— me parece que están exagerando.

—Mirá, dentro de un rato van a traer unos materiales, tomá un lápiz y un papel y controlan todo, después me traen la boleta para firmarla—

A todo esto ya llegaban los obreros, unos clavos en la pared sostenían unas hojas de papel y sobre ellas colgaban sus ropas luego con otras hojas las tapaban para evitar el polvillo que siempre flotaba en el ambiente. La actividad de la colmena iba *in crescendo*, cantos, risas, silbidos, ruidos acompañaban otro día de labor fecunda y creadora. Yo me dirigí hacia la puerta de la calle a esperar los materiales. El movimiento de la calle era de nervios, la gente apurada en busca de sus transportes, los camiones descargaban mercancías. Pasaron algunos cargados de basuras que a veces al frenar de golpe llenaban la calle de desperdicios, acompañados de un hedor a diablos que me hacía aguantar la respiración. Veía que la vida era una lucha incesante, un movimiento perpetuo de transformación, la ciudad vibraba y por mis arterias fluía la vida armónica, subyugante y poderosa. Un bocinazo me anuncio que los materiales llegaban. Me acerqué y le dije al chofer que ya podía descargar. Se me echó a reír en la cara:

— ¿Yo lo voy a descargar? Andá pibe, dile al capataz que mande un peón.

—Está bien, usted perdone, yo no sabía.

—Es igual pibe, pero no es nada, anda, apúrate.

Llame a Don Silvestre y le trasmití el pedido. Es cierto, me dijo ya te mando dos peones y no olvides controlar bolsa por bolsa.

— Pierda cuidado y quédese tranquilo—, le respondí—Cuando terminé con esa tarea me dispuse a efectuar las compras para el almuerzo de los obreros. Los negocios abarrotados evidenciaban la abundancia, lo que contrastaba con la miseria de mi pueblo, el contraste era evidente en todos los aspectos. Aquí se veía altos rascacielos, allá la gente vivía en cuevas y ranchos arruinados, aquí se comía mal, mal o bien pero se comía, iban mejor vestidos y hasta se podría decir que en relación había hasta despilfarros. Claro que yo estaba viendo una zona céntrica, y no conocía los suburbios, más adelante podré hacer las comparaciones del caso.

2

Me preparé para cocinar la comida. Encendí el fuego y al rato la carne despedía un olorcito agradable que despertaba el apetito. Don Silvestre pegó un grito: ¡Las once muchachos! Automáticamente los obreros pararon sus actividades y se aprestaron a comer. La comilona transcurrió rápido y alegre luego casi todos buscaron un nicho cómodo para echarse su siestita. Raúl estaba más bien planchado sobre los tablones fumando un cigarrillo. Lo acompañe y fume también. En mi cabeza había surgido una idea y quería llevarla a la práctica, para eso era mejor hablar con Raúl, el me orientaría faltaba una hora para reiniciar los trabajos entonces tendríamos tiempo para conversar.

—Oíme Raúl, tengo una inquietud y quisiera que tú me asesoraras, ya que sos el único con quien tengo más confianza. Yo desearía aprender un oficio, el de albañil, por ejemplo, ¿qué te parece? Porque esto de trabajar de sereno para mí no es ningún porvenir, pan para hoy y hambre para mañana.

— Me parece que vos no sos ningún gil, querés progresar rápido, además y en relación con otros cabecitas sos bastante despierto, creo que tuviste una idea espléndida. Mira, hasta que terminemos esta refacción llevará meses así que si vos asimilás, podés llegar a ser un medio oficial práctico. Vamos a ver al capataz —, dijo empezando a caminar—, total todavía es temprano, así conocemos su opinión—. Dicho y hecho, fuimos en su busca, y lo encontramos en la puerta mirando el transitar apurado de la gente.

—Resulta, Don —empezó diciendo Raúl—que a Agustín, si usted no lo toma a mal, desearía aprender el oficio, en sus horas libres, porque él piensa que la única riqueza de un obrero son sus conocimientos y su cultura.

—Lo que vos pensaste—, dijo el capataz dirigiéndose a mí—, me parece muy bien eso me demuestra que tenés un espíritu ambicioso y que mereces mi apoyo. Dentro de mis posibilidades te daré todas las facilidades para que puedas progresar y te ganes la vida eso sí en forma decente sin necesidad a recurrir a otros caminos que terminan mal y que la crónica policial señala a diario. Ahora, te quiero aclarar que no será nada fácil porque la gente es muy egoísta y muy envidiosa, siempre vas a encontrar obstáculos, pero de tu asimilación depende tu evolución, y para que veas que me agrada tu franqueza y tu buena voluntad, desde ya Raúl va a ser quien te enseñe lo más elemental más adelante yo mismo te enseñaré a conocer los planos y sus escalas.

Conmovido hasta las fibras más íntimas de mi ser le agradecí con lágrimas en los ojos, diciéndole usted es un padre para mí, estoy solo en el mundo y la bondad demostrada y sus palabras de aliento han calado profundo en mí, siempre estaré en deuda con usted y con Raúl, mis únicos sostenes en esta selva.

—Vamos, vamos muchacho, me estás emocionando y no es para tanto lo que pasa es que la gente consciente siempre actúa así, créeme que es la única manera de andar bien consigo mismo, yo también tengo hijos y espero que los traten de igual manera—. Raúl me apretó el brazo y me dijo ¿qué te dije? ¡Es un tipo macanudo!

Don Silvestre no era demagogo, decía para mis adentros. Decía y hacía. Una persona derecha, a mi entender, pensé yo. La gente de nuevo retomaba el hilo del trabajo hasta las cinco de la tarde, el trabajo sería incesante y mi corazón estaba alegre y agradecido. El oficio de albañil me gustaba, era quizás por el reto de la construcción y lucha con la naturaleza como estaba acostumbrado en mi tierra, al aire libre y bajo las inclemencias del tiempo. Era un oficio duro y más duro aún su aprendizaje, pero mi constancia vencería. Con el correr de los días me fui iniciando en los diversos matices, robándole horas a mi descanso en aras de un porvenir firme, objetivo y definido. Raúl ya dormía en su casa y de vez en cuando venía en las noches a tomarse un mate, a veces recordábamos a Marta quien no había vuelto. Mis deseos eran controlables pero el recuerdo de su cuerpo y el ansia de poseerla vivían en mi subconsciente. A veces mis sueños preñados de lujuria me jugaban una mala pasada y me despertaba con la eyaculación, era un orgasmo inevitable y ajeno a mi voluntad. Razonaba que ante la miseria vivida en mi pueblo, sin objetivos, el deseo de aprender me fortalecía y lo sacrificaba todo con tal de vivir como un ser humano. Mi abstinencia, mi lucha interior que a veces era terrible, mis deseos frustrados no eran óbices para llegar a lo que me había propuesto. Mi sacrificio de hoy—pensaba— será mi triunfo de mañana la experiencia así lo enseñaba. Y, ¿si todo este esfuerzo y sacrificio fueran en vano? ¡Pavadas...! Si todos fuéramos a pensar así, no valdría la pena vivir, la vida es una lucha permanente, en todos sus órdenes y el hombre debe luchar. Si se detiene caerá rápido en el grupo de quienes viven agazapados en la mezquindad y el abandono.

Mientras tanto, la casa iba tomando forma debido a su terminación y la pintura fresca inundaba la estancia con un olor peculiar. A medida que la obra se terminaba Don Silvestre iba licenciando personal y ya solo quedaban los que terminarían los pequeños detalles que por lo general son los más dispendiosos. Raúl se afanaba con el capataz para que yo entendiera bien los planos, querían enseñarme todo eso antes de que terminara la obra. No sabíamos si iríamos juntos a un nuevo trabajo y de ahí el apuro. El personal era rotado según las órdenes del señor Antonio Bozum, arquitecto y propietario de la empresa constructora. Si las circunstancias de la vida me llevaban a buscarme un nuevo trabajo debía estar preparado para hacerle frente, no como peón sino como un medio oficial. Con el visto bueno de mis instructores, ya me sentía distinto, sin pedantería pero seguro. Mi espíritu de autodidacta lo traía desde pequeño, esta era una oportunidad y no podía desdeñarla. El hombre que amplía sus conocimientos es aquel que está en condiciones de usar su propia cabeza, de no condicionar su hombría al servilismo y de ser un elemento útil a su época y sus semejantes.

El viernes, la gente andaba alegre. Esa tarde Raúl se quedó a hacerme compañía, era la hora tranquila de tomar unos mates. Sentí que Raúl era un verdadero amigo. Pura intuición, creo que no me equivocaba, desinteresado y leal. Sentí la necesidad de agradecérselo y me acerque a él y lo abracé.

—Sos mi amigo, Agustín, así lo siento. En la vida lo único perdurable es la amistad y un amigo de verdad no se consigue en cualquier parte, pero basta ya de sentimentalismos que ya no somos unos adolescentes—. El agua estaba a punto para empezar el mate, mientras Raúl lo cebaba la tarde transcurría lenta como las de mi pueblo y no sé porque recordé la tarde en que poseí a Elena. En mi cuerpo sentí que penetraba una lánguida melancolía tan dulce y suave que me hizo estremecer, los recuerdos de sus gemidos repercutían en mi sexo aletargado. Alejé esos pensamientos de mi mente. No era bueno atosigarme sin encontrar un desahogo. Así que invité a mi amigo a que diéramos un paseo por la plaza. Me dijo que sí. Nos arreglamos un poco y en un santiamén ya estábamos en la calle. La plaza nos estaba esperando con todo su bullicio. En las bancas, las parejas románticas volcaban sus ansias con miradas tiernas y dedos entrelazados. Mis ojos incansables y desesperados veían los coloquios amorosos y mi cuerpo vibraba de deseo ansiando encontrarme en *un tete tete* de esa naturaleza; despacio íbamos dando la vuelta a la plaza y ya habíamos llegado al punto de partida cuando vi a Marta cruzando la calle. Con el codo toqué a Raúl y la llamé: Marta, Marta, ella nos vio y se acercó.

—¿Cómo te va chiquita, te olvidaste de los pobres?— le resopló Raúl— Dijiste que ibas a venir y no te vimos más el pelo ¿qué te paso?

—No se enojen muchachos, la verdad es que ando con unos problemas de familia que son una locura, y tengo que ir durmiendo de un lado para el otro en casa de mis amigas, y con esa preocupación ni me acordé de visitarlos—. Entonces, yo que la estaba devorando con los ojos le repliqué—Mira vos sabés donde vivimos, así que tu visita será siempre bien recibida.

—Oíme— nos dijo— mañana sábado después de las diez os vengo a hacer una visita y así charlamos un rato, ¿qué les parece?—Raúl nos dijo que para esa hora tenía una reunión con amigos y que tal vez no podría estar y luego remató: — Agustín es un buen pibe, discreto y responsable que no te va a comprometer, además con él no te vas a aburrir, así que si no lo decís por salir del paso, puedes venir con toda tranquilidad.

—No, esta vez va en serio, dijo ella, si les prometo que voy a venir será así. Y para que veas, podés ir comprando algo para cenar.

—Por eso no te hagas problemas, le contesté presto, eso es lo de menos vas a ver que te voy a tratar bien y que te voy a complacer.

—Bueno muchachos, nos vemos mañana—. Mi corazón pateaba en todas direcciones, vislumbraba la posibilidad del placer y me hacía sentir feliz y rebosante, en cambio Raúl se lamentaba diciendo— Lo único que te pido ya que yo no voy a estar es a ver si la enganchas para otra oportunidad, además a vos te va a venir muy bien con el apetito atrasado que tenés.

—La cuestión es que venga, si no me voy a quedar con las ganas y ahora que me hice tantas ilusiones, bueno, si no viene se puede ir al diablo ella y su sexo—. De todos modos, pensaba, que si no venía podía tratar de buscar una sustituta que la reemplazara ya que el cuerpo no me daba más espera. En cuanto llegamos Raúl preparo algunos churrascos y yo me fui directo al baño pues tenía una orinada atrasada. Luego de cenar tomamos café y después de encender un cigarrillo nos tiramos sobre la cama hablando siempre de lo mismo, del sexo y de Marta. No salíamos de hablar de lo mismo y por nuestras venas se deslizaba la sangre rápido y con ardor. Estábamos llenos de deseo y a nuestra edad, ¿quién no está siempre dispuesto a una lucha amorosa? Es la edad, el macho incansable siempre en pugna por la posesión, es la rebelión de los sentidos erotizados, cuando el macho saturado suda esperma. Me preguntaba para qué profundizar más en ello y ¿si no venía Marta? El saldo iba a ser un doloroso espasmo en los testículos, creí más conveniente derivar mis pensamientos hacia otros derroteros menos eróticos.

—Decime Raúl, ¿al terminar este trabajo tienes idea si me van a enganchar para otro?

—No he oído comentar nada, qué va, pero acordame mañana para preguntarle al capataz. Él nos dirá—. Hablando de eso nos fuimos quedando dormidos hasta que apagué la luz. Me desperté a las cinco de la madrugada por los truenos y la copiosa lluvia. Raúl roncaba armoniosamente. Yo no pude dormir más. Dos horas más tarde se despertó protestando ante diluvio tan tremendo— Estuve toda la noche pensando en las tetas de Marta— dijo— ¡esas sí que son tetas!

Tomamos mate apurados, ya no quedaba mucho tiempo para que llegara la gente a retomar su trabajo. Le dije que no se le olvidara preguntarle al capataz sobre el nuevo trabajo, él me dijo que claro que estaba preocupado por eso y que habría que aceptar lo que viniera porque el trabajo estaba escaso — ¿No lees los diarios vos? Me parece que se viene una hambruna del carajo que mejor ni hablar y la gente entonces se regalará por un plato de sopa. Entretanto llegó Don Silvestre mojado hasta los cojones. Pase, pase, le dije y cámbiese de ropa porque si no va a coger un resfriado—Ojalá venga la gente a trabajar, me dijo, con este diluvio...

Raúl lo invitó con un mate calentito mientras lo saludaba y le hacía sitio para que se cambiara de ropa. Entretanto yo le guiñé el ojo a Raúl y este sin más le espetó:

—Dígame Don Silvestre, sin ningún compromiso, ¿qué perspectivas de trabajo tenemos para el futuro cuando terminemos este?

—Vean muchachos, la verdad es que siempre a ustedes dos les tuve confianza, así que no tengo por qué ocultarles nada. Hasta ahora no sé pero en cuanto venga el arquitecto le preguntaré, así sabremos a qué atenernos. Porque yo estoy en la misma situación que ustedes, tampoco sé dónde voy a seguir—. El cielo continuaba descargando sus odres escandalosamente y los obreros calados hasta los huesos uno a uno iban llegando a la obra. Ya cerca de las once de la mañana llegó el arquitecto y le echó una ojeada a los trabajos. Satisfecho le fue pagando uno a uno y don Silvestre iba anotando todo. Los despidió hasta el lunes siguiente. La lluvia había amainado y posiblemente por el resto del día ya no llovería más. Eso me alegró pensando en la cita nocturna que se avecinaba. El señor Bozum por intermedio del capataz había satisfecho nuestras inquietudes. Don Silvestre y Raúl irían a otra obra mientras que yo seguiría como sereno para cuidar y mantener limpia la casa hasta tanto los dueños regresaran del viaje que habían emprendido al exterior. La responsabilidad crecería puesto que ya no cuidaría ladrillos sino toda la mudanza guardada en un depósito que regresaba a la nueva casa. Don Silvestre me confirmó que si me legaban esa responsabilidad era porque me tenían plena confianza. Al Rato Raúl celebrando mi ascenso y reconociendo mis habilidades se preguntó ¿quién sería ese cretino que dijo que los cabecitas no eran despiertos? Y anda a saber, repuse seguro, modestia aparte, y eso que yo no soy ninguna lumbrera. Riéndose, Raúl se despidió—Hasta el lunes—, espero que te diviertas con nuestra amiga esta noche. Es un "bocado de cardenal".

—Quien sabe, A lo mejor me está tomando del pelo y no viene—. Le respondí dubitativo.

Tranqué la puerta. Vi que había dejado de llover y el tiempo favorecía mi cita. Para dejar todo limpio y en condiciones seguí limpiando como una hora más. Eran ya las dos de la tarde y todavía no tenía hambre, silbando una zumbita pegadiza me fui a la pieza, descansé un rato, luego me puse en cueros me lavé y friccioné bien, mi piel morena brillaba bajo el agua al reflejo de la luz, algunas gotitas corrían bajo mi pecho y terminaban sobre el vello de mi pelvis. Me sentía fuerte y eufórico. Me vestí y peiné despacio, ahora sí sentía hambre. Preparé algo para comer y lo engullí de una, luego tome café, prendí un cigarrillo y me tendí sobre la cama. Me dormí tranquilamente. Cuando desperté eran las siete de la tarde. Esa siesta me había venido muy bien. Si debía trasnochar era conveniente que estuviera descansado, en caso de que Marta viniera. Me vestí y me afeité y salí a comprar algo para cenar. Me guardé mil pesos en el bolsillo del pantalón y en ese momento la desconfianza me atenazó en mi desconfianza. Era mejor prevenir que curar, a Marta la conocía apenas y yo tenía unos pesos guardados así que tomé mis precauciones y escondí mis ahorros. Era mejor así. Con las compras hechas y silbando suavecito regresé a mi pieza, escenario futuro que iba a cobijar, aunque fuera por esa sola noche a una nueva y desnuda. Preparé la cena fría y mientras fumaba un cigarrillo le di una mirada al ambiente y vi que algo desentonaba. Era que había acceso de luz. Necesitaba crear un ambiente tenue donde la desnudez de Marta fuera realzada. Mi fantasía volaba y mi excitación iba *in crescendo*. Encontré un trozo de tela roja de esos con que anuncian los remates, colocándola sobre la lámpara logrando una luz difusa de un tono incitante que invitaba a hacer el amor y quedó todo preparado para presentar "la miss en escena" después de cenar cuando el sexo vibrara de pasión y los sentidos se perdieran en cada acoplamiento.

Las agujas del reloj marcaban las diez de la noche, Marta no venía y a medida que el minutero iba bajando también lo hacía el ansia amorosa que me embargaba; me había entusiasmado demasiado y ahora debía pagar las consecuencias. Me encontraba solo en la mesa, y lo más triste, solo también en la cama. Sentí que una rabia sorda buscaba en mis puños el desahogo de una esperanza frustrada, me levanté y fui a la puerta de la calle. La impaciencia me consumía y en cada mujer que cruzaba la calle imaginaba a Marta que llegaba. Qué desilusión, todas pasaban de largo ignorándome, pero ninguna se imaginaba que mis ojos como hipnotizados las devoraba en todos sus movimientos ondulantes. Bien dice el refrán que el que espera desespera. En esos momentos envidiaba a las parejas que pasaban apretando sus cuerpos uno contra otros, bebiéndose las palabras y con los ojos llenos de deseos y las manos prontas para las caricias. Al pasar junto a mí, la luz de la calle hacía malabarismos sobre las nalgas provocativas y ese contoneo— que no lo hacían en mi honor precisamente— hacía que mi rabia y mi desdicha fuera mayor. Me regresé a mi alcoba ensimismado y rumiando obscenidades. Las diez y veinte. Esta ya no viene más, pensé. De pronto sentí golpear la puerta. De inmediato se aceleraron los latidos de mi corazón y partí como una exhalación a la calle. Abrí y ella estaba allí. La luz encendía su cabellera rubia la cual brillara más. Me quedé mirándola como si fuera una visión.

—Sos vos, me despertó.

—Buenas noches, Agustín ¿cómo te va? Y al mismo tiempo me tendía su mano cálida y menudita llena de una tibieza que me reconfortó el alma.

—Vení, entra— le dije—No te quedés ahí parada, la verdad es que ya no te esperaba más. Si supieras cuántas ilusiones me hice pensando en vos y como se iban derrumbando a medida que el tiempo pasaba, pero cuando te vi sentí como recuperaba todo el tiempo perdido, por suerte, ahora estas aquí—. Entramos a la pieza y luego de dejar la cartera y sus guantes en la silla, se sentó sobre la cama y cruzando sus bien formadas piernas encendió un cigarrillo y luego de echar una bocanada me explicó el motivo de su demora.

—Sabes, me dijo—luego te dejaré mi número de teléfono por cualquier cosa, así podremos estar en contacto y ponernos de acuerdo —.Pero yo ni la escuchaba, lo interesante era que había venido, lo demás no tenía ninguna importancia. Las explicaciones no me consolaban en cambio su presencia sí.

—Decime Marta ¿tenés apetito? ¿Vamos a cenar? — ¡Pero claro! ¿qué esperamos? Me puse a reír complacido no por lo que decía sino porque estaba ahí delante de mis ojos; segura, mía exclusiva por toda la noche. Comimos con verdadero apetito mientras por debajo de la mesa nuestras rodillas entablaban el eterno diálogo del amor. A veces Marta abriendo sus piernas aprisionaba las mías entre las suyas fugazmente, en este jueguito mudo y silencioso sentí que el deseo me subía a oleadas y ligeramente me temblaban las piernas. Como si estuviera flojo o mareado, era un preanuncio previo para una noche de amor. Mientras comíamos hablábamos cosas triviales, intrascendentes. No estaba yo para filosofar. Mi obsesión era el deseo que sentía por ella y por los encantos de su anatomía. Luego tomamos café. Hasta ahora, todo se desarrollaba perfectamente. Mientras bebíamos Marta me dijo— ¿Tenés algún inconveniente que esta noche me quede a dormir aquí?—como, ¡vos crees que te voy a dejar dormir! Te permito que te quedes, sí, ¿pero que vas a dormir? ¡Va a ser muy difícil...! Cuando Marta captó mi insinuación estalló en carcajadas que me hizo también reír a mí. Bueno si es por eso yo soy materia dispuesta, cuando vos quieras empezamos ¿te parece bien?—Mira le dije, primero vamos a fumarnos un cigarrillo y luego te vas acomodando a tu gusto. Y para entrar en clima le coloqué su abrigo a la pantalla de luz, la verdad era otra, no quería perderme ningún detalle de ese desnudo que me había hecho soñar tanto y que ahora con ese tono de luz debía ser algo estremecedor. La parte visual que me brindaba Marta cuando se sentó en la cama, dispuesta a la fiesta erótica es uno de los factores más importantes y que hacen más voluptuosos los preámbulos del amor. Saber desnudarse es todo un arte. Mientras fumaba esperaba ese momento desde la semi penumbra de mi silla, excitado y al acecho.

El rubor en mi cuerpo empezaba a rebelarse me estaban impacientando ante la parsimonia de Marta para comenzar la acción. En mi interior los ejércitos del deseo se aprestaban para la batalla. Iba a ser un ataque preconcebido, pero en profundidad sin pedir ni dar tregua al enemigo, en este caso el enemigo era algo adorable, algo por lo que uno pierde todas las batallas sin que lo lamentara ya que esa era una guerra aceptada con todo gusto. Marta se había sentado en la cama y luego de haberse sacado los zapatos con toda parsimonia empezó a bajarse las medias. Rompiendo la penumbra de la habitación resaltaba la blancura de sus piernas largas, que al arquearlas dejaban vislumbrar su gruta escondida entre sedas y encajes y que lo único que me producían era un enardecimiento afiebrado. Se fue sacando el vestido que voló literalmente sobre su cabeza y vino a enrollarse en mi rostro. Se sabía mirada y se deleitaba mientras se desnudaba.

—¿No venís, Agustín? Son las doce pasadas ¿qué esperás?

Mientras en su cara redonda y pícara asomaba una sonrisa que dejaba ver los dientes blancos y parejos riendo por el chiste de haberme arrojado su vestido a mi cara, con cierta premura me fui desvistiendo y me senté sobre la cama. Ella se había sacado la combinación y al darme vuelta rocé su espalda que ardía como una brasa. Al contacto, mi pulso se aceleró despiadadamente, le pasé el brazo por la cintura y la atraje hacia mí. Uno de sus senos aprisionado aún por el corpiño hacía presión contra mi cara. Qué agradable me resultaba todo eso. ¿Y a quién no?

— Por favor, Agustín, desengánchame el sostén. Así estoy más cómoda en la cama—. Ya lo creo que estaría más cómoda y yo más a gusto. Paladeando desde ya sus senos erectos y medianos entre mis manos, cayó la prenda que tenía esas dos palomas prisioneras y estas quedaron vibrando, esperando mis caricias. Echada en posición supina, levantó sus magníficas piernas y pedaleando en el aire deslizó por ellas su bombachita roja la que se fue a caer justo sobre mis narices que la olfateaban como león en celo. Y el rojo le sentaba tan bien sobre sus nalgas duras y blancas que daban ganas de morderlas... la noche era nuestra, así que habría tiempo para todo, aunque en mi interior ardía por penetrarla, mi cerebro era calmo. Sus manos sabias para el amor acariciaban mi cuerpo desnudo en todos sus recovecos excitando mi piel al máximo; mis besos tensaron sus pezones y jadeábamos cual animales enloquecidos. El vaivén acompasado de sus caderas me inflamaba de pasión mientras por su cuerpo cálido los espasmos nerviosos se acentuaban cada vez más. Sus ojos claros brillaban en la penumbra. Yo sentía como sus uñas se clavaban en mi espalda y su respiración se fue haciendo cada vez más agitada, nos estrechamos tanto como queriendo fundirnos en uno solo, sus contracciones coincidieron con mi eyaculación llegando así a la culminación y coincidiendo en la apoteosis inenarrable y sublime del éxtasis amoroso.

La larga cabellera rubia de Marta desparramada sobre la cama enmarcaba su rostro feliz y satisfecho, me sonrió con picardía. Con lentitud fuimos separándonos de es nudo tan agradable que habíamos formado como un *relantiseur*. Nos dejamos estar uno al lado del otro, su carne rosada por el tono de luz contrastaba con la mía morena y musculosa. Mis manos descansaban en la divina cavidad que formaban sus senos opulentos. Nuestra agitada respiración se fue calmando, nos miramos a los ojos y nuestros cuerpos se plegaron de nuevo como viejos y queridos camaradas. Miré el reloj, apenas eran la una de la madrugada, afuera el silencio era absoluto. Marta sutil y con cariño había empezado a pasar sus manos acariciadoras por las curvas de mis caderas como si quisiera despertar sin alarmarlos mis riñones dormidos.

La tibieza de su cuerpo maravilloso, el contacto de sus pechos ardientes y erectos, su labios entre abiertos, su boca húmeda, su lengua inquieta, el perfume de su piel sonrosada, hicieron que de nuevo mis instintos me respondieran con prontitud. Mi miembro flácido *ad portas* de la selva rubia de su sexo y junto a la entrada fascinante de su cueva, se envalentonó y una erección vigorosa anunció una nueva entrada gloriosa de contraataque. Pasé mi brazo derecho sobre su cintura y de nuevo la hice subir sobre mí, con un sigiloso y perfecto movimiento de caderas guardó mi puñal profundamente en su vaina cual amazona cabalgando saltarina y se estrechó y plegó a mi cuerpo como jinete a su alazán. Sus felinos movimientos y contracciones no escatimaban esfuerzos para el logro de sus fines, al mismo tiempo que azuzaba mi vigor para que coincidiera con el apogeo del ritual. En la oquedad de su boca vaginal sentía el fuego interior que me consumía. Su mirada perdida brillaban ante el éxtasis que ya se anunciaba y que a borbotones anunciaba esa "pequeña muerte" que es el orgasmo en su máximo esplendor. La esperé ansiosamente y nos perdimos sin salvación entre el temporal y los bramidos enloquecidos de la cima del placer. Nuestras bocas volvieron a juntarse buscándose en un beso húmedo y desesperado, mientras nuestras miradas se extasiaban con complicidad. Ahora Nuestros cuerpos desmadejados retomaban el camino apacible de la quietud mientras seguimos abrazados como una sola criatura inerme.

Prendí dos cigarrillos y le pase uno a ella, fumábamos acostados en la cama y con las piernas cruzadas, con la mente en blanco gozando del esplendor de la batalla ganada. Contemplé de nuevo el cuerpo de Marta tan deliciosamente impúdico. Raúl me había hablado de sus encantos pero creo que se había quedado corto con sus elogios. En esos momentos posaba como la Maja Desnuda de Goya. Sus formas marcadas en la penumbra, la tersura de su piel las redondeces de sus nalgas en el comienzo de sus muslos y el sombreado divino de su sexo, me hicieron extasiar de emoción pura. Sus piernas bien torneadas en todo su esplendor eran dos columnas de carne que sostenían todo un edificio erótico digno de un altar de Venus. Todo su cuerpo era un canto perenne al amor y a la vida. Todo en ella incitaba a los más ardientes deseos, al goce inenarrable del placer carnal. Se sintió observada y lentamente se fue dando vuelta, mientras su mano tibia se deslizaba por mi brazo.

—Decime— le dije— ¿en tu casa no te dicen nada cuando pasas las noches afuera?

— ¿En mi casa?— me respondió, enarcando las cejas— si yo no vivo con mi familia, hace más de un año que vivo con una compañera de trabajo. Laboramos las dos en una fábrica textil y alquilamos un cuarto, más o menos nos llevamos bien, al menos ella no pregunta a donde voy ni dejo de ir—. Suspiró largo y continuó diciendo— En cambio en mi casa me tenían atada y no podía salir cuando quería. Todos los días me peleaba con mi madre y con mi padrastro, además tengo dos hermanos que están casados pero a ellos no les interesa nada, cada cual vive por su lado. Cuando apareció mi padrastro por casa ellos no volvieron más y yo como mujer tuve que aguantar muchas cosas, pero llegó un momento en que mi vida era insufrible. En cuanto mi madre salía de casa el hombre se me venía encima para tocarme y tratar de besarme y llevarme a la cama. Él creía que por que mantenía a mi madre y a mí, tenía el derecho de estar con las dos así que un buen día decidí mudarme y ganarme la vida por ahí. Mi cuerpo era mío y lo iba a entregar cómo y cuándo yo quisiera, pero así a la fuerza, ni muerta. Por eso me fui y no estoy arrepentida.

—Y, después de que te fuiste ¿tu madre no te buscó? ¿No dio parte a la policía?

— ¡Qué iba a dar parte si al irme le hice fue un favor! Ella se daba cuenta de las intenciones de su querido pero para no perderlo se hacía la desentendida, le permitía que me tomara a las buenas o a las malas, por eso imagino que habrá suspirado tranquila. Luego hago lo que quiero y nadie me manda, además me sé cuidar bien. En la fábrica donde trabajo hay varios que se tiraron sus ricos lances y fueron bien muertos. Entre ellos el capataz un buen hijo de...que me quería trabajar de apuro con el cuento del despido. Quería que me entregara gratis, si no me iba a hacer echar. Le dije que si me hacía echar por eso, era un puerco hijo de mala madre, pero que iba a ir a su casa a hacerle un escándalo a su mujer. Y que iría a la seccional para hacerle una denuncia por violación. ¡Santo remedio! Cuando me veía me miraba torcido, pero no me molestó más. Miserable y cretino el tipo este, a cuantas chicas habrá amenazado de esa forma y cuantas habrán sucumbido por temor al despido... a esos tipos habría que extirparle los testículos—.

Me eché a reír ante la expresión gráfica de Marta. Estoy seguro que si detuvieran a éstos que cometen esta clase de abusos, medio país andaría castrado y quizás me quede corto con mi apreciación. Para relajarnos, bebimos algunas copitas de anís y por nuestras venas la sangre empezó a circular aceleradamente luego encendimos otro cigarrillo y atravesados en la cama seguimos fumando mientras nos echábamos el humo en la cara y reíamos felices. En esos momentos el mundo era nuestro, nos habíamos olvidado de todo, vivimos la euforia de los años juveniles, con los sentidos enardecidos. La besé de nuevo, mientras mis manos inquietas acariciaban su cuerpo, el deseo volvía de nuevo. Ella se encendió con ardor, respiraba agitada y sus ojos me miraban suplicando amor. En un arrebato de pasión manoteó mi miembro y con su boquita roja y húmeda le estampó un beso tan inesperado que más que enardecerme me sorprendió. Entendí que había llegado el momento de volver a poseerla y la voluptuosidad de su paroxismo se exasperó al embate de la penetración. Por tercera vez esa gloriosa noche Eros poseyó a la Afrodita divina y sensual. El tiempo transcurría sin que lo notáramos, en armoniosa complacencia. Marta con los ojos cerrados esbozaba una inocultable sonrisa de satisfacción. Luego de un breve silencio me preguntó con su aterciopelada voz:

—No tenés sueño ¿Agustín?— La verdad que todavía no le respondí. ¿Y vos?— Yo sí me siento cansada. Se acomodó para dormirse. Me acerque de atrás, me plegué a su espalda y la encajé y mi cuerpo tibio me pidió más. Al contacto ardiente de sus nalgas y el roce continuo de sus senos entre mis manos, me enloquecí de pasión.

— ¿Otra vez, querido? ¡Tu apetito es insaciable!— Y yo repuse— no, que voy a ser insaciable. Lo que pasa es que si no lo hago de nuevo no voy a poder dormir ¿No sentís como todo mi ser te necesita?

—¡Vaya si lo siento! Como para no sentirlo. ¡Quieres traspasarme de lado a lado!

—Entonces ¿consentís? ¿Vas a ser buenita rica? — Sin replicarme se prestó a mis suplicas y volvió a abrirse otra vez como una flor. Busqué su divino jardín, afanoso, y en ese nido de amor volví a depositar el fruto de mis esfuerzos. Así como estábamos nos quedamos dormidos exhaustos y felices, el sueño consagró nuestra noche en el alborozo de nuestros cuerpos satisfechos. Cuando desperté eran las dos de la tarde de día domingo. Marta no estaba en la cama, la pieza lucía pulcra y arreglada, en el primer momento pensé que se hubiera ido, pero así, sin decirme nada, sin despedirse sin solicitar nada a cambio, como si estuviera enojada... Me parecía medio raro. Y entonces descubrí la cartera de Marta y los guantes sobre la silla, esbocé una sonrisa y suspiré alegremente. En esos momentos regresaba con algunos paquetes, por lo visto pensaba quedarse más tiempo. Sinceramente, a mí no me disgustaba.

— ¿A dónde fuiste?—le pregunté ¿A qué hora te levantaste?

— Fui a comprar algo para comer.

—Te agradezco, porque yo hoy me hubiera quedado sin comer. Pero vos no estás apurada ¿no?

—No. Hasta las seis de la tarde puedo quedarme. Vamos a comer algo. Tengo hambre.

—Espera, antes de que me olvide dame el número de teléfono— anotalo— Sí, lo voy a anotar aquí en la pared, en la cabecera de la cama, y así cuando me vaya a dormir todos los días me acordaré de vos—.La ocurrencia hizo que nos riéramos y fue motivo para que yo me acercara y la besara.

Comimos apresuradamente hasta saciar nuestro apetito luego bebimos café del mismo pocillo como dos enamorados. Aunque a mí Marta me atraía, no creía estar enamorado, era una atracción puramente física y sexual. Probable que yo le resultara un capricho pasajero, mientras durase seguro que gozaríamos. ¿Para qué pensar más? El presente era lo que valía.

Pero sin embargo sentía que era agradable verla, oírla, tocarla y hasta olerla; su cuerpo despedía un fluido de hembra joven que la hacía en cierto modo súper sensual. Sobre el sentimiento que nos embargaba tampoco ella dijo nada pero sentí que había gozado complacida. Me recosté en la cama, la invité a que hiciera lo mismo— vení, descansa, todavía es temprano

— ¿Todavía querés la yapa? ¿No es cierto?

— Por lo visto adivinaste mis pensamientos— le respondí—. Al rato ya habíamos creado el clima propicio para que la nueva posesión fuera una necesidad recíproca. La explosión no tardó en estallar y nuestros instintos se solazaron de nuevo en las mieles fogosas de nuestro apetito saciado. La tarde iba doblando su cerviz. Marta s levantó y fue al baño, y mientras se vestía pude contemplar de nuevo sus felinas nalgas, radiantes y ágiles que me despertaron el deseo. Desde la cama seguía sus pasos con ojos ávidos y con ganas de reincidir en el acto amoroso, seguido le pregunté: ¿Ya te vas? —No aún no ¿qué hora es? Suspirando le dije— faltan diez para las cuatro —. Lentamente volvió para acostarse a mi lado. Una vez más, pensé, pasándole la mano por el vientre, volveremos a ser felices. Sus manos acariciáronme haciéndome estremecer. Eran las últimas caricias, las de la despedida, ella también lo debió entender así porque se plegó a mí como si quisiera fundirse conmigo. Me abrazó con pasión pero esa cercanía se hacía dolorosa con el pensamiento de la separación. Nuestras bocas cálidas prepararon el camino para cerrar con broche de oro ese fantástico encuentro y los sexos se tragaban y consumían abrumados por la dicha. La cópula había terminado y sentí que por esa semana Eros me dejaría tranquilo. Marta empezó a vestirse parsimoniosamente casi ajena a mi presencia.

—Bueno, Marta ¿cómo arreglamos todo esto?— Mira esto quedó todo arreglado con la satisfacción que hemos pasado unas horas deliciosas e inolvidables. Más aún, estoy segura que en vos siempre encontraré las energías preñadas para otro encuentro agradable. Estoy en lo cierto, o me equivoco, ¿Agustín?

—Así es— le dije—desde hoy estoy a tu entera disposición y eso lo siento con mucho agrado —. Y pensé para mí que cuando Marta hacia el amor, bastaba que la dejaran satisfecha, lo demás no tenía importancia. La acompañe hasta la puerta y nos despedimos después de habernos besado varias veces, con desusada ternura como para que nunca nos olvidáramos de experiencia tan dichosa. Me fui derecho a dormir puse el reloj despertador para las seis de la mañana no fuera a ser que me quedara dormido y los obreros tuvieran que golpear la puerta a su arribo. Me sentía totalmente vacío, mi cerebro no generaba señal alguna, a los pocos minutos dormía como un angelito, con pasmosa tranquilidad.

3

Al día siguiente me levanté nuevo y despejado después de esa orgía amorosa. Ahora todo pertenecía al pasado. Mientras tomaba mate llego Raúl enseguida me preguntó si Marta había venido. Le conté todo lo ocurrido y agregué que como mujer no se podía pedir más porque ella lo armonizaba todo.

—¿Así que se quedó hasta el domingo en la tarde? ¿Qué me contás? ¿Me imagino que te habrá puesto al día, no? Claro que con lo apetitosa y complaciente que es Marta ¿quién no?— Tiene un físico que es capaz de hacer resucitar a un muerto. Ahora, ¿no sabes cuándo va a volver?

— La verdad es que no sé. Me dijo que en cualquier momento. Pero si vos querés, ahí en la pared anoté su número de teléfono. Y, a vos ¿cómo te fue?

— Bien, Agustín, hemos pasado una velada agradable entre amigos.

Eran las siete menos cuarto y la casa se fue poblando de ruidos y risas de los obreros que iban llegando. En la calle el aire tibio presagiaba un día caluroso, de pronto vi a don Silvestre. La obra estaba ya en las postrimerías, unos días más y me quedaría solo. Mientras me hacía estas disquisiciones, el capataz recorría la casa dando su visto bueno a los trabajos, con su mirada experta y aguzada. Al promediar la mañana llegó el arquitecto y luego de aprobar los trabajos le indicó a Don Silvestre que para el miércoles se diera por terminada la obra y que el día siguiente pasaran todos los obreros a la otra obra menos yo. El miércoles en la tarde se despidieron todos de mí como buenos amigos. En adelante debía permanecer solo quién sabe por cuánto tiempo, el reloj ya no me despertaría con su campanilleo. ¿Para qué? Y yo me sentiría extraño añorando el fragor del trabajo colectivo, triste, eso sí, en la función de cuidador.

Para entretenerme en esos días y largar mi aburrimiento por la borda, empecé la operación limpieza a fondo. Todos los rincones fueron escudriñados, los patios, las habitaciones los sanitarios, en fin todos los rincones de la casa. Cuando llegó el sábado, estaba rendido pero la casa había logrado un aspecto brillante y pulcro. Esa noche pensaba ir a comer afuera, no tenía voluntad de hacer la comida, me acicalé y salí a la calle caminando sobre los charcos producidos por la llovizna. El reloj de la estación Once señalaba las 20:30 horas, en ese flujo y reflujo la gente formaba un verdadero hormiguero humano. Veía muchos rostros estigmatizados por la rutina que todo lo atrofia como si deambularan sin objetivos que los estimularan a encontrarse a sí mismos, me daba la impresión de pertenecer a una civilización decadente que había perdido el rumbo de sus vidas. Me dirigí a la fonda y me ubiqué en una mesa al fondo. Ordené una cena sencilla y fui al teléfono a llamar a Marta. No pude comunicarme. Esa noche sería de abstinencia y de soledad absoluta. Terminé de comer y salí caminando despacito, no había prisa alguna. En la esquina compré un periódico para leer hasta que me quedara dormido. En efecto, después de hojear el diario un rato el sueño fue entrando y me quedé profundo pensando en Marta, en las delicias de su cuerpo y transpirando su olor. Una pesadilla recurrente en la cual una pared invisible me separaba de la imagen de Marta impidiéndome poseerla me consumió la noche entera hasta la madrugada. Desperté bastante entrada la mañana con un serio dolor de cabeza y la boca estropajosa, hice un poco de café amargo y lo bebí dos aspirinas luego me higienicé y comencé una nueva jornada.

A medida que iba haciendo la limpieza diaria para evitar la acumulación del polvo y la suciedad, recordaba lo que había leído en el diario la noche anterior que con sus titulares me llamaba a la realidad haciéndome olvidar de mis cuitas, eran problemas de supervivencia. Las suspensiones y los despidos masivos inclusive en el ramo de la construcción comenzaba a sentirse y yo me atemorice porque sabía que estaba en medio de esa debacle. Podría quedar en un dos por tres sin trabajo. Mi mente se debatía entre dos cuestiones, cuando trabajaba pensaba en los despidos y cuando descansaba pensaba en Marta y la necesidad despótica del sexo; he aquí mi lucha interior, la última tenía solución, con acostarme con ella o con otra el asunto estaba solucionado, pero si quedaba en la calle sin trabajo, eso sí carecía de solución. Para mi desgracia yo no poseía un oficio técnico que me permitiera solventar el desbarajuste laboral que amenazaba venirse encima. Con los pesos ahorraros tendría un respiro pero ¿después qué? El recuerdo de

Marta no me dejaba en paz y así fue como decidí salir más tarde para volver a llamarla. Pensé en que si los dueños de la casa se demoraban en regresar sería bueno para mí. Ya afuera compré el diario y cigarrillos. Quería saber si se había agudizado el problema laboral. Desde un bar llamé a Marta pero tampoco estaba. Salí lamentándome de mi mala suerte y si volviera a verla dependía de ella o de la casualidad, de lo contrario tendría que ir buscando una substituta. Después de comprar alimentos, me regresé piropeando a las muchachas bonitas que se cruzaban por mi camino. Luego que hube cenado encendí un cigarrillo y me acosté dispuesto a seguir analizando los problemas gremiales guiado por las noticias que el diario recogía. El fantasma de una huelga general repicaba en el ambiente. Ante esta perspectiva casi en forma egoísta deseaba que los patrones de la casa no vinieran, que siguieran viajando indefinidamente, así por lo menos me aseguraba como sereno la estabilidad en el trabajo y el jornal, de lo contrario era un candidato más a engrosar la masa ambulante que empezaba a pulular por la capital y el gran Buenos Aires. Los ahorritos me servirían, pero era incomprensible que en una tierra bendita y llena de todas las bondades de la madre naturaleza tuviéramos que temblar ante la inminencia de la desocupación. El tema social seguía preocupándome pero ya rendido, al final me quedé dormido. Esa noche dormí de un tirón. A la mañana siguiente tomándome unos mates golpearon a la puerta, era el capataz Don Silvestre.

—Buenos días— saludé. ¿Usted por aquí? ¿Qué pasa?

—Buenos días, muchacho, como te va. No pasa nada, simplemente te vine a prevenir para que tengas todo en condiciones ya que en dos o tres días a lo sumo vienen los dueños de la casa. Además, por lo que veo todo se ve limpio pero de cualquier forma dale una repasada y hasta de pronto te puedas ganar una propina.

—Quiere tomar unos mates, tengo el agua caliente y el mate preparado de paso charlamos un rato, ¿qué le parece Don Silvestre?

—Claro que sí Agustín, pero un ratito nomás, tengo que regresar a la obra.

—Sírvase este amarguito y espumoso. A propósito es cierto que se está gestando una huelga general, dicen los diarios...

—Sí, es verdad, muchacho, las cosas se están poniendo feas y hay tirantez por todos lados, con este clima puede pasar cualquier cosa. Pero, ¿qué podemos hacer nosotros simples hombres de trabajo? La política no le da de comer a nadie salvo a los políticos que se jubilan politiqueando. Ellos viven de eso pero nosotros no. Nosotros vivimos de nuestro trabajo y en la construcción siempre somos aves de paso. Bueno Agustín, tengo que irme, si tengo alguna novedad te avisaré quedate tranquilo por eso—.

Al mediodía ya empezaba a tener hambre, dejé lo que estaba haciendo y me fui a preparar mi comida. Mientras masticaba, seguía el recuerdo de Marta machacando mi cerebro. El ostracismo amoroso era más fuerte que mis pensamientos. Mi mente se distraía en atisbarla, desnudarla con toda parsimonia como si estuviera de antemano saboreando una posesión segura, pero en la realidad me encontraba huérfano de todo eso y sufriendo más sabiendo que quizás no tendría otra oportunidad de volverla a ver. En todo caso, este era un sufrimiento provocado por mí al que me entregaba gustoso ya que por lo menos así la poseía y la sentía junto a mí, y de ninguna manera pasaba por mi pensamiento suplantarla por otra. Había simpatizado con ella y tenía la esperanza de que volvería. De todos modos sufría pero si no volvía tendría que irla olvidando y entonces recién buscaría para mi cama otra hembra que la sustituyera. ¿Cuánto tiempo podía durar este estado de cosas? no lo sabía, y mientras tanto todos mis deseos giraban en un círculo vicioso. Durante toda mi pobre vida mis aspiraciones fueron truncas y contenidas. Pensaba para mí que como ser humano tenía ciertos derechos a disfrutar un poco más de la vida pero no sustentaba mi aspiración como una fuerza sino por mis obligaciones con una sociedad que no me correspondía con justicia. Habría nacido para ser un frustrado, ¿un perdedor? ¿Para ser encasillado con un montón de derechos teóricos pero que en la práctica no servían para nada? ¿Tendría que ir con el rebaño hasta el fin? ¿No tendría la posibilidad de formar mi propia familia y hacer una vida decorosa y normal, como otros sectores del mismo rebaño? Mis pensamientos destilaban pesimismo pero rompiendo ese obscuro velo me reafirmaba diciendo que sí podía. Claro que sí, ¿por qué no? Podría salir adelante, para eso tendría que luchar duro, trabajar mucho y luego vendría todo lo demás. Lo lograría con fuerza de voluntad. Pero al final todos eran sueños y para ser claros los sueños no valen absolutamente nada.

La selva no perdona a los desorientados, a los débiles, a los incapacitados, siempre serán los primeros sacrificados. Dándome esperanzas trataba de encontrar el lado bueno de las cosas, para hacer más llevadera mi ensombrecida existencia, no podía desmoralizarme ante estos embates del pesimismo, debía superar la amenaza de la selva hostil. Me levanté de la mesa no sin antes ordenar todo y recomencé a limpiar toda la casa. Necesitaba ganarme la confianza del arquitecto para que quizás me ayudara más adelante.

Llegada la noche me higienice y cené. Dormí como un lirón. Me levanté elástico y renovado con la excitación de tener una mujer a mi lado, pero deseché los pensamientos pecaminosos y me bañé y frote mi cuerpo tratando de sacar de mi mente esos pensamientos que a la larga me incomodaban. Me vino al recuerdo una anécdota sobre el particular. Resulta que en un barco petrolero que debía zarpar para Caripito, puerto venezolano, entre la tripulación y pasajeros no había una sola mujer, salvo una pariente del primer oficial, entrada en años, arrugada y fea. Nadie se fijó en ella como mujer, de lo vieja que era. Al cuarto día de navegación ya los marineros cuchicheaban sobre su abstinencia sexual y sobre la presencia de la vieja. La cuestión era que ya la comenzaban a encontrar simpática y agradable y por la noche la rondaban descaradamente para ver quién era el más afortunado de conquistarla. Eso era lo que me estaba pasando después de una prolongada abstinencia, ya no me importaba que fuera Marta, a estas alturas mi cama estaba disponible para cualquier otra, y como en el cuento, yo tampoco miraba ni la edad ni las arrugas. Haciendo un esfuerzo de voluntad me fui despojando de esas ideas eróticas, tomé unos mates calientes y amarguitos que fueron un sedativo a mi ansiedad. De nuevo encendí un cigarrillo y salí a la calle y caminé, para ver el desfile de transeúntes, que contrastaba con la tranquilidad de mi pueblo donde había nacido. Los bocinazos y gritería de la gente me ensordecían; el bullicio y la algarabía me alejaban de mis pensamientos negativos y me daban— no sé por qué— un optimismo sin sentido. Los vendedores de diarios voceando sus papeles con letras, los diversos puestos de flores, frutas, libros etc., el olor de frituras de algunos negocios; los pequeños lustrabotas diseminados por todos lados hacían danzar mi vista en un carnaval extraño. Algunas de las caminantes, mujeres dotadas de voluptuosidad y formas coquetas al caminar, me hacían sufrir al recordar mi abstinencia permanente. Las veía pasar casi al alcance de mi mano con sus senos como puntas de tacuaras dispuestos a la embestida y sus nalgas seductoras llenas de pasión. Mis puños entre los bolsillos de mis pantalones eran señal de mi sufrimiento e impotencia. Mi psiquis lacerada me hería. La vida era así y yo no podía cambiar nada. Así que me dispuse a hacer mis compras para distraerme. Al regresar, justo en la puerta de la casa estaba Don Silvestre esperándome. Me dijo que en la tarde vendrían con la mudanza para acomodar los muebles que estaban en un depósito. Y que debería vigilar para que no fueran a romper nada. Horas más tarde ya estaba la mudanza en casa. Colocaron cada cosa en su lugar y el dormitorio quedó espléndido y yo me pensé con Marta haciendo el amor en tremenda cama, pero eso era pura ilusión. Pues parecía que a ella se la había tragado la tierra. Me conformé con imaginármela sobre el enorme lecho tal como la recordaba, con su rubia cabellera caída en cascada y sus nalgas blancas y suaves, vibrantes siempre a la menor caricia. Estaba limpiando mi pieza ya que había acabado de comer, cuando sentí el timbre de la puerta. Pensé en Marta ¿Y si fuera ella? Mi corazón empezó a palpitar aceleradamente. Abrí pero el visitante era Raúl, de todos modos me alegré. Era un gran amigo. La visita fue breve, el tiempo suficiente para tomar unos mates. Me traía la dirección de mi nuevo trabajo y como iba a entregar la habitación, le pregunté si sabía de alguna pensión cerca del nuevo trabajo—No se haga problema que yo te consigo una y me preguntó decime, ¿Marta no vino más por aquí?

—No, la verdad que no. Vino una sola vez y todavía la estoy esperando y deseando.

—Tampoco yo la he vuelto a ver, pero sacátela de la cabeza, vos deberías saber cómo son estas mujeres, si andan en la mala es posible que lleguen a caer por aquí de lo contrario van detrás de los "puntos" que se colocan con mucha "guita". Así que no te problematicés con eso. Si en la noche te da una vueltica por la plaza te vas a encontrar fácil con muchas "minas".

Nos despedimos hasta el lunes a las siete, que era la hora para comenzar el nuevo trabajo. Al rato salí de nuevo y me fui a sentar en un banco de la plaza cercana. Al regresar pensé en llamar a Marta quizás tuviera suerte y viera mis deseos colmados de felicidad. Leí el diario y vi que ese viernes habría una concentración de obreros justo en esa plaza dentro del marco de la huelga general que recién había comenzado. Me propuse venir a la concentración para palpar el pulso del descontento. Muy cerca de allí había una parada de buses y una feria callejera ruidosa y bullanguera. La gente parecía como gusanos que reptaban al son de una música pegajosa esparcida en el ambiente. El mausoleo de Rivadavia era el punto central de reunión de las parejas que jugueteaban y se toqueteaban causándome una excitación incontrolable. Mi falo se disparó palpitando vigoroso. Entonces corrí al bar más cercano para llamar a Marta. Estaba seguro que solo ella bajaría mi excitación a cero. Pero no estaba en casa y mi abstinencia seguía martirizándome. Tendría que encontrarla u olvidarla si era que no quería ganarme una neurosis. A pesar de que había tantas mujeres alrededor, me sentía casi acomplejado. Volví a mi pieza sin llevar otra cosa que mis deseos frustrados e impotente transitoriamente de poder satisfacerlos.

El día siguiente, viernes ya, bastante gris y nublado con un cielo lleno de nubes plomizas fue el marco para la masiva manifestación rodeada de policías y guardias a caballo equipados con sus trajes de fajina dándole al paseo un matiz y un colorido diferente al que estábamos acostumbrados a ver. Sin embargo, en la plaza todo mundo tenía que circular y no se permitía a grupos quietos de más de tres personas. Ya circulaban las versiones de enfrentamientos entre manifestantes, obreros y policías por las zonas de Avellaneda, La Plata, Rosario y algunos sectores de la capital. Los caballos de los gendarmes parecía que olían la reinante tirantez del ambiente, sobre las veredas piafaban nerviosos y cansados obligando a sus jinetes a mantener firmes las riendas y permanecer alertas ante cualquier imprevista contingencia. Sobre el filo del mediodía salvo la presencia de las fuerzas policiales, todo era rutinario; en un santiamén volví a mi habitación y me dispuse a comer presto para volver a salir y no perderme ningún acontecimiento. Al atardecer, la aglomeración incipiente de la gente anunciaba posibles disturbios. Los vecinos de la zona desde sus balcones oteaban los movimientos callejeros y los comercios empezaban a cerrar sus puertas. Las primeras luces ya se habían encendido y con ellas desde varias calles avanzaban diversas columnas que con antorchas y estribillos, gritos, cartelones y explosiones de petardos y cohetes presagiaban una pronta lucha. Preparaban también una pequeña tribuna para exponer sus opiniones. La policía de repente dio una orden perentoria de no avanzar hacia la plaza. Dijeron que no tenían permiso para la manifestación y que tomarían las medidas necesarias para evitar que se alterara el orden público. Pidieron refuerzos para contener la muchedumbre que venía por los cuatro puntos de la plaza. Hasta ahora se habían constituido como muro de contención. Pero fuerzas de choque estaban logrando su objetivo de hacer enfrentar a la policía con los manifestantes. Estas son viejas tácticas que siempre se han usado donde la oposición hace un medio de vida de la agitación manteniendo la confusión como un *modus operandi* sin interesarles la unión de la familia Argentina. La muchedumbre logró hacerse con la plaza y entonces vinieron los gases lacrimógenos y los bastonazos a diestra y siniestra golpeando a las gentes inermes. La confusión y el desconcierto cundió entre los manifestantes y el pánico y el desenfreno pudo más que la calma. Las gentes corrían despavoridas y en desbandada pisoteándose unas a otras. Los dirigentes obreros habían perdido su manifestación. La policía estaba triunfando sobre cualquier tentativa de integración mientras la gente en su gran mayoría ciega y enardecida no atinaba más que a correr y maldecir, presa del terror y el horror de esos momentos que estaban viviendo y que para muchos serían inolvidables. En una esquina de la plaza una llamarada se levantó al cielo, era un coche que se estaba quemando. Las gentes espantadas continuaban huyendo vomitando su miedo, algunos heridos pedían auxilio y cada quien estaba ocupado en salvar su pellejo. Zapatos de hombres y mujeres se veían abandonados sobre el pavimento. Las sirenas de coches policiales ululaban desde diferentes sitios infundiendo aún más dramatismo y pavor entre los restos de la población dispersada y derrotada. Las ambulancias empezaron a recoger a los caídos. Mientras tanto, los vecinos seguían llorando dentro de sus propias casas por los efectos de las bombas lacrimógenas que habían saturado todo el ámbito de la plaza y sus adyacencias. La manifestación se fue dispersando en su totalidad.

Había sido una demostración práctica de lo que significaba la fuerza organizada. En treinta minutos todo había vuelto a la normalidad. El viento nocturno empezó a despejar el ambiente decreciendo así el picor de los gases. En algunos sitios se habían improvisado fogatas para disiparlos más rápido, el tráfico empezaba a circular con normalidad pero la policía permaneció custodiando. Cuando regresé a mi habitación no tenía ganas de nada, ni de comer ni de pensar, estaba vacío, moralmente deshecho, nunca había visto nada semejante, había leído sí, pero eso que vivencié no estaba escrito en un hoja de papel, era la cruda realidad. A la mañana siguiente me desperté con un apetito feroz, fui a tomar café en un bar cercano y a ver el diario a ver cómo había terminado la batalla campal de Plaza Miserere. La mañana se sentía fresca que invitaba a caminarla.

4

Tomé mi café y luego de encender un cigarrillo me sentí más entonado, luego me encaminé hacia la plaza y sus alrededores, todo estaba normal como si la noche anterior no hubiera pasado nada; la rutina de nuevo se había enseñoreado del ambiente y los sucesos ocurridos ya eran tema para la historia. Salvo algunas piedras y baldosas sembradas en el terreno no existían vestigios de la última lucha, la policía había dejado el campo, en cambio algunas vidrieras que habían recibido y sufrido los impactos de la muchedumbre, estaban con las persianas bajas como si estuvieran de duelo. Por lo visto, todo lo acontecido estaba entrando en la quietud del olvido, un olvido metódico donde todo se desdibuja y se desvirtúa, ya se encargarían los historiadores de turno de acuerdo a sus doctrinas políticas o filosóficas de fijar tal o cual posición sobre lo sucedido. El Diario solamente traía algunas fotos de la manifestación relatando la noticia en forma escueta y vulgar, era un diario más para una información más.

Como al día siguiente llegarían los dueños de la casa, le di un repaso para ahuyentar el polvo acumulado y para que todo estuviera en orden. Al mediodía, sentí hambre y estaba abriendo una lata de atún cuando sentí el timbre de la puerta. Mientras me limpiaba las manos mojadas por el aceite, pensé que podría ser alguien de la mudanza o el capataz, y fui a abrir. Cuál no sería mi sorpresa—bastante agradable por cierto—, parada en la puerta estaba bajo el sol radiante la causante de mis noches de insomnio, estaba Marta de cuerpo y alma presente, su figura estilizada, sus rubios cabellos, todo su atuendo la hacía enormemente apetitosa. O ¿era el apetito de mi abstinencia que así me la mostraba? De todos modos ahí estaba al alcance de mi mano y en mi caso era el maná caído del cielo.

— ¿Cómo te va Agustín, después de tanto tiempo? Me dijeron que habías llamado varias veces, ¿es eso cierto?

—Claro que es cierto. Un poco más y no me hubieras encontrado. El lunes a la mañana me voy. Empiezo en otro lado ¿Y vos como estás, por dónde anduviste si es que se puede saber? Bueno pero pasa no te quedes ahí parada, o ¿es que te vas enseguida?—. Mientras entraba me dijo

— Estuve trabajando, durante muchos días no fui a la pensión, no podía desperdiciar algunas ocasiones de ganarme unos pesos, a estas alturas de mi vida no voy a andar con escrúpulos, ¿no te parece?

—Y, ¿qué puedo decirte yo? Lo único, que vos sos mayor de edad y sabés lo que hacés. Bien ya que estas aquí, acomódate y vamos a comer algo, igual no es gran cosa pero nos vamos a arreglar—. Rápido se sacó el abrigo y lo tiró sobre la cama mientras yo preparaba la mesa y abría otra lata de atún. Marta preparó el café y luego de encender los cigarrillos vino la charla de sobremesa y el intercambio sobre diversas impresiones de nuestras vidas. Nuestros ávidos ojos se consumían en el deseo. Después de que se acostó a mi lado me dijo— No creas que va a ser como la vez pasada, me tengo que ir temprano porque tengo algunos compromisos.

—Yo no te pregunté nada, te vas cuando vos querás, lo único que deseo es encontrarte más a menudo. En ese caso me podrías dar tu dirección.

—Bueno, después te daré mi domicilio, pero conste que vos sos el único que lo tiene, eso es un privilegio que hago con vos, esto es porque me gustaste así que mantenlo en reservado, no me gusta que los moscones anden merodeando en las esquinas.

—La verdad, le dije, mientras besaba su cuello de cisne, como en un susurro, estoy halagado por tu confianza pero por mi nadie sabrá nada de tu vida. El calor de su piel ruborosa y su olor a hembra joven empezaron a despertar mis instintos apenas aletargados a flor de mi epidermis. Bajo la seda de su combinación sentí estremecerse sus carnes incitantes, como invitándome a que mis caricias se hicieran más íntimas. Estaba seguro que todo esto Marta no lo hacía por interés. La indiferencia y muchas veces la apatía que evidencian cuando están realizando su trabajo específico, conmigo no contaba, pero eso no me envanecía, por el contrario, trataba de satisfacerla y que encontrara en mí lo que en realidad venía a buscar, el máximo de goce para todos sus gustos. Era complaciente con todo porque yo le había caído bien y así me lo había manifestado en uno de sus arrebatos pasionales, pero ni pensaba explotar esa debilidad de ella, que por lo general suelen ser transitorias. Lo que pretendía no era la exclusividad, simplemente que acudiera a mi llamado varonil cuando la necesitara. Como ella buscaba solo el placer físico y sensual yo estaba a la recíproca, lo demás nunca me había interesado, a mi edad no jugaba el egoísmo al deseo sí y no sabía de contenciones. Cuando sus manos sabias y suaves como el terciopelo empezaron a insinuarse sobre mi cuerpo con pequeñas caricias, esa modorra que se había apoderado de mí luego de cenar desapareció como por encanto para dar paso a una excitación apremiante, no exagerada pero sí natural. Marta estaba ya en los umbrales de la excitación y comenzamos a besarnos febrilmente, ella me clavaba los pequeños dientecillos en mi piel poseída por la pasión. Parecía que era ella la que me poseía. Yo entendí que debía aguantar con frialdad cerebral la línea ascendente de su creciente entusiasmo para complacerla totalmente. Con ese método estaba seguro que la tendría a mi lado siempre que la necesitara. Claro que una cosa es proponerse controlarse y otra lograrlo. Pero si lo concretaba habría ganado la batalla. Sus senos duros y erectos conjuntamente con la languidez de sus ojos que ponía en blanco como mirando al vacío, me estaba demostrando que en ese momento se debatía entre pedírmelo o no pero, a la misma vez me acuciaba con una serie me toqueteos eróticos que al final, a pesar de mi contención tuve que claudicar mansamente. Acoplada como una lapa sobre mi cuerpo y en veloces movimientos puso en marcha toda su ciencia amatoria y enseguida mordiéndome en un largo suspiro de placer alcanzó voluptuosamente su máximo goce. Agotados pero aún insatisfechos nos deslizamos en el lecho hacia una posición normal y enlazado entre sus brazos blancos bebí el calor de sus divino cuerpo lleno de amor. Luego preparé unos tragos y fumamos un cigarrillo, descansando de la batalla cumplida.

—Decime Marta, ¿te dedicas exclusivamente a "esto" o estás trabajando también en otra cosa?

—No, no trabajo más. Me dedico a "esto" nomás. Para qué voy a trabajar en la fábrica si todos persiguen lo mismo y encima lo quieren gratis, lo hago con quien yo escojo.

—Haces muy bien pero, ¿no piensas en casarte? Porque vos estás muy bien y cualquiera estaría feliz de ser tu novio.

— ¿¡Casarme yo!? Por ahora ni que estuviera loca, para eso hay tiempo de sobra. Imagínate que tengo que ser la sirvienta de mi marido con un montón de restricciones y además cuidar los hijos que me hace ¡Linda perspectiva! No, Agustín. Eso por ahora no es para mí. Yo quiero mucho mi libertad y sobre todo administrarme sin darle cuentas a ninguno, cuando quiera casarme lo hago, pero el momento lo elijo yo. Todavía me veo muy bien ¿no te parece?—. Y me lo decía a mí, ¡que la adoro!

—Pero sí me dan ganas de empezar de nuevo ¿Aún no lo notaste?— y pasando mi brazo por la comba de su vientre virgen la atraje hacia mi hasta que los sexos quedaron frente a frente como alertas y eternos rivales prestos para el fragoso combate del amor.

—Vos no tenés ganas— le pregunté con sorna.

—Y bueno, que esperás, si tenés ganas otra vez sacate el gusto. Para eso estoy aquí— Y Agregó impúdica— pero si estoy ardiendo, tengo un fuego uterino que me abraza y nadie me ha hecho palpitar todo mi ser íntimamente como lo has hecho vos, por eso, te confieso, nada más que por eso es que estoy aquí a tu lado.

—Bueno, si es así, trataré de que te vayas contenta y satisfecha, así por lo menos tengo la esperanza que cuando el deseo sea incontenible vas a volverme a ver.

—Ya es incontenible ¡ahora, pronto, enseguida! — gritó— ¿no ves como tiemblo a tu contacto? ¿Qué esperás mi amor para ensartarme?— Ante tal urgencia no dije más. Hice lo que ella quería. Ya no hablamos más, ¿para qué hacerlo? Las palabras dieron paso al obsceno y dulce lenguaje de la pasión. En ese instante no me interesaba el mañana. Vivía el presente con intensidad desmedida. Ella se entregaba plena a conseguir el final glorioso de su pasión enloquecida. Ella lo hacia todo, no dejaba vacíos, sus cartas las jugaba con suma eficiencia hasta que ardiendo de excitación volcó sus espasmos en otro orgasmo sublime, pleno de frenesí, elevándome también en el pináculo de paroxismo compartido. Su cuerpo esbelto se desmadejó en armonía decreciente y entre su respiración agitada sus senos temblaban de rubor complacido. Así, acostada en la cama con las piernas blancas entreabiertas y los brazos bajo su cabeza parecía una adolescente virginal, su cabellera desparramada con indolencia sobre la almohada la hacía aún más hermosa. El vello de su pubis apenas si sombreaba la gruta donde mueren los deseos y dispuestos así, parecía un custodio celoso de ese jardín húmedo y paradisíaco. La besé en sus ojos entrecerrados y lamí sus tetillas todavía erectas. El reloj anunciaba las cinco de la tarde. Empecé a vestirme, torturado por la visión celestial de su cuerpo desnudo que con impudicia ingenua soportaba la fuerza de mi mirada.

—Son las cinco ya, ¿no te vestís? Le dije mientras preparaba café.

— ¿Me estás echando?

—Pero cómo te voy a echar, si por mi fuera te clavaría a la cama para que no te fueras. Lo que me preocupa y me enoja es que no sé cuándo voy a poderte volver a ver. Aunque tengo tu dirección no sé si te encontraré.

—Ya nos encontraremos, no te hagas problema, vaya si nos encontraremos, vos me dejas como nueva después que me pasas la escoba, ¿cómo me voy a olvidar de algo tan sabroso?— Y después de lanzar una carcajada se sentó en la cama y con toda displicencia empezó a vestirse. Yo no le quitaba los ojos de encima. Su ritual al vestirse conmovía mi erotismo aún sediento. Y sus senos que al agacharse se columpiaban como invitándome a empezar de nuevo, si no fuera por ella que se tenía que ir...a pesar de eso me acerqué por detrás y mientras se colocaba las medias la retuve entre mis manos convulsas. Su contacto empezó a excitarme de nuevo pero Marta con picardía al sentir la erección de mi miembro palpitando sobre su espalda, me lo pellizcó suavemente como dándome a entender que la función había terminado. Oprimí sus senos con más fuerza pero un gritito de ella me despertó a la realidad.

— ¿Qué haces, estás loco? ¿O te crees que son de goma?

—Perdóname, están tan duritos y apetecibles...

—Bien, vamos a tomar el café antes de que se enfríe—. Cuando la acompañé hasta la puerta nos besamos con verdadera pasión. Yo la apreté contra mi cuerpo y le agarré las nalgas pero ella se desprendió y salió apresurada.

—Chao, Agustín, porque si seguimos así vamos de nuevo a la cama y yo tengo que irme. Ya te lo dije goloso. Chao—. Mientras se iba, quedaba flotando en el aire el eco de su risa y la fragancia de su cuerpo sensual, que mi olfato retenía con inusitada potencia. Como termina todo, así terminaron estas breves horas de felicidad, haciendo que la realidad me despertara de mis sueños amorosos, volví a mi alcoba y empecé a empacar mis bártulos, así me quedaba todo a mano para zarpar a otro puerto. El apetito se había esfumado y el sueño me invadía, decidí acostarme de inmediato porque debía madrugar. La noche transcurrió en un santiamén, cuando desperté ya eran las ocho de la mañana. Me lavé y vestí rápidamente luego eche un vistazo a la casa y con un plumero y algunas frotaciones de franela volví a dejar la casa impecable y brillante como para que no tuvieran ninguna queja de mí.

Cerca de las diez de la mañana llegaron los dueños de la casa, un matrimonio maduro ya, con sus tres hijos dos varones y una joven bastante agraciada. Luego de saludarnos fui con ellos recorriendo todas las dependencias de la casa y por lo gestos que se cruzaban me daban a entender que todo estaba en orden y eso me tranquilizó. Me lo hicieron saber con lo cual quedé desligado de mi compromiso de cuidador y con la conciencia tranquila del deber cumplido. Descansé toda la tarde y en la noche salí a dar una vuelta. Cuando atravesé el patio vi las luces todas prendidas y sentí bullaranga, seguro que tendrían visitas. Me dirigí a la esquina y en el quiosquito compré cigarrillos y la quinta edición de La Razón. Crucé hasta la estación   terminal de trenes para observar el incesante trajinar de los viajeros y su afanoso ir y venir. Algunas "buscas" se insinuaron a través del gentío tratando con su contoneo de hacerme claudicar y engancharme para el hotel de turno. Pensaba en la estación de mi pueblo, que ridícula y pequeña resultaba comparándola con esta monstruosidad que era casi una ciudad. Toda la actividad del país giraba alrededor de la ciudad capital y las provincias eran meros apéndices plagados de pobreza y miseria. En cambio aquí en Buenos Aires si no pasaba desapercibida por lo menos se disimulaba muy bien ya que muchos aspectos de su vida estaban cubiertos por la apariencia.

Cuando regresé a la casa el señor Ofregi, él vino a mí diciéndome— Como se va a ir mañana temprano y yo no lo voy a ver quiero manifestarle mi conformidad por su trabajo. Y abriendo su cartera me hizo entrega de un billete de cinco mil pesos que lógicamente yo rehusé—No se moleste, le dije, el arquitecto ya me ha pagado por mi trabajo y yo no pretendo más por lo que era mi obligación— ¡Pero si no es ninguna molestia! Acéptelos jovencito como un obsequio por su encomiable labor, lo que le pague el señor Bozum no tiene nada que ver. Y dándome un apretón de mano a manera de despedida me dejo el billete bien doblado y resplandeciente. Y luego se marchó. Apenas si me dio tiempo de agradecérselo. Estuve unos minutos aún clavado en el piso por la sorpresa, mirando el billete que tenía entre las manos, si mi imaginé una propina como dijo el capataz nunca pensé que fuera de una suma tan grande. Contentísimo arranqué a mi pieza, mientras cenaba hice cuentas y llegué a la conclusión que sumado a lo que cobraría ya tenía una fortuna ahorrada de cincuenta mil pesos. Nunca en mi vida había tenido tanta plata junta, propiamente era un nuevo rico. Sin embargo, me dije vamos a ver Agustín hasta cuándo te dura esta riqueza. Puse el despertador para las cinco de la mañana.

Me desvelé un poco leyendo el Diario que analizaba las nuevas condiciones laborales, los paros y las huelgas que se venían encima. Esto significaba por lógica que el país iba pendiente abajo, hacia el abismo, y sus gentes debatiéndose entre ser y no ser. Pienso que para que no se sigan sucediendo estos hechos que tanto mal hacen es necesario innovar, salir del estancamiento de las mentes estrechas y fosilizadas que trafican con la política y que por los hechos, tengo la impresión que se metieron en camisa de once varas es decir que la bota de potro no es para todos, y si como decía Sarmiento que gobernar es poblar y ahora en cambio nos estamos desplomando. ¿Qué es lo que anda mal y nos tiene sumergidos? Divagando estas incongruencias El sueño me invadía a raudales, era mejor dormir ya que mañana debía madrugar; las futuras jornadas no serían tan descansadas. Cuando sonó el reloj ya me hallaba despierto. Como tenía todo empacado no me demoré mucho tiempo en salir, me tomé unos mates, cerré la puerta y me fui. Mi destino señalaba la calle Ecuador, no lejos de allí, del otro lado de la plaza.

Cuando llegué a la obra aún no había nadie perteneciente al personal. Deje las valijas contra la pared y luego de encender un cigarrillo me puse a observar el ambiente que me rodeaba. En realidad no había mucho que ver, todo estaba tranquilo. Cuando llegó el capataz nos fuimos a cambiar de ropa. Don Silvestre me dijo— ahora te voy a indicar lo que tenés que hacer. Ya te vas a dar cuenta vos mismo, es una refacción y no va a durar mucho tiempo. Por el estado de la casa yo llegué a la misma conclusión. Le replique— Y después ¿qué vamos a hacer? ¿A dónde vamos? —eso francamente no te lo puedo decir porque ni yo mismo lo sé, eso tendrá que determinarlo el arquitecto, pero como sigamos así vamos a quedar todos en la calle, aquí trabajamos poca gente, los demás fueron suspendidos hasta nueva orden.

— ¿Cómo, Raúl fue suspendido también? ¿Acaso no me correspondía la suspensión a mí por ser el más nuevo?

—Así es, en efecto pero Raúl consideró que vos estabas en inferioridad y optó porque fueras vos el que siguiera trabajando.

—Qué extraordinario amigo es Raúl. Y, ¿te dejo algún mensaje para mí?

—Sí, te dejó esta dirección de la pensión donde te vas a hospedar. Después te indico como llegar—. Respiré aliviado y agradecido. Raúl es un formidable amigo.

—Y si vos lo querés ver yo te puedo conseguir la dirección, siempre que no se haya ido para afuera, al campo. Vos sabés que él es medio bohemio.

—Caro que lo quiero ver, él me ayudó y me aconsejó en forma leal y yo tengo unos pesos y el anda sin trabajo, ¿qué otra cosa puedo hacer que no sea tenderle la mano? de alguna forma tengo que mostrarle modestamente mi gratitud ¿No le parece a usted?

—Sí, creo que haces bien porque la verdadera amistad se demuestra en estos casos, pues cuando andamos bien no la precisamos, pero ahora sí. Te felicito Pensá siempre así porque esa es la manera sana de andar por los caminos que nos enseña la vida... — Ensimismado en mi trabajo no me había dado cuenta de la llegada del arquitecto, cuando lo sentí hablar lo saludé y me contestó al saludo. Pero la cara que traía no me gustó mucho. Ya me enteraría qué pasaba. Ya al mediodía paramos para almorzar y yo aproveché para preguntarle al Capataz que si el señor Bozum estaba enfermo pues traía una cara de todos los diablos.

—No, nada de eso, lo que pasó fue que perdió una licitación mejor dicho se la birlaron de entre manos y ahora no le quedan muchas obras aunque tiene varios presupuestos en trámite, habrá que ver si se concretan.

—Quiere decir, le dije— ¿que ahora estamos prácticamente en la calle? O ¿me equivoco?

—No te equivocas Agustín, esa es la pura y dolorosa realidad— Seguimos comiendo pero mi ánimo se había ido "a los caños", ahora sí la cuestión se ponía fea. Había llegado lo que temía. Me veía como un desocupado más engrosando la fila de los desocupados. De modo que parafraseando a Florencio Sánchez, sería un muerto más que caminaba en esta selva de hierro y cemento ¿Qué debía hacer? ¿Volverme a Santiago mientras tuviera unos pesos o luchar en este ambiente hostil? Seguiría aquí pasara lo que pasara. Esa era mi decisión. Volver a mi pueblo era morir sin luchar y yo quería vivir. Me estaba fumando un cigarrillo cuando el capataz me indicó que era hora de reanudar las tareas. Enseguida estuve de pie y la rutina me absorbió totalmente, pero en mi ánimo había quedado un sedimento de amargura y pesimismo que me hacía alterar al menor contratiempo. No debía perder mi calma porque eso si era peor. Ya terminada la jornada el capataz me indicó cómo llegar a la pensión, que quedaba a unas seis cuadras. Cuando llegué, un español serio y reservado me recibió.

— ¿Qué desea, jovencito? Me preguntó con acento castizo.

—Vea señor, vengo de parte de Raúl, creo que habló con el dueño en estos días.

—Ah, usted es el señor Flores, pase, pase. Yo soy el dueño, Manolo Longueiro para servirlo —.Luego de explicarme las condiciones y mostrarme el cuarto donde iba a alojarme, arreglamos lo concerniente al precio, que fue de mi agrado, haciéndome la aclaración que ni ebrio ni dormido debía traer rapazas a la pensión —¿Rapazas? Le dije con asombro— y, ¿qué es eso?

—Chicas, mujeres de contrabando. Sobre eso no quiero escándalos. Con esa condición y pagando puntual todo está dicho.

—Bien, por eso no se haga problema, comprendo sus justas razones—, estaba seguro que entre el galaico y yo no podrían existir diferencias. Desempaqué mi cosas y las fui acomodando, el cuarto aunque no muy grande, me resultaba cómodo. Su mobiliario lo conformaban una cama, la mesa de luz, un *placard* con puertas una silla un pequeño espejo una alfombrita y un almanaque del año con un paisaje aburrido. Sus paredes pintadas de blanco a la cal con una pequeña guarda, su piso de madera de pino limpio y lustrado le daban al cuarto un aspecto de pulcritud que en realidad era lo que más me agradaba. Tomé unos matecitos calientes y amarguitos como a mí me gustaban y salí, tenía toda la tarde a mi entera disposición me sentía libre como un pájaro con ansias de volar, de cantar, ¡qué sé yo! De cualquier cosa. En ese momento despreocupado del problema de mi estabilidad en el trabajo me sentía feliz. Los días empezaron a transcurrir rutinariamente, mientras tuviera trabajo no tendría dificultades aunque por los diarios estaba enterado de que la desocupación iba de más en más. Unos días después, el capataz me llamó y me dijo que no me fuera que tenía que hablar conmigo. Luego de terminada la jornada esperé paciente.

—Bueno don Silvestre, aquí me tiene dispuesto a escucharlo—. Mi voz había sonado hueca, desprovista de vida. Una voz para mí hasta ahora desconocida, una voz con temor a la incertidumbre y a lo oculto.

—Está bien, vení. Sin más me alargó un recibo con la paga adeudada, lo firmé y él lo dobló y lo guardó—Con tono amargo y profundo me dijo: el arquitecto se acaba de ir y vino a confirmarme que no tiene por ahora dónde ubicarte, por lo tanto debe suspenderte hasta nueva orden. No es culpa de nadie, debes comprenderlo pero si no hay trabajo, no hay nada que hacer. Sos un muchacho trabajador y responsable espero que las cosas se normalicen para que vengas de nuevo a trabajar conmigo.

—Desde ya le agradezco todo lo que hizo por mí, debo tener paciencia y esperar.

—Bueno Agustín, dentro de todo me alegro que lo tomes así con calma. Seguir buscando y no esperar nada de nadie, solo de tu esfuerzo, todo lo demás es un espejismo y jarabe de pico—. Nos despedimos y cada cual tomó por su lado, pero los dos nos íbamos amargados. Pensaba que de qué servía ser responsable si después la sociedad lo condenaba a uno a morirse de hambre, a revelarse o a convertirse en delincuente. Un millón de desocupados deambulaban por las calles del país. Y, ¿si me convierto en delincuente?, pensaba. No, estaba divagando estupideces. Debería tener paciencia. Roma tampoco se hizo en un día.

Había llegado a la pensión triste y cabizbajo, con el ánimo marchito. Mi abatido espíritu me aconsejó que reposara ese fin de semana para comenzar a buscar trabajo el siguiente lunes. Luego de tomar unos mates y como aún era temprano para cenar, decidí correrme hasta la casa de Marta. Dicho y hecho como a la hora llegue allí. Pero no estaba. Dejé mi nombre y dirección. Su casa era otra pensión o la que resultaba que los dos éramos pensionados.

¿Por qué no podríamos aunarnos en una sola pensión? Cuando la viera de nuevo se lo propondría, dependía que ella se viniera a vivir conmigo y olvidara su otra vida. Yo estaría gustoso Pero ¿y ella? Aunque ya me había manifestado que no se quería enganchar con nadie pero si cambiaba de parecer a lo mejor uniríamos nuestros destinos. Retomando el camino regrese al pensión con ganas de comer y pensando que cómo le iba a proponer eso justo ahora que quedaba sin trabajo. Al día siguiente, sábado, me puse a merodear por la pensión, salvo una pareja de ancianos todos los demás inquilinos era hombres con rostros cansados y apesadumbrados por los tiempos que corrían. Anduve por la ciudad mirando el gentío, unos hablando o riendo solos, otros piropeando mujeres; otros distraídos que chocaban con todo, una verdadera feria de rostros alterados pero todos inmersos en una ciudad neurótica que atrofiaba la calma de espíritu. Entré en uno de los comercios que pululan por la calle Pueyrredón y compré un aparato de radio del tipo de los pequeños y salí   contento como esos chicos que se encuentran un juguete, para mí al menos lo era, en mi pueblo apenas si se conocían, en cambio yo tenía uno. Allá hubiera sido un potentado, acá era monótono y vulgar. Luego de un rato regrese a mi cuarto. Esa tarde almorcé acompañado de la música y la perorata de una emisora radial que transmitía canciones y que paliaban mi soledad en esa tarde sabatina. Me sorprendió la noche moviendo el dial de mi chiche, la tarde se había esfumado como por encanto. Había hallado un verdadero compañero para mi distracción. Me dormí al vaivén de dulces melodías, a pesar de todas mis preocupaciones tuve un sueño tranquilo. El domingo fue un día que el ambiente de la pensión destilaba paz y todo era quietud.

—Con el ánimo predispuesto, el lunes salí a enfrentar los avatares del destino, un trabajo que normalizara mi vida. Caminé mucho y vi muchas obra paradas y en las pocas que trabajaban la contestación era siempre la misma, "por ahora no necesitamos personal". Llegué hasta Rivadavia y José María Moreno, luego por el sur alcancé la calle Juan Bautista Alberdi y doblé hacia el este. En un bar en la esquina de la Plata tomé un café, la caminata no me había traído trabajo pero sí hambre. Al mediodía regresé a la pensión sin trabajo pero más preocupado porque las perspectivas no eran halagüeñas. Pasaban los días y mis esperanzas se iban diluyendo como se iban esfumando mis ahorros. Cada día eran más los que buscaban trabajo y los cesantes crecían en proporción. Una de esas tardes al regresar de esas búsquedas inútiles, cuando iba cruzando la plaza ante mí vi el contoneo de unas nalgas familiares, en efecto era Marta, apuré el paso y la llame:

— ¿Marta, Marta que haces por aquí? Mira qué casualidad, iba a buscarte para conversar un rato y estar juntos.

—Y vos ¿de dónde venís?

— ¿De dónde vengo? Pues simplemente de buscar trabajo.

— ¿Te echaron del trabajo?

—No, no me echaron, me suspendieron por falta de trabajo—entonces tomándola del brazo le dije: Vamos a sentarnos un rato porque en la pensión el dueño no quiere saber nada de que se llevan mujeres, de modo que tendremos que buscar otro sitio para estar un rato juntos.

—Por eso no te inquietes yo tengo donde ir siempre que vos estés dispuesto— me dijo sonriendo con picardía, mientras apretaba sus senos contra mis brazos.

—Cómo no voy a estar dispuesto ¿acaso porque no tengo trabajo? Eso no quiere decir que este inhibido para hacer lo otro.

—Bueno, vamos— me dijo Marta, me tomaba de la mano. Levantándome y sin decir nada me dejé conducir.

—Pero tan pronto— le dije—, vamos a comer algo.

—No, me replicó Marta, mejor lo dejamos para después—Seguimos caminando tomados de la mano a pocas cuadras de Cangallo llegamos a nuestro destino. Por lo visto era habitual del local porque entró como Pedro por su casa, por los saludos que le dirigieron me imaginé que conocían su *mettier*. Era un hotel por horas. Ella tenía su habitación asignada. Disfrutábamos noventa minutos de amor que no podíamos desperdiciar y como adivinando mi pensamiento Marta creó el clima propicio para entrar en acción de inmediato. Sus posturas felinas me enardecieron y en un dos por tres, estábamos librando una feroz batalla solo abandonada después del éxtasis conquistado y compartido en sorprendente simultaneidad. En el intervalo le manifesté mi propuesta de seguir nuestra relación pero copulando en nuestra propia alcoba. Primero me miró seria luego mientras fumaba comenzó a sonreír hasta que terminó en una carcajada estrepitosa.

—Pero vos estás loco, como se te ocurren esas cosas. Yo quiero ser independiente, te aprecio pero no al extremo de estar subordinada a nadie, si me fui de mi casa para que no me mandaran como querés que me ate a un compromiso de esta naturaleza.

—Escuchame Marta, no te rías, yo te lo dije en serio porque así lo siento.

—Mira, yo agradezco tu gesto emocionada de verdad, pero no enamorada, me gustas más por el placer que me causa tu virilidad pero nada más. Siempre que queramos podemos brindarnos nuestro deseo. Hasta ahí sí.

—Pero mejor vamos a dejarlo así ¿no te parece? ¿Pero sin enojarte, eh?

—De acuerdo Agustín y para que veas que te lo agradezco de verdad, vení acercate porque te voy a ofrecer lo mejor de mi repertorio, que entre paréntesis, es bastante extenso. Te lo ofrezco porque me nace, pero bien seguimos como amantes—.Su piel blanca contrastaba con la mía de color aceitunado haciendo resaltar esa blancura incitante que al solo contacto de mis manos se estremecía en espasmódicas contorciones. Ese contubernio amoroso me fue transmitiendo un calor desusado en ella, que hacía que mi sexo se enervase con desespero como un principiante temeroso y a la vez enardecido que siente perder su virginidad. Ella gemía para que yo la penetrara pero sus movimientos espasmódicos me lo impedían. Con tino de deportista avezado por fin penetre en su casa una casa llena de ardiente fuego expansivo y que al conjuro de sus ondas cada vez más crecientes la harían sucumbir deliciosamente. Los ritmos de nuestros enfurecidos cuerpos antes incontrolados por fin se acoplaron con firmeza acompañados de los gemidos que como música celestial y *siempre in crescendo* nos enloquecían hasta hacernos perder nuestros sentidos. Cuando sus labios húmedos llenos de pasión succionaron los míos, cuando su lengua desenfrenada recorrió todos los recovecos de mi boca acezante, en ese preciso momento se produjo el naufragio fatal donde la conciencia nos abandona y esa *petite morte* nos lanza al paraíso de la plena felicidad. Ella se fue calmando y su cuerpo se volvió laxo, sus brazos se fueron desprendiendo de mí hasta quedar con los ojos en blanco y la cabeza ladeada sobre la almohada, como una flor rota en su tallo.

Dos discretos golpecitos dados en la puerta por el mozo del hotel, nos anunció el fin de la función y de inmediato nos fuimos al lavatorio. Cuando salimos a la calle la noche tendía sobre la ciudad su manto oscuro lleno de complicidades, fuimos caminado por Pueyrredón y entramos a un restaurant donde recuperamos nuestra fuerza perdida en la batalla. Marta estaba radiante de felicidad, lo notaba en todos sus gestos, en sus ojos, en sus palabras y en su risa viva y contagiosa. Sus deseos aplacados con el amor, hacían de ella una mujer diabólicamente apetecible y exquisita. Conmigo no fingía, bien lo sabía, yo no era un cliente más de su negocio, era el amante que recibía las cuitas de placer acumuladas en las noches indiferentes de su amor en venta. No era vanidoso pero en la intimidad me sentía halagado que una mujer formidable de atributos a la vista, como los de ella, se hubiera fijado en mí para satisfacer sus sentimientos del amor. De seguro encontraba en mí un goce peculiar, lúdico y gratuito, que la dejaba plena y satisfecha. Le gustaba que yo no le demostrara mi vanidad masculina, ese dejar que ella tomara la iniciativa en el juego amoroso tenía sus frutos y era ella quien dirigía las etapas que debía transitar para coronar felizmente la cima del goce total.

Cuando nos despedimos después de cenar, quedamos más amigos que nunca, un profundo beso selló nuestro compromiso de amantes libres y consolidó un futuro de entrevistas clandestinas. Después de caminar unas cuadras llegué a mi pieza y ahí se rompió el encantamiento. Mañana seguiría con mis problemas de trabajo.

5

Mis medios económicos empezaban a mermar y ya sabemos que cuando las salidas son más grandes que las entradas el cuadro es una bancarrota en ciernes, y lo desagradable era que no había signos de que esto cambiara. El cuadro de mi destino era estático y las perspectivas, sombrías. Mientras fumaba encendí la radio y una zamba surgía nítida y las cadencias de sus notas rememoraban mi pueblo. No entendía cómo algunos preferían música extranjera y en otro idioma, a la vernácula. Pensaba que no valía nada mis brazos y mi juventud, ni mi voluntad ni mi sana intención de desarrollarme, estaba condenado por una sociedad sórdida y egoísta, deshumanizada, que carecía de sensibilidad social; que me arrojaba en los brazos de la delincuencia. Pero no caería en el mal camino aunque me empujaran a ellos los provocadores de los conflictos, gente de mente vacía y estómago lleno. Seguí indagando por trabajo.

En esos días que regresaba de la calle, sentí que me llamaban, volteé a mirar y era Raúl. Nos fundimos en un abrazo y nos quedamos mirando a la cara, los dos estábamos desalentados y demacrados, derrotados, perdedores. Fuimos caminando hasta la pensión y luego entre mate y mate me fue contando su vida, que era un calco de la mía. La diferencia era que yo tenía algún pequeño ahorro y él no. Le ofrecí todo lo que tenía, lo mío era suyo. Los ojos de Raúl se llenaron de lágrimas y sentí que mi epidermis se erizaba ante su desesperación.

—No te desesperes Raúl, le dije dándole unas palmaditas en la espalda. Seguiremos buscando trabajo los dos. Las cosas tendrán que cambiar.

—Sí, claro que va a cambiar, pero, mientras tanto, ¿cómo voy a vivir? ¿Cómo, me decís? No tengo donde dormir, como no pagué la pensión, me echaron Y ¿ahora qué?

—Mira que tengo la solución. Si quieres te quedas a vivir aquí, yo le voy a explicar la situación al dueño—. Fui y hablé con el español y le expliqué el asunto, que no íbamos a crear problemas. El galaico fue comprensible y por unos pesos más pudimos compartir la habitación. Por lo menos dentro de nuestras desdichas algo tendría que venir bien. Cuando le conté a Raúl, me agradeció con un fuerte abrazo. Cuando salimos a dar una vuelta le conté como iban las cosas con Marta.

—Y, ¿qué esperabas? La conocí primero que vos y se cómo es. Muchos han tratado de engancharla con el señuelo del casamiento pero los "rajó" a todos, ella ama su libertad y escapa a todas esas ideas y como dicen los italianos: *se ne frega*—. Ya a la hora de dormir, nos acomodamos en la cama uno a la cabecera y el otro a los pies y listos. Al día siguiente salimos esperanzados, al compartir las angustias estas se hacían más ligeras. Para estirar los pesos solo tomábamos mate y pan con mortadela, quedábamos con hambre pero no había de otra. Los billetes no eran de goma para poderlos estirar. Pero todas estas incomodidades ¿a quién le podían interesar? Estábamos en un dilema hamletiano, del ser o no ser, o nos apretábamos los dientes y seguíamos luchando o nos arrojábamos a la vida fácil y peligrosa de la delincuencia. Decidí hablar con el español para que nos fiara el mes siguiente de pensión mientras encontrábamos trabajo. A la vez Raúl estaba hablando con sus amigos para ver si alguno de ellos nos ayudaba con la vivienda. Una tarde vino Raúl y me dijo:

—Che, Agustín, encontré un sitio donde poder ir, se trata de una villa de esas que llaman de emergencia y queda por la ciudadela.

— ¿Es una de esas villas miseria? ¿Cómo vamos a ir allí?

—Y qué querés, yo no tengo plata y la que vos tenés si seguimos así no va a durar mucho. Decime entonces ¿a dónde vamos?

—Mira, déjame hablar con el galaico a ver si aguanta por el alquiler.

—Hacé como vos quieras. El asunto es no quedar en la calle—. Hablé y el hombre solo me dio ocho días de espera. Entonces tocaba aceptar la solución planteada por Raúl. Comenzamos a preparar nuestro equipaje hacia ese lugar de andrajos y desechos. Estábamos seguros de entrar en ese ambiente, lo que no sabíamos era cuándo íbamos a salir de él. Fuimos hasta la calle Corrientes y tomamos el subterráneo que nos trasladó hasta Chacarita, luego un colectivo nos acercó bastante a nuestro destino. La pobreza y la miseria se acentuaban en los suburbios, y las calles de barro con zanjas profundas y plagadas de insectos con el agua estancada de las últimas lluvias. Todo eso era nuevo para mí y... saber que estábamos en la misma ciudad. Cuando llegamos quedé mudo de asombro, las viviendas eran unas casuchas miserables, cuchitriles hechos con chapas, bolsas y restos de madera; algunas paredes anémicas se dejaban ver en forma espaciada dejando al desnudo sus entrañas por falta de retoque... Un largo muro que servía de medianera nos separaba de los vecinos, nada alegres por cierto, ya que eran los muertos con vivienda fija, habitantes de un cementerio y que con la diferencia de otro famoso muro, el de Berlín, aquí no se mataba a nadie por atravesarlo, sino que eran recibidos en la tranquilidad de una serena paz. Una angosta callejuela de barro, donde apenas cabía apretado un carro, era el sitio donde también jugaban niñitos famélicos, andrajosos y semidesnudos, entristecían el ambiente con una pena que estrujaba el alma, eran argentinos también y en esos rostros se reflejaban el futuro de la patria agonizante. Los adultos, pobremente vestidos y algunos con veleidades de estar a tono con la moda, no hacían más que ponerse en ridículo, nunca en mi vida había visto nada parecido, en mi pueblo, que era bastante pobre nunca vi esos cuadros enmarcados por la degradación y la miseria humana. Aquí se notaba más, quizás porque vivían agrupados y la miseria en bloque adquirían contornos dantescos. Lo increíble era que la gente pudiera vivir así, si es que a eso se le puede llamar vivir. Interiorizando esas desgracias, mi alma se me fue a los pies. Cuando entramos a la villa algunos habitantes nos dieron la bienvenida en una forma muda y silenciosa con leves inclinaciones de cabeza. Los chicos se revolcaban en el pasto y con sus risas y gritos daban una nota de color dentro del sórdido ambiente que nos rodeaba, ignorando dentro de su inocente ingenuidad el amargo y duro camino que les deparaba el destino. En algunas puertas se dejaban ver mujeres aparentemente agradables y varias adolescentes que hacían resaltar su precocidad insultante, como si para ellas eso fuera un medio de vida, y en verdad más tarde supe que así era. En la puerta de nuestra futura vivienda nos esperaba el que resultó ser el hombre fuerte de toda la villa. Podría decir sin temor a equivocarme que era la personificación del caudillo. Hechas las presentaciones "el capo" nos hizo entender que para andar en armonía dentro de la villa lo mejor era andar bien con él, de lo contrario podíamos tener problemas. Por lógica sobrevivencia, optamos por no contradecirlo. La casucha había pertenecido a un profesional de la punga y según nos contaron para evadir la captura se escapó por Chile, por lo que nos sentimos como dueños del inmueble. La pieza era de tres por tres, y desempeñaba las funciones de dormitorio, cocina, comedor sala de recibo. Menos defecar, todo había que hacerlo dentro de ese ambiente precario, malsano, lleno de hendiduras. Su mobiliario se componía de dos camitas, una mesita paticoja dos cajones, dos sillas; una soga colocada a lo ancho hacía las veces de perchero dos perchas hacían de ropero, una lámpara a querosén bastante ahumada alumbraba todo el recinto. El piso estaba hecho con restos de ladrillos que terminaba por bifurcarse en el centro y el resto del piso era pura tierra apisonada. La puerta de entrada era suplantada por dos bolsas viejas de azúcar añadidas entre sí, las que tendría que cambiar con urgencia para garantizar nuestra seguridad personal. Tiradas a la *san facón* sobre una de las camas reposaban unos trastos viejos patrimonio de nuestro desconocido antecesor. Por las rendijas de las chapas se podía ver y sentir todo lo que acontecía en los chatos cuchitriles que estaban lindando con el nuestro, así mismo nos podían ver a nosotros. A grandes rasgos y en forma amorosa, he aquí la radiografía de nuestro *sancta santorum*. La villa venía a ser un compendio de América Latina, había bolivianos, paraguayos, chilenos y hasta argentinos, y dentro de estos, santiagueños, cordobeses, chaqueños, correntinos, tucumanos y algunos porteños.

Formábamos un conglomerado amorfo desechados de la sociedad, de los que nadie quería acordarse, pero que se estremecía ante cualquier crimen, pero impávidos ante el asesinato masivo de miles de seres, por inanición, por enfermedades endémicas y por miles de lacras endosadas a los sectores más débiles de la población, de manera gratuita y desalmada. Mientras estas reflexiones congestionaban mi espíritu, con Raúl acomodábamos nuestras cosas a gusto, limpiando con una escoba vieja que habíamos encontrado debajo de una de las camas. De repente, un olor a carne asada, nos hizo recordar que éramos mortales y que teníamos hambre. Con lo que traíamos en la valija pudimos engañar al estómago. Luego salimos y echamos una ojeada por los alrededores algunos pequeños negocios y fábricas. La calle principal por ser la única a medio asfaltar absorbía todo el tráfico de la zona y algunas líneas de colectivos. Fuimos a comprar algo en la carnicería de la esquina. Al atardecer, sobre el barro de la vereda prendimos un fueguito para preparar algunos mates.

—Decime Raúl ¿cómo te ha parecido todo este paisaje? Desolación y miseria en la mismísima capital. A los embajadores en sus recorridos turísticos deberían pasearlos por estas vergüenzas.

—Pero querido, tomátelo con calma para mí que soy un trotamundos estos cuadros no son ninguna novedad, conozco otras villas que son peores que estas, más grandes y también limitando con cementerios.

—Será como vos decís pero de aquí tenemos que volar cuanto antes. Aquí se pierde la noción de la vida decente, de la dimensión humana, si continuamos aquí sucumbiremos como parias peor que los animales sarnosos.

—En eso estamos de acuerdo Agustín, a mí me asquea todo esto. Pero ¿qué podemos hacer? Son circunstancias creadas por lo politiqueros y los intereses bastardos que nos condenan a esta vida. Lo que nos cabe es romper este muro de miseria luchando sin descanso—. Con esa plática no estábamos resolviendo nada pero al menos nos estábamos desahogando.

La noche cayó mansa y oscura convirtiendo la villa en una masa deforme y espectral. Las luces anémicas de algunas lámparas se dejaban ver entre las hendiduras de las precarias viviendas. Algunos peatones transitaban la callejuela como sombras fantasmales queriendo pasar desapercibidas en la penumbra. De tanto en tanto se oían los ladridos famélicos de los perros que pululaban por la villa, alerta ante los pasos incorpóreos que se deslizaban en los contornos. Mientras

121

Raúl preparaba la cena yo me apaisaba con algunos de los vecinos. Los que vivían a nuestra izquierda eran dos hermanos cordobeses que trabajaban haciendo changa de pocero; enfrente vivía un hombre separado de su mujer con un hijo pequeño y su anciana madre. Por lo que pude escuchar era un buen hombre respetado por todos. A nuestra derecha vivía una anciana con su nieta y su hija, creo que eran de Tucumán y no sé por qué enjuagues el marido de la hija estaba preso, ella era una morocha joven no mal parecida pero algo abandonada. Había podido ojearla con cierto detenimiento mientras efectuaba sus compras en los alrededores, llevaba un vestido azul de seda medio descolorido y ajustado al cuerpo, que le marcaba las puntas de las nalgas exuberantes que al caminar hacia que más de uno se diera vuelta para mirarla lascivamente relamiéndose los labios. De los demás habitantes de la villa sabía poco o nada salvo del "capo" que entraba y salía de algunas piezas como si fuera el patrón de los refugiados. Listos los bistés preparamos la mesa con papeles de diario de manteles, corrí la lámpara al centro de la mesa listos para rendirle honores a los dos bifes. El olor de la carne avivó mi apetito. Mientras comíamos, sentados sobre dos cajones. Perdidos entre los pastos algunos grillos matizaban el ambiente y el croar de los sapos rompían la quietud de la noche. Era su modesta y humilde solidaridad a nuestras desgracias. Terminamos nuestra escasa pitanza comiéndonos todo el pan restante, engañando a nuestros estómagos como si estuviéramos degustando un sabroso postre. Luego encendimos la radio, fumamos un cigarrillo mientras la música de un chamamé se esparcía cadenciosa de forma agradable. Tránsito Cocomarola y su conjunto nos hacían olvidar de nuestras penurias con su música alegre y pegadiza, en esos momentos Corrientes era dueño y señor de la villa y nuestros pensamientos eran para las "guaynas".

Al día siguiente salimos a buscar trabajo cada uno por su lado pero al rato nos juntamos y seguimos en pareja. El barrio despertaba y las gentes salían como nosotros en busca de trabajo. Los olores malolientes de los basureros descuidados y corrompidos atacaban nuestro olfato. Había que caminar con cuidado porque los montículos de tierra eran trampas para caminar. Cerca se divisaban estructuras de fábricas a donde nos dirigimos. Si no conseguíamos para trabajar en construcción que era nuestro fuerte, lo haríamos como obreros de fábrica. Pensaba que ante tanta corrupción moral si Jesucristo volviera de nuevo a predicar la justicia social, los ricachos lo volverían a crucificar con tal de mantener sus privilegios. La vida continuaba, el sol de mediodía caía a plomo sobre la mugre de la villa poniéndose en evidencia la miseria que rebelaba nuestros sentimientos justicieros pero que luego claudicaban ante la inercia y la apatía nefasta del rebaño. Cabizbajos regresamos a nuestro tugurio ¿Hasta cuándo duraría este via crucis?

Sentada junto a la puerta la tucumana llevaba la nena en brazos y la amamantaba con displicencia con unos senos opulentos que sus manos morenas no alcanzaban a cubrir. La saludamos y entramos a nuestra pieza casi avergonzados de fijar nuestra vista complacidos, casi con complaciente impudicia y lascivia sobre su humanidad al descubierto. No hicimos ningún comentario por lo desganados que estábamos, sin deseos absolutos de hablar. Nos recostamos encerrados en nuestro propio mutismo, aferrados al mismo pensamiento. Nuestra situación a medida que pasaba el tiempo se deterioraba económica y moralmente. Si claudicábamos podíamos terminar en vulgares delincuentes y eso era lo menos que deseábamos. Al atardecer churrasqueamos hasta hartarnos, deleitándonos como si fuéramos verdaderos sibaritas. El fiambre de pan lo idealizamos como si fueran exóticos manjares. De repente llegó la tucumana y la invitamos a tomar mate. Ella se sentó a mi lado en el borde del cajón que me servía de silla. Sus muslos presionaron sobre los míos y de entrada nos tuteó como si fuéramos conocidos de siempre. Total, nos dijo, estamos todos en la misma bolsa y el protocolo en esta mugre está demás. Y entre mate y mate nos fuimos contando nuestras tristezas, aunque las de ella ya las conocíamos por referencias. Nos dio a entender que ella andaba sin trabajo y que para mantener a su madre y a su hijita, la única fuente de ingresos que tenía era la de su sexo y que de cuando en cuando se acostaba con alguno, agregando que el marido estaba preso y por largo rato pues en una pelea de borrachos de esas que se originan en las villas, mató a un hombre en defensa propia, pero igualmente lo condenaron. "Lo «engayolaron» a ocho años de prisión. Como ven ando viviendo una vida terrible que no se la deseo a nadie pero ya estoy endurecida y resignada a lo que venga, bueno o malo ya no me interesa. Para más, dentro de poco me llega una hermana de Tucumán, y se complica más mi existencia, pero tampoco la puedo echar, ya nos arreglaremos, suerte que en esta porquería de pieza aún puede entrar bajo techo".

Mi prolongada abstinencia me hacía ver a la tucumana simpática y apetitosa. Sus muslos potentes presionando los míos me calentaban y enervaban— Y bueno, le dije— Hay que tener paciencia. Poniéndose a llorar y lamentarnos tampoco solucionamos nada, esto no podrá continuar por siempre, no sé, me parece a mí —Raúl acotó: mira como nosotros estamos colgados y eso que estamos buscando trabajo pero no resulta nada. Creo que iremos a robar porque hay que pelearle a la vida.

—Sí, en ese sentido tenés razón— agrego Cristina, que así se llamaba la tucumana— hay que pelear y cada uno lo hace con las armas que tiene. Y yo peleo con esta— dijo señalando su abultado sexo. Es la mejor arma que tengo, la que mejor sé manejar y la que más rinde. Otra, no conozco y lo que de mí piensen ni lo escucho ni me interesa—. La contestación era demasiado gráfica y escueta, carente de recato alguno, como para entrar a polemizar, optamos por reservarnos nuestra opinión, que ante tanta franqueza estaba demás. Luego que se acabó el agua de la pava, se levantó y con un chao, hasta luego se metió en su cuchitril. Su cuerpo cimbreante y moreno engalanado con una frondosa cabellera oscura y larga, era una tentación irresistible. Mi mente se anegó de deseos.

—Te diste cuenta Raúl que la tucumana es inteligente, pero habla sin ningún pudor.

Estaba equivocado con mis apreciaciones, lo reconozco.

—Pero ¿vos te crees acaso, que ella es la culpable por su forma de ser? No es así mi querido Agustín. Su cinismo ha pelechado a base de humillaciones y sinsabores, endurecida en la vorágine de todos los oprobios. No, a ella no la podemos culpar, es el ambiente en que vivimos el que nos ha construido a su modo y que no solo nos insensibiliza sino que también nos imbeciliza, nos destruye la personalidad dejándonos vacíos, sin pensamientos propios como verdadero animales.

—Pero, cambiando de enfoque ¿qué piensas de Cristina como hembra?

—Qué te digo, que en su físico está bien conformada, pero aquí se va a ir marchitando en poco tiempo. La cosa con ella es cuestión de pesos. Creo que me entendés a dónde voy.

—Indudable, no me cabe la menor duda. Pero en otras condiciones ella sería otra persona, Pero, mira ya está anocheciendo Raúl, ve y comprate algo para la cena.

—Claro, pero ¿dónde está el dinero?

—Tú ya sabes dónde está. Lo que hay es de los dos. Anda y toma lo que necesites.

—Bien, pero no te ofendas, con vos no se puede. Ya me estoy yendo—. En ese ínterin la niñita de la tucumana salió llorando, llegó hasta mí como pudo bamboleándose con su llanto persistente. La tomé de la mano y luego de limpiarle los ojitos oscuros y pequeñitos con mi pañuelo la regresé a mi cuarto. Sus ojillos brillantes me miraban con sorpresa pero sin demostrar ningún temor. Tomé un terrón de azúcar grande como una nuez y se lo ofrecí. Su manita diminuta y trigueña se alzó para recibirlo. Cesó de llorar y sus ojos denotaban alegría. Con su media lengua trataba de agradecer, su cara se contraía de visajes y mohines que me hacían reír. Su sonrisa me contagiaba de su alegría Ingenua.

Al salir con la nena me topé con Cristina que me agradecía con la mirada limpia y sincera. Se había cambiado y peinado; de su cuerpo se desprendía una especie de almizcle animal, un perfume de hembra en celo que mareaba pero soportable. Esto la hacía provocadora, más pecadora y tentadora.

— ¿Cómo llegó hasta aquí, vino sola la mocosa? — Inquirió.

—No, la traje yo y como estaba llorando le di un terrón de azúcar, ahora somos buenos amigos— y mirándola a los ojos le agregué— incluso los dos también podemos serlo—. Sin contestar mi alusión y encogiéndose de hombros, como haciéndome ver que le era indiferente, me dijo: —Sí, es mejor que no llore más porque esta noche espero visitas y no me gustaría que empiece a importunar, le voy a preparar la mamadera para que duerma toda la noche— y tomándola de la mano se fue mientras en sus ojos grandes me pareció que encerraban una pizca de picardía.

De otra parte, el fuego avivado esperaba los churrascos que Raúl traería. Los mosquitos pululaban por la villa y en los resquicios de luz se notaban los enjambres en su continuo ascenso y descenso al compás del soplo de la brisa nocturna. Con un trapo húmedo provoqué un poco de humo tratando infructuosamente de correrlos, pero eran miles y miles, además estaban en su ambiente: zanjas, suciedad, restos de comida, yuyales, etc., se habían enseñoreado del lugar y eran más fuertes que todos nuestros medios defensivos. Al rato llego Raúl, preparamos los churrascos y en un santiamén ya estábamos comiendo tranquilos, tomamos mate y fumamos, haciéndole juego a la digestión. Lo que podía notar entre las penumbras de la noche eran las idas y venidas de gente que a veces se hacían visibles , supuse que sería la muchachada de la villa que salían a bailar por ahí, o que venían de otro lado a pasar el rato en algunos ranchos. Bueno, lo que fuera a mí no me inquietaba, en cambio lo que añoraba era la imagen de Marta pegada conmigo piel a piel. Cerré los ojos para evocar su figura voluptuosa cautiva en mi memoria. Esos recuerdos tan caros para mí, los mantenía vivos en lo más profundo de mi corazón, y pasaban por mi cerebro complaciente como un calidoscopio, un verdadero desfile erótico que me inflamaba de pasión a la vez que me hacía sufrir al no poderla tener y sobre todo porque tenía que olvidarla.

La noche se había poblado de esos ruiditos tan característicos, y en la quietud nocturnal se podían escuchar variadas y divertidas sinfonías muy agradables al oído. Y esa música que llenaba el ambiente de la villa me servía de marco para mis meditaciones que me confortaban y me reconciliaban con el mundo. Después de disfrutar un buen rato *ese dolce far niente*, con el cuerpo laxo y la mente vacía de problemas, *rara avis in terris*, ya que la villa era un cúmulo de ellas, fuimos a la cama con Raúl, nos dormimos, ahora al son de sus ronquidos. Me sonreí con un rictus de amargura solo de pensar en la sordidez que nos rodeaba y sin embargo, teníamos fe en el mañana. Estábamos vivos y ansiosos de seguir estándolo por eso pensaba que el lunes aceptaría cualquier trabajo que me ofrecieran con tal de desbrozar el camino que nos condujera fuera de esa villa siniestra y peligrosa para nuestro futuro. Con estos pensamientos soplé la lámpara y la pieza quedó en tinieblas pero mi cerebro continuaba encendido a plenitud.

Mi ensimismamiento se disipó al oír lo que me pareció era un susurro ahogado o un quejido. Agucé el oído por si era Raúl el autor de los sonidos inesperados, pero este dormía como un angelito. Al contrario, había dejado de roncar. Contuve el aliento y, aunque no era correcto, en forma vacilante al comienzo pero después en forma decidido, empecé a observar entre las hendiduras de los cartones y los agujeritos de las chapas. Casi sin respirar, no despegaba los ojos agrandados al máximo para ver lo que estaba pasando en la pieza de al lado. Alelado y en la penumbra de mi cuartucho luego de acostumbrar mi vista a la oscuridad, vi un par de piernas al aire que se movían cadenciosamente. De una blancura bastante pronunciada y muy bien contorneadas. La pareja que fornicaba había adoptado la posición de un libro abierto y en el medio como un largo indicador monstruoso, un hombre con el culo al aire marcaba el ritmo sexual, ajeno totalmente a mi expectante espionaje. Me sentía anonadado y casi sin respirar por temor de quebrar ese instante íntimo y donde mis sentidos participaban en ese festín de la carne complacida. Estuve tentado de llamar a Raúl para hacerlo cómplice del ritual voyerista pero luego desistí, primero porque existía la posibilidad de que el ruido de nuestra conversación alertara a los protagonistas de la escena y segundo porque mi egoísmo me impidió compartir el goce inefable que me producía el espectáculo. Así que aguantando la respiración y enardecido hasta la médula seguí disfrutando del meneo de Cristina. Encendí un cigarrillo y con la boca seca seguí detalle a detalle toda la acción hasta su culminación. Mis ojos eran todos para la tucumana. El hombre empezó a vestirse mientras Cristina, con ese exuberante cuerpo de diosa morena, de carnes duras y bien proporcionadas permanecía echada en la cama boca arriba respirando con acelerada agitación. Luego que el hombre culminó su desahogo previamente concertado, abandono la pieza, no sin antes dejarle un cigarrillo encendido en los labios y palmoteándole las mejillas.

Mientras ella fumaba ignorando que era espiada, empecé a ojear la habitación hasta donde alcanzaba mi vista, al comienzo no percibí nada pero luego observé que pegada a mis narices estaba la nena durmiendo plácida en una cunita. Me pareció reprochable que su mamá hiciera sus cosas delante de ella pero luego pensé que si lo hacía por necesidad entonces ojos que no ven, corazón que no siente. Mientras la niña durmiera, ella se refocilaba con quien le diera la paga para su manutención. Logré ahuyentar esos reproches moralistas y me concentré en los atributos de Cristina. En efecto, eran mayores en su desnudez que cuando estaba vestida. Su piel era incitante y emanaba unos efluvios desconocidos hasta entonces para mí que embriagaban mis fosas nasales hasta la locura. Pensé que sería capaz de entrar a su habitación y poseerla de inmediato. Pero me contuve y por lo visto debería dejarlo para otra oportunidad, porque justo en ese momento entró otro personaje en busca del placer de la tucumana. Yo seguiría alelado como un simple mirón, agitado y con la garganta seca observando cómo se satisfacían y se vaciaban los visitantes nocturnos en la vasija de su precioso tesoro. Mientras el nuevo visitante cumplía sus funciones de macho, Cristina displicente tamborileaba sus dedos contra el piso, marcando el ritmo de una música inexistente en su imaginación; luego cuando en la cama las cosas llegaron a su clímax vinieron de nuevo los consabidos gemidos y suspiros del principio. Me di cuenta que ella fingía un placer que no sentía y simplemente recitaba un libreto conteniente de gemidos, suspiros, acezantes grititos emitidos mecánicamente para complacer la vanidad de los clientes.

Por lo que pude apreciar para ella era un trabajo como cualquier otro, rutinario y monótono, pero aún así imaginaba que abriría sus sentimientos como una flor al hombre que le gustara. No podía creer que fuera insensible al placer, pensaba que cundo se brindara de verdad debía ser un volcán en plena ebullición que arrasaría con su fuego al agraciado y afortunado compañero. Conocía tan bien su *mettier* que se manejaba voluptuosamente a gusto del consumidor, por eso estos se retiraban contentos y satisfechos y siempre con el ánimo de volver a pecar. De todos modos quién es más culpable: ¿el que peca por la paga, o el que paga por pecar?

Total que hasta ese momento yo comprendía la parodia de Cristina a la vez que no les tenía rencor a los visitantes ya que justo ellos me servían como sustitutos en donde yo me convertía en el poseedor imaginario de la tucumana. Luego de haber dejado el importe correspondiente, el hombre se retiró sigilosamente tal cual había venido. Ella permaneció por unos minutos desnuda sobre la cama con las piernas cruzadas y yo muerto de ansiedad por estar a su lado. Luego se vistió con una combinación y fue a contar el dinero obtenido por la faena y lo guardó debajo de la almohada. Sentí cómo se lavaba y se volvía a acostar. Enseguida volvió a reinar un silencio absoluto en la estancia.

Me deslicé en la cama tratando de dormir pero mi excitación me lo impedía. Recién a la madrugada pude conciliar el sueño. Al despertar me dolía la cabeza y tenía la boca pastosa y amarga. Estaba pagando los frutos de mi indiscreción y de mi exuberante imaginación. Raúl ya había prendido el fuego y estaba mateando, lo acompañe mientras le contaba la película de la noche. No era nada inconcebible ni tampoco escandalizarte, pero me desveló. Raúl anticipándose a mis pensamientos me dijo— Ya te lo había prevenido, esto era una cuestión de pesos. Te acordás ¿No? Toma las cosas como son, en este ambiente para la mayoría de mujeres no les queda otra alternativa. Además ¿qué otra cosa podrían ofrecer para ganarse sus rupias? El sexo es el maná buscado por todos los hombres desde que el mundo es mundo. Será el destino, la sociedad, las circunstancias, yo no lo sé, pero esa es la verdad real, cruel y dolorosa.

—Yo no te quise despertar par que no se dieran cuenta y porque temía que se terminara el espectáculo. Nunca me había pasado nada igual.

—Bah! Hiciste bien, yo estoy hasta la coronilla de todo esto, no porque no me gusten unas buenas piernas, sino porque aquí todo me deprime y decepciona, al extremo que mi sexualidad se agobia y se apacigua. Lo único que me levantará la moral y la libido será cuando encontremos un trabajo y podamos salir de aquí.

6

—Indudablemente tenés razón, Raúl, no te lo voy a negar,   la verdad es esa. Pero ¿qué querés que haga? La tucumana tiene unas nalgas que anoche me robaron el sueño y la quietud, y no las puedo olvidar. Quedaron cinceladas en mi mente.

— Claro que si vos lo ves así, no hay nada que discutir, pero dentro de lo dantesco que resulta todo esto sin mezclar el problema sexual, analizando las miserias humanas, y no estoy haciendo filosofía barata, simple, te saca las ganas de vivir pero tu punto de vista es diferente al mío. Lo ves desde la energía erótica. Vos mirás el problema sexual y te entusiasmas en cambio yo miro el social y me deprimo. ¿Cómo querés que luego tenga ganas para pensar en el amor? No te ofendas, Agustín pero creo que estoy hecho más a las vicisitudes de la vida que vos. Soy más calculador que ardiente. Vos para estas cosas sos demasiado potrillo.

—Puede ser como vos digas Raúl, por eso no me voy a ofender, a tu lado he aprendido tantas cosas y las que seguiré aprendiendo, por eso me gusta que me hagas reflexionar y ver las cosas desde tu punto de vista. Quizás debe ser mi temperamento libidinoso el que prevalece sobre los demás aspectos de mi persona. Sí debe ser eso, pensándolo bien no encuentro otra respuesta porque cuando un lindo culito se menea ante mis ojos al son que le marquen las caderas, quedo en shock, en estado hipnótico y me olvido de todos los problemas del mundo—. Terminamos de tomar mate y salimos a tomar un poco de sol, que por ahora, era lo que sobraba y lo más barato. La mayoría de los vecinos hacían lo mismo, sol democrático para todos hasta que de pronto no viniera un genio politiquero y pusiera impuesto por tomar sol. Mientras los chicos corrían y gritaban, algunos de ellos se ganaban coscorrones de los mayores para castigarlos por cualquier desafuero menor. Otros vecinos asistían dolorosos y acongojados acompañando en el área del cementerio a unos pobres vecinos que habían perdido un ser querido. Por el centro de eso que llamábamos calle venía

Cristina caminando con lentitud, con las hijas entre sus brazos, bien vestidas y calzadas las dos. Deduje que le había encontrado destino al dinero ganado el sábado en la noche. Luego de saludarnos, se metió en su habitación. Me salía de la vaina para entrar en conversación con ella, recién la había visto y mi sangre ardía en mis venas, pero quería hacerlo a espaldas de Raúl, ya que este no comulgaba con mi punto de vista. Sería un poco cínico de mi parte explotar esa posibilidad que se me había presentado sin quererlo, total yo quería enganchármela ya fuera en su cama o en la mía. Quería ser un cliente más, no me importaba, claro que para eso ella debería de abrirme un crédito pues yo estaba a punto de bancarrota y eso era lo que ella no sabía. En esos momentos salió de la pieza la pequeña Argentina, que así se llamaba la chiquilla, pero le decían Tina. Se sentó a nuestro lado jugando con un muñequito de trapo. Pensé que su madre, tarde o temprano saldría a buscarla, mientras tanto yo buscaba la forma de entretenerla hasta que ella viniera. La cuestión era alejar a Raúl con algún pretexto y eliminar un testigo que no encajaba en mis planes. Entonces dirigiéndome a él le dije:

—Por qué no vas a comprar un poco de asado y ensalada mientras yo enciendo el fuego, porque si vas más tarde no encontrarás nada.—

Raúl mirando a la nena y con una sonrisa socarrona como dándome a entender que había captado mi inquietud, me contesto:—No te vas a enojar si me tomo todo el tiempo que haga falta, lo que vos querés es que yo tarde todo lo suficiente como para el lance, ¿no?—No pude contener la risa al verme descubierto y lo que más gracia me causaba era que yo pensaba que esto era un secreto. Raúl había leído mi pensamiento en el aire.

—Sos un brujo, en verdad esa es mi intención—acepté.

—Por mí no te hagas problema porque a mí la tucumana no me da nota. Además la abstinencia y yo vamos casi siempre del brazo como dos buenos amigos, bueno, este punto ya te lo expliqué el otro día, así que tenés el campo despejado para que te tires todos los lances que quieras—Haciéndole una caricia a la niña se alejó tomando la ruta del mercadito—. Mientras la nena seguía jugando con su muñeca yo encendí un cigarrillo a la vez que sentía el ruido de su madre limpiando y ordenando la pieza. Al rato nomás llamó a la chica: "Tina, vení enseguida ¿querés?". Como vio que no iba, salió a buscarla. Al agacharse para tomar a la niña, la miré a sus senos viendo como pugnaban por salir de su prisión de encajes en procura de su libertad. Luego de levantarla me dijo:

— ¿Te das cuenta? La llamo y no viene, pero en cuanto vea el plato de sémola, no sale más para afuera.

—Pero por eso no te enojes, todos los chicos son iguales—le repliqué— Luego, haciéndome el ingenuo, aproveché para entrarle al tema de la noche anterior.

—Decime Cristina, ¿la pequeña estaba enfermita anoche? Porque me pareció oír murmullos y algunos quejidos como si alguien se sintiera indispuesto.

—No, nadie estuvo enfermo ni descompuesto. Espera que le doy de comer a la nena y vuelvo. Pero mejor entra vos y así conversamos tranquilamente— Mejor no se podía pedir, pensé para mis adentros. Si hay un buen principio, por lógica vendrá un buen fin...Mientras ella levantaba la cortina me introduje en silencio y me quedé parado esperando a que ella me invitara a sentar.

—Sentate ahí en la cama mientras atiendo a la nena porque la sémola para ella es un manjar que no se lo puedo dar todos los días, sabes, pero mientras puedo, le doy todos los gustos, todo lo que hago es para que ella no pase hambre. Primero, es mi hija y todo lo demás no me interesa, ahora me las tengo que arreglar como puedo, la vieja se fue a ver una hermana bastante enferma y no sé cuándo va

141

a regresar. Se fue de un agujero para meterse en otro porque mi tía vive en otra villa allá por el puente de la Noria. Aquello con esto no tiene relación, nosotros somos un grupito insignificante. Allá son cuadras y cuadras de trapos, chapas, arpilleras, hambre, miseria, dolor, zanjas, lagunas; aquello sí que es una verdadera villa miseria, me imagino que allá la gripe no debe existir pues lo menos que se agarra cuando alguien se enferma es una tuberculosis— A todo esto, la nena se había movido acurrucándose cerca de su madre luego de haber acabado con el plato de sémola. Enseguida se quedó dormida. Su madre la acostó en la cuna y la cubrió con un tul para evitar la picadura de los insectos. Luego se sentó frente a mí, encendió un cigarrillo y me ofreció otro, mientras nos mirábamos silenciosamente. Luego me dijo— ¿vamos a tomar algo? Aún es temprano.

—Como quieras, además tirándome a fondo agregué—yo estoy aquí para acompañarte —.Mientras preparaba unas copas ella misma trajo la conversación y debo reconocer que fue más explícita como para que no me quedara ninguna clase de dudas. Estaba visto que a pesar de mis sutilezas ella había captado, igual que Raúl, el fondo de mis intenciones.

—Oíme, me dijo, creo que no serás tan tonto como para creer que anoche hubo aquí algún enfermo. Más bien es una excusa para que hablemos de lo que te interesa de mí. Y te lo admito, porque si de alguna manera íbamos a entrar a hablar de esto, al menos no lo has hecho como un guarango, como hay muchos que atropellan y no respetan nada ni a la niña. Si haces un poco de memoria te dije que recibía visitas y así me costeo mis gastos. Anoche simplemente estaba trabajando— Me quedé sorprendido porque creí que iba a eludir la cuestión, pero fue tan explícita con sus palabras dichas sin ningún empacho, que sirvieron para allanarme el camino y tranquilizarme en el logro de mis intenciones.

—Y no te creas que porque estoy sola me voy a dejar avasallar. Algunos hicieron la tentativa y se fueron escarmentados—Y dirigiéndose a la cama levanto la almohada y sacó una pistola, pequeña pero mortífera—Con esto me respetan todos—dijo mientras me la mostraba.

—Por mi te podrás quedar tranquila. Que yo no vengo a crearte problemas, yo solo quiero ser tu amigo—.Yo vivo de eso, así que tampoco quiero protectores a costa del cincuenta por ciento de mi trabajo. Hasta ahora, puedo protegerme por mi cuenta... si vieras la cara que ponen cuando me obligan a sacar la pistola, pierden la guapeza, se ponen fríos, palidecen y hasta tartamudean.

—Bueno, Cristina, guárdate el arma, porque conmigo no la vas a necesitar, nos vamos a llevar bien. Lástima que ahora ando sin trabajo y no me va a ser posible visitarte como quisiera, pero en cuanto pueda me tenés aquí como el primero.

—Si esta noche querés venir, podés hacerlo, después arreglamos, por mí no hay inconvenientes, ya ves que hablando nos vamos a llevar bien.

—No, así no, no me gusta que sea al fiado. Por ahora me conformo y me alegro porque es un buen presagio con que aceptes mi amistad, por lo otro ya vamos a tener tiempo, somos amigos pero sin compromiso para ninguno de los dos ¿No te parece?

—Con esto me estas demostrando que sos un muchacho decente y que el barro nos rodea y nos tiene sumergidos a vos no te ha contaminado aún y por eso ganaste mi amistad. Me alegro de escuchar algo nuevo y positivo en medio de estas miasmas. Porque a veces tengo que aguantar a cada baboso que me dan náuseas, pero me acuerdo de la Tina y me tengo que aguantar todo lo que venga pero con vos es diferente, vení cuando quieras.

—No Cristina, ya lo haremos, pero como digo yo, por ahora dejamos las cosas así y, ahora me voy, tengo que encender el fuego ya volveremos a conversar. Hasta luego.

Cuando me fui, los ojos grandes y almendrados de Cristina estaban llenos de ternura, mirándome sin decir nada, seguro que nunca le hablaron tocándole las fibras más recónditas de su alma. Ella, que estaba propensa a que la avasallaran y la despreciaran, que estaba obligada a prostituirse para mantener a su hijita, se había quedado absorta con una sonrisa en los labios. Había encontrado una persona que la comprendía. Tal vez sentía que había dejado de ser una cosa para ser lo que era, un ser humano, aunque viviera en el barro, una mujer que en el fondo, a pesar de su cinismo era púdica y sensible. Cuando salí de la pieza, el sol estaba en todo su esplendor. Me apresuré a recoger algunos restos de madera y con algunos trozos de carbón encendí el fuego. Allá a lo lejos vi venir a Raúl caminando cachazudamente.

—Sí, ya sé —me dijo Raúl—por tu cara veo que las cosas te salieron bien. Y no vayas a decir que no he cooperado. Fue mucho lo que camine sin rumbo haciendo tiempo.

—Te lo agradezco de verdad, Raúl, sé que sos un buen amigo y no podía esperar menos de vos. Luego te contaré todo lo que pasó con Cristina. Dentro de sus errores como todos los tenemos, tiene una grandeza que me anonadado, precisamente porque viene de quien no lo esperaba, no es una prostituta sin más, como lo creíamos al principio, al contrario analiza y razona con justicia, es una víctima de la situación económica y social, y eso a mis ojos la exime de toda culpabilidad. No puedo ser hipócrita condenándola cuando percibo que es una criatura vapuleada por el destino. Lo que hace lo hace por su hija y eso no puede enlodarla ni vulnerar su alma. Está exenta de toda culpa, es más, es una madre que no pierde su condición de tal, aunque baje a los mismísimos infiernos porque su causa de madre protectora la libera de todo pecado.

—Mira Agustín, ya hay bastantes brasas. Por qué no pones la carne al fuego, así se va haciendo. Igual podes seguir hablando que yo te escucho con toda atención—Mientras se iban asando las jugosas costillas le fui contando todo lo acontecido en la conversación con Cristina, intercalando mis propias reflexiones. Y Raúl expuso las suyas en concordancia con las mías. A estas alturas, había dejado de desear a la ramera porque había descubierto a la mujer y madre que con sacrificio se sacrificaba por su hijita. En mi análisis sobre la tucumana, había eliminado lo superficial para bucear en lo hondo y limpiando el barro que enturbiaba el agua, encontré lo más sublime de la hembra, el amor por sus cachorros y su defensa absoluta por todos los medios posibles. Tomé la decisión de ser su amigo dejando de lado todo requerimiento de orden sexual. Ese cambio que se había operado en mí de repente, lo captó a la perfección Raúl y se sintió cónsono con mi decisión.

—Quizás— le dije a Raúl después de haber comido y fumándonos un cigarrillo– rehusarme a cohabitar con ella, a pesar de su invitación, a muchos les parecería ridículo pero estoy seguro que tu captaste mis pensamientos, porque bien sabes que la necesidad de sexo se puede encontrar en otro lado.

—Así es nomás, Agustín, lo que pasa es que en el fondo aún perduran y se resisten a desaparecer los restos de decencia y sentimentalismo pese al ambiente tan miserable y mezquino que estamos viviendo. Aparentemente, por el solo hecho de vivir en la villa, todos sus habitantes, incluidos nosotros tendríamos que ser por fuerza, ladrones, prostitutas o degenerados, sin embargo sabemos que no es así, y la grandeza moral de Cristina así lo evidencia. Te felicito porque pienses y actúes de esa manera, ese bien actuar tendrá sus frutos y recompensas. Sigue de ese modo y no cambies.

—Yo le riposté con la frase y el pensamiento de Horacio el grande: «"Justum et tenacem": El hombre es justo y tenaz. Sigue tu camino sin desviarte, firmemente y sin dejar de luchar y conseguirás tus objetivos, o por lo menos te acercarás a ellos más de lo que puedas imaginarte». Mi querido Raúl, tus palabras me han emocionado, pero a veces pienso que no todo depende de nosotros, de nuestras fuerzas. Existen otros factores ajenos a nuestra voluntad que nos demoran y nos derrumban al extremo que esos objetivos que buscamos resultan casi siempre imposibles de alcanzar.

—De cualquier forma coincido con vos, que lo último que tenemos que perder es nuestro espíritu de lucha, pero volviendo al origen de nuestra conversación ¿crees que Cristina está lo suficientemente fuerte para no ser arrastrada por la debacle que nos atropella a todos?

—Sinceramente no, y aún estoy perplejo porque estos casos no se dan con frecuencia pero es evidente que existen. Y en esta villa pueden haber más ejemplos de templanza moral.

La tarde de domingo iba declinado con lentitud, la gente de la villa en su mayoría habían salido y la quietud imperaba en el lugar facilitándonos un formidable entorno para conversar. En esos momentos salía Cristina con su hija, de seguro iba a dar una vuelta por los alrededores, su figura no era indiferente a los varones que se la tropezaban. Nos saludó con la mano y enfiló hacia el empedrado que bordeaba uno de los flancos de la villa. Nosotros, con toda parsimonia volvimos a calentar el agua para seguir mateando. La tarde era toda nuestra y la disfrutábamos con placer. Mañana volveríamos a recorrer las calles, esperando que nuestro destino no fuera tan implacable y se apiadara de nuestra condición. Nuestra fe estaba incólume. Ya a la noche, cenamos con ligereza y pronto ya estábamos encamados. Al rato de estar acostado, por cierta respiración agitada que se filtraba por la pieza del lado, inferí que de nuevo Cristina estaba en lo suyo. Pero aunque mi imaginación empezó a divagar con solo el recuerdo de su cuerpo moreno, seguí acostado sin tratar de atisbar por las hendijas y sin pensar en eso hasta que el sueño me venció. Quizás los murmullos acompasados de los amantes de turno me llevaron sobre las crestas de sus ondas a un espacio de placidez compartida. Vaya uno a saber.

Al día siguiente antes de las seis y media ya estábamos despiertos y de pie, tomamos unos mates y nos dispusimos a salir. En la puerta de la pieza nos deseamos suerte, cada cual tomamos por un rumbo diferente. Después de unas cuantas horas de búsqueda, nada conseguí. De repente, en una de las calles laterales por la que nunca había transitado vi un aserradero y como el portón estaba abierto logré ver a obreros trabajando, manipulaban tablas y diversos tipos de madera. Me animé y entré a ver si conseguía algo. Aunque no era mi oficio, eso no importaba. Preguntando si precisaban personal me hicieron esperar un buen rato pero al final tuve suerte. Debido a una vacante dejada por un obrero enfermo me tomaron como peón para iniciar el día siguiente. Lágrimas de felicidad contenida durante tanto tiempo acudieron a mis ojos y amenazaban inundarlos, si hubiera estado solo habría llorado sin ningún escrúpulo. Por fin quebrada esa racha desgraciada cuando ya mis reservas se agotaban, ahora sería otra cosa. Tenía ganas de trabajar, respiré a fondo por la satisfacción obtenida. El horario era de las seis de la mañana a las dos de la tarde, los sábados no se trabajaba y teníamos veinte minutos para merendar. Salí de allí corriendo inundado de alegría y llegue a la villa al mediodía, preparé algo para comer. Raúl no había llegado todavía. Pensaba que podría dejar pronto esa miserable villa y acercarme a la civilización. Al rato llegó Raúl y por la alegría que mi rostro le enseño me preguntó de inmediato qué había conseguido, y le conté todo. "¡rompimos la racha le grité, voy a trabajar en un aserradero!"

—Me alegro mucho, de todo corazón, Agustín, salió el sol por fin, pero está visto que el *yetudo* soy yo y ahora resulta que soy más lastre que antes, para mí no hay trabajo por ningún lado, absolutamente ninguno.

— ¡No digas eso! ¿Acaso alguna vez te dije algo, te hice algún reproche?

—No, vos sos bueno, sería un cretino si hablara mal, todo lo has compartido conmigo. ¿Qué más puedo pedirte? Estoy en deuda contigo para toda la vida.

—Y entonces, ¿por qué herís mi sensibilidad? Yo te aprecio Raúl, pero de alma.

—Entonces mi querido Agustín que si en estos días no encuentro un trabajo me hago humo, y que conste que no quiero lastimarte, solo quiero dejar de ser una carga para vos por eso agarro las pilchas de linyera, subo al primer tren de carga que vea y me voy a recorrer el país, pero de esta villa podrida que me asfixia y me deprime, me escapo, ¿me entendés? ¡Me escapo...!

— ¿Estás loco? Vos no sabés lo que estás hablando, ahora que encuentro un trabajo te querés ir. Pero decime ¿qué bicho te pico?

—Es que ya me cansé de todo esto y de ser una carga para vos, ahora que vas a trabajar te repito, no quiero seguir viviendo a tus expensas.

—No, Raúl yo no te voy a echar en cara nada. Vos fuiste quien me dio la mano cuando yo llegue a la ciudad sin conocer a nadie.

—Te agradezco tu amistad que me honra y tu bondad que me conmueve, Agustín, pero no hablemos más de esto. Esa es mi determinación y si no encuentro un trabajo pronto, en cualquier momento agarro mi "mono" y me voy.

—Yo lo que veo es que con tu prurito exagerado de rectitud no te avenís a ser condescendiente en lo más mínimo.

—No, no es eso, no lo veas por ahí siempre seremos amigos. Pero que querés. Tengo la impresión que aquí estoy encajonado, me falta aire, luz, vida. Todo Agustín, ¡todo! Como querés que te lo explique. Mejor dejemos las cosas así.

—Sí Raúl, si vos lo querés así, para qué insistir. La decisión es tuya, exclusivamente tuya. Otra cosa no puedo hacer pero creéme que me estás lastimando— riéndose, se acercó a mí y me abrazo fraternalmente.

—Vamos a comer que se enfría la comida, me dijo—por mí no te hagas problema yo siempre estaré reconocido y vaya donde vaya estarás en mi recuerdo —. Nos sentamos y empezamos a comer en silencio pero su actitud había enturbiado mi alegría y a pesar de todo no pude disuadirlo de su determinación. Luego yo me recosté un rato y él salió a seguir buscando.

Casi había sucumbido al sueño cuando un griterío fuerte me despertó. Los dos hermanos cordobeses que trabajaban de poceros estaban trenzados fieramente con dos paraguayos de la villa. El espectáculo era deplorable no solo por la pelea sino porque los cuatro estaban borrachos como simios, las palabrotas obscenas que proferían, daban la pauta de la degradación moral en que estaban sumidos y eso que yo no era ningún puritano, pero me daban náuseas los hechos que estaban ocurriendo a la vista de todos. Algunas mujeres gritaban despavoridas y para los chicos era como siempre un motivo de algazara inusitada. Me resultó sorpresivo que los cordobeses que eran gente adusta, reservada y seria que no se metían con nadie, anduvieran en esos problemas. La bebida fue lo que ocasionó esa batahola. Me abstuve de intervenir porque si éramos todos detenidos por la policía ahí sí hasta luego trabajo. Así que me quedé quietico detrás de las cortinas viendo los toros desde la barrera. Algunas mujeres se integraron a la trifulca tirándose de los pelos y agarrándose de donde podían. La pelea estaba tomando un mal cariz debido al uso de palos y botellas. En esos momentos entró Cristina a su pieza, levantando la cortina y sonriendo como experta ya que estaba acostumbrada a ver estas reyertas.

—¿Qué haces ahí parado, como escondiéndote, no los vas a separar?

— ¿A separarlos? ¡Pero de dónde me importa a mí lo que hagan esos beodos inconscientes! Además, no me estaba escondiendo, lo que pasa es que no quiero arriesgarme en estos lios, los comedidos son siempre los que pagan los platos rotos... y por otra parte, para que sepas mañana comienzo a trabajar, y no voy a arriesgar ese trabajo por esto.

— ¡Ah, que bueno eso! Te felicito sinceramente Agustín. Trabajar es una forma de librarse de un montón de problemas que a la larga terminan por acomplejarlo a uno.

Afuera la batalla estaba en todos su apogeo, se habían agregado nuevos protagonistas y la confusión era más amplia. Ya corría la sangre en la escena y el drama crecía. Una mujer con la ropa desgarrada se vapuleaba con las tetas caídas al aire. Para completar la fiesta, lo único que faltaba era que alguien comenzara a repartir puñaladas a diestra y siniestra. No era la primera vez que esto sucedía en las villas. Alguien avisó a la policía y estos llegaron pronto y pusieron término a la pelea con bastonazos y gritos estentóreos, provocaron la retirada general y todo el mundo corrió a guarecerse en sus cuevas. Pero a dos de los contendientes, a un paraguayo y a un cordobés se los llevaron a viva fuerza. Seguro que los meterían unas cuantas horas a la sombra y luego los largarían cuando estuvieran más sobrios. Así terminó la gresca en la villa que al rato había retomado su ritmo rutinario como si no hubiera pasado nada. En fin, mejor que la gresca hubiera terminado sin mayores porque no siempre era así.

Cristina, como si estuviera en su casa, toda solícita estaba preparando las cosas para matear. Me senté y la deje hacer, la proximidad de su cuerpo me enervaba ella sabiéndolo se meneaba con provocación, en cada paso hacia notar la fuerza de sus caderas opulentas. Traté de distraerme abordando otro tema.

— ¿Tenés alguna idea del origen de esa pelea?, ¿fue motivada solo por la borrachera?

—Mira, aquí las peleas se arman por cualquier cosa, pero por lo general es por cuestiones de mujeres, lo que pasa es que cuando empinan el codo, sacan a relucir lo que no se atreven a decir cuando están frescos. Las mujeres que estaban mezcladas en el barullo seguro que estaban entreveradas con los *curdas*. Ponle la firma que alguno de ellos con algunas copas demás se animó y quiso patearle el nido burlándole la mujer al otro y ahí se armó el jarangón—. Yo no quería pensar en Cristina pero al roce de su mano suave al entregarme el mate me excitó. Su sonrisa insinuante me empujaba a un juego que yo no quería empezar y no quería claudicar aunque ella me tomara por estúpido. Como yo hacía caso omiso de sus insinuaciones ella se sintió amoscada con su amor propio herido. Claro que ella desconocía mi pacto interior de sobreponerme a caer en sus redes.

— ¿Estás enojado conmigo, Agustín? ¿Por qué me rehúsas así con esa indiferencia?, ¿no te gusto, tenés problemas, o qué? Sin embargo tus ojos dicen todo lo contrario—. Me limité a contestar con un simple encogimiento de hombros, como si yo fuera una persona ajena a la cuestión.

—No Cristina, no hay nada de eso, de vos no tengo nada que decir si me has ofrecido tu amistad, qué más quiero. Pero sabes que es mi nuevo trabajo lo que me preocupa—. Ella sabía que esos argumentos eran mentiras y eso la empujaba a obstinarse e insistir en sus propósitos maquiavélicos para lograr conquistar mi indiferencia. Quizás en su interior pensaría que yo la despreciaba y por eso se emperraba en acercarse íntimamente, pero como estaban las cosas tenía el temor que en vez de poseerla yo, la que iba a poseerme era ella. Su capricho se convirtió en una obsesión y ella leía en mis ojos que yo pronto claudicaría. Seguimos tomando mate mientras nuestros mutuos deseos se acrecentaban al pasar de los minutos. El llanto de la pequeña Tina vino a romper el sortilegio que nos aprisionaba en ese momento. Fue un motivo suficiente para que ella se alejara no sin decirme que ya nos volveríamos a ver para seguir conversando. Le contesté que cuando quisiera podía hacerse el gusto. Pero mis palabras de doble sentido ella las adivinó y se fue radiante como un sol primaveral. Por ahora había ganado el segundo round gracias a que la pequeña se había echado a llorar. Pero, ¿cuántos rounds podría aguantar? Eso yo no lo sabía. Al rato regresó Raúl desalentado pues no había podido conseguir nada. Le conté todo lo que había acontecido en la villa tras su ausencia y me respondió lacónico:

— ¿Entendés ahora por qué me quiero largar de aquí? algún día vamos a terminar todos presos o nos meten en un fandango de padre y señor mío. Enredados entre pungistas, putas, chorros, borrachos y demás yerbas que abundan por ahí. Todo esto que me cuentas viene a robustecer mi tesis de huir cuanto antes de este antro—. Bah, estaba visto que este día Raúl estaba más pesimista que nunca. Yo para no desmoralizarlo, traté de cambiar de tema. Le conté de mi conversación con la tucumana, esperando conocer su punto de vista. El me respondió:

—Esa mujer con vos quiere sacarse un gusto y te va a obligar por medio de argucias y sutilezas a que seas su semental. Puede que sea un capricho transitorio o que se haya enamorado de vos, eso no te lo puedo asegurar. Pero va a insistir de tal forma que vas a terminar por sucumbir. Vos sabés bien que cuando una mujer se lo propone se acuesta con el que le gusta y para eso no le faltan argumentos ni más armas. Es cuestión que ella tenga una oportunidad y ya. Por lo menos en la primera vez será ella quien te posea— ¡Que es la vida sino una eterna posesión!, pensé para mí. No interesa quien es activo o pasivo, el más fuerte logra su objetivo de acuerdo a sus deseos. En este caso Cristina tiene la primacía y mis recatos no servirán de nada, el de ella es un sexo fuerte, dominante, que me hará claudicar.

—Yo he llegado a las mismas conclusiones que vos, palabra más, palabra menos, pero por eso la dejaré hacer, que luego mi conciencia no tenga nada que reprocharme. Al igual soy un hombre de carne y hueso que siente y desea igual que ella. Si le gusto y me busca, me va a encontrar, tampoco puedo evadirla todas las veces, y la verdad que frente a su cuerpo felino no tengo defensa.

—Por lo que veo, a vos tampoco te desagrada. Siempre que la ves la desnudas con tu mirada, o, ¿me equivoco?

—Para nada, mi querido analista—. Le respondí cortante. Tomamos el mate y salimos a tomar el fresco. La villa ya se había olvidado de la gran trifulca. Al lado apenas se sentía la voz de Cristina regañando a Tina porque se negaba a tomar su alimento. Algunos vecinos ya regresaban con pasos cansinos y rostros cansados para meterse en sus cuchitriles. El cielo amenazaba por derrumbarse sobre nosotros en fuerte diluvio. Olíamos el agua que se avecinaba. Los truenos comenzaron a estallar sobre nosotros y la tarde se ennegreció. Las gruesas gotas que comenzaron a caer empujaron a la gente a l interior de sus ranchos. Tuvimos que encender la lámpara pues todo se puso oscuro. Nunca había llovido así de fuerte y los tugurios amenazaban con derrumbarse. La villa toda se convertía en un barrial nauseabundo, la calle tomaba el aspecto de un río, y todo se empapaba adentro y afuera, echando a perder los pocos enseres que poseían sus habitantes. Nos desesperamos por ir tapando las goteras que producían ese aluvión de agua que nos estaba anegando y que amenazaba con hundir la pieza y toda la villa. La naturaleza no sabía de desastres. Raúl no hacía más que echar maldiciones contra todos, porque todas las desgracias y todos los problemas nos eran destinados, para eso estábamos nosotros los parias. Daban ganas de llorar frente a la impotencia que nos doblegaba. A pesar del furor del agua que caía a baldazos no se sentía ningún grito o lamentos, todo era silencio y obscuridad, salvo el ruido de los truenos. El cementerio anexo a la villa parecía que se había agrandado conteniéndonos vivos en sus fauces. A pesar de todo, al parecer los moradores de la villa ya estaban acostumbrados a eso y mañana reconstruirían y seguirían sus vidas como si nada. Distinto era nuestro caso ya que desacostumbrados a esto seguimos maldiciendo y desesperándonos. Lindo debut el mío para comenzar a trabajar, pero como fuera, así fuera nadando llegaría a mi trabajo. Después de un buen rato la lluvia fue mermando dejando un estropicio a su lado. El piso de la pieza era puro barro y habría que comenzar a reconstruir. Ya terminando de medio arreglar y cansados al máximo nos paramos a fumar un cigarrillo. El cielo retomó su esplendor y las estrellas comenzaron a refulgir con brillo limpio. Nuestros cuerpos más que comida pedían reposo así que comimos algo ligero y luego fuimos a la cama. Mientras Raúl roncaba como un bendito yo me adormecía pensando en el trabajo milagroso del día siguiente. Sin embargo el silencio reinante hasta ese momento se agrietó con los suspiros provenientes de la pieza de la tucumana. Su máquina de carne estaba fabricando billetes a todo vapor y los clientes que se sucedían eran los encargados de echarle el carbón para su marcha. Ese trabajo a destajo cubría las necesidades de Cristina y bueno...pensando en eso me quedé dormido.

A las cinco de la mañana ya estábamos en pie, yo preparándome para mi trabajo y mi compañero para ir a buscarlo. Quien regresara primero prepararía la comida, de ese modo nos dividimos los pocos pesos que quedaban. Luego de unos mates nos despedimos deseándonos suerte. Llegué a mi destino diez minutos antes de la hora, la puerta estaba abierta y entré esperando en el pasillo. Me pusieron como ayudante de un oficial en la sierra, donde cortábamos unos tablones que luego debía apilar. A las diez de la mañana se hizo un alto para tomar una merienda y luego continuamos hasta las catorce horas. La finalización de la jornada me encontró embebido en mi oficio, el tiempo se había esfumado de una de forma pasmosa, me sacudí el aserrín de la ropa y luego de saludar salí silbando una sambita satisfecho del deber cumplido. Con pasos elásticos y el estómago vacío me deslizada por el camino emocionado por el triunfo alcanzado. Cuando llegué a la villa, Raúl estaba preparando la comida y conversando con Cristina. La había invitada a comer con nosotros y ella ni corta ni perezosa ya estaba sentada a la mesa con la nena. Él no había encontrado nada.

—Hablando de Roma—dijo Raúl— ahí viene y bastante apurado por lo visto, vamos a ver qué novedades trae en sus alforjas. Los dos compartieron mi euforia. Para festejar mi primer día de trabajo, y me pidió que les relatara detalles de mi trabajo. Les conté con lujo de detalles el ambiente del aserradero, sus máquinas nuevas, desconocidas para mí y todo el trajín. En pocos minutos y de sobremesa Cristina cebó unos mates ricos y espumosos que saboreamos con toda camaradería. Raúl, con la disculpa de seguir buscando trabajo hizo mutis por el foro para dejarnos solos y Cristina se puso a recoger la mesa y lavar los platos con toda premeditación, mientras yo tomaba a la nena en mis brazos meciéndola hasta que se quedó dormida. La acosté en la cama de mi compañero. Al parecer, yo mismo había tendido la red para que ella me atrapase, y seguí con ingenua actitud esperando que ella me empujase hacia la consumación del acto tan esperado. Ella se sentó en la cama y me dijo que le siguiera contando lo del trabajo.

—Decime Agustín, ¿te agrada ese trabajo? ¿No te dijeron cuánto vas a ganar? pero al margen de eso lo importante es haber empezado, ¿no?— Mientras tanto, como sin querer, apoyó una de sus manos sobre mis piernas. El calor que desprendía su energía me penetró todo el cuerpo como un leve corrientazo placentero.

—Sea cual fuere el salario—le respondí siempre voy a ganar más que antes, que no recibía nada. Los dedos de su mano ahora se abrían en abanico haciendo que su dedo menique rosara mis genitales produciéndome *in so facto* una erección que yo trataba de disimular. Pero la tucumana experta en estas lides ya estaba avisada y continuaba con sus toqueteos y yo ya no podía esconder mi excitación y comencé a respirar fuerte y el rubor empezó a subírseme a la cara. Las aletas de mi nariz se abrían desaforadas para engullir todas las esencias emanadas de ese cuerpo de hembra en acecho. Sin embargo, continuábamos hablando de «bueyes perdidos». Por lo visto mi indiferencia aparente para el amor la empezaba a inquietar, y su desesperación iba *in crescendo*. Sus manos nerviosas sobre mis muslos, sus ojos grandes, almendrados y brillantes, sus labios gruesos y carnudos entre abiertos eran una invitación imposible de rechazar ante su imploración manifiesta. A este punto las pasiones contenidas rugían en implosión contenida y estaban prestas a desatar un incontenible cataclismo sexual. Era una lucha muda en la que Cristina, con sus voluptuosas armas en ristre pugnaban por tumbarme y yo por no claudicar. Ella estaba presta a mi colapso para dar el zarpazo final. Cada vez se insinuaba más, sentía como los negros pezones erectos de sus senos grandotes se apretaban contra mi brazo y la lucha se iba agudizando tomando el camino de la rendición pero seguíamos conversando tontinas. Yo sentía como su cuerpo se estremecía, quizás debido al deseo insatisfecho y eso suscitaba mi enervamiento que ya no aguantaba más. Ella se sentía muy femenina al comparar esta íntima situación con la rutina insípida de su trabajo habitual. Indudablemente yo a sus ojos no era el cliente usual sino su amor, al que ella le faltaba, de ahí su recato y su temor de tratarme como a uno de sus visitantes. Quería causarme una buena impresión para quizás retenerme en forma permanente. Si no fuera así—llegaba yo a la conclusión—ya habría terminado hace rato su seducción y acabado en un santiamén.

De repente su mano cambió de posición, y la apoyó en mi brazo haciéndola reptar hacia arriba y tirando de mi cuerpo para abajo. Este movimiento suyo hizo que la mirase de frente. Sus labios sonrosados y sensuales se adhirieron a los míos, muda y dulce, suplicante de placer. Sus ojos como anegados miraban al infinito llevándose consigo el inmenso goce de una satisfacción conquistada a pulso mientras yo claudicaba y respondía postrado y como transportado a un estado de semi inconciencia, anegado en el charco límpido de su almizcle de hembra que rebozaba euforia por todos los poros de su húmeda piel. Nos quedamos en la cama jadeando y sin habla. Me sentía como si me hubiera violado (¡oh dulce violación!) pero era una enseñanza que recibía de una experta en la profesión del amor y yo era su alumno. Sentí su ternura de mujer, porque en esos lagos inmensos que eran sus ojos vi sus esquinas y rincones abrazándome y conteniéndome con profunda devoción.

Seguro que desde que estuvo sola estuvo atesorando cúmulos de amor y deseos insatisfechos, que ahora con plenitud aterrizaban gloriosamente en mí. Sus manos agradecieron acariciando mi cara, esos momentos de supremo goce y sus grandes ojos negros se posaron en mi radiante de gratitud. Lentamente nos arreglamos las ropas y el cabello. El acto sexual consumado nos había quitado un peso de encima y nos dejaba livianos de espíritu. Veía la felicidad apoderarse de Cristina y en su cuerpo podía presentir el instrumento sacro de nuestros futuros y gloriosos encuentros. Creo que la red nos había atrapado a los dos, y por un buen rato no nos iba a soltar, a ella la sentía enamorada pero yo no lo estaba, el placer era solo físico y su sexo era el objeto de todos mis desvelos. Sin embargo, había algo que todavía estaba confuso y quise abordarlo para dilucidarlo, no quería tener deudas y menos de ese tipo. Dirigiéndome a ella le dije:

— ¿Te acordás lo que habíamos conversado sobre esto?

—No me acuerdo ¿Sobre qué?

—A las circunstancias que nos movieron para acostarnos juntos y que yo me había abstenido porque no tenía con qué pagarte. Porque este punto es necesario que quede bien aclarado, me parece a mí, y así debe ser.

— ¿Acaso te pedí yo que me pagaras? Además si me acosté con vos no lo hice por dinero, sino porque tenía ganas de hacerlo y cuando yo busco mi placer no cobro ¿Y vos te crees, por ventura, que lo que yo te brindé tiene precio?

Para que sepas fueron mis ansias frustradas de tantos años y desde que ando sola hoy volví a sentirme una verdadera mujer y eso te lo debo a vos porque me gustaste desde un principio, lo demás jamás sentirán la pasión de mi amor como lo viviste vos. Así que, como pensás ¿qué te voy a cobrar?

—Quiere decir—le dije que entonces...

—Entonces no hablemos más de esto si no me enojo y yo quiero seguir siendo tu amiga, dejemos las cosas como vinieron ¿Estamos?

No le volví a replicar porque de eso me había dado cuenta yo también, simplemente quise confirmarlo, pero por ello no me envanecí ni tampoco pensaba sacarle otro partido que no fuera el goce de mis sentidos tratando de explotar las debilidades amorosas de Cristina. Por ahora mi problema sexual estaba resuelto. Me acerqué y la besé en la boca aún palpitante por la carga de pasión recibida, ella recibió mi caricia como un bocado celestial, juntó su cuerpo al mío haciéndome estremecer al contacto de sus carnes energizadas por el goce recién obtenido No hacía falta reiterar mi exigencia porque ella ya estaba en pie de guerra, el golpeteo de sus pezones erectos sobre mi pecho eran una invitación a reanudar la faena del amor, una invitación que ella me brindaba y que yo no la iba a desairar dejándola insatisfecha. La tucumana estaba frenética, ida de la mente, el lenguaje de su cuerpo enloquecido me perdía a mí también en su desenfreno erótico, de sublime placer sin orillas; sus dulces mordiscos y sus arañazos grababan en mi piel signos irreconocibles de inédito goce. En esto sí que superaba a mi amiga Marta. Su amor hizo explosión en mí demoliéndome, triturándome entre sus brazos y piernas de gladiadora mitológica, como una hiedra que enredándose a mi cuerpo me produjera una hermosa muerte por asfixia. Quedamos extáticos de felicidad colmadas nuestras ansias amorosas, vacíos completamente flotando en un limbo de indescriptible placidez, reconciliados totalmente con la vida y ajenos a las abyectas miserias que nos rodeaban en la villa.

Un movimiento de la pequeña Tina nos hizo despertar, nos aprestamos a vestirnos, no queríamos que la chiquilla nos viera así desnudos, pero ella se reacomodo y siguió durmiendo fue solo un reflejo mecánico el de la chiquilla. De todos modos el ensimismamiento de nuestra pasión compartida estaba roto. Nos levantamos ebrios de gozo y luego ya vestidos nos dispusimos a degustar unos mates que ella misma se encargó de cebar. Cristina estaba tan contenta que parecía como si una nueva luna de miel hubiera llegado a sus puertas. Tina se despertó en ese momento y su madre fue por leche para alimentarla. En todo el ámbito de la pieza, mientras nosotros hablábamos y la nena tomaba su alimento, respirábamos un clima de familia y de verdadera armonía. De repente la conversación giró sobre la cena para la noche, la compartiríamos pero Cristina puso la condición: ella invitaba.

—No, eso no. Estamos en mi casa, si esta covacha puede llamarse así, entonces corresponde a mí hacer los honores debidos.

—Bueno, porfió ella—si no es así entonces yo no me quedo. Yo también tengo que colaborar en algo ¿No te parece? Es un capricho que quiero darme.

—Y ¿te parece que no lo has hecho bastante? Hoy has colaborado dos veces ¡Y cómo!— Cristina me miró y mis ojos risueños le aclararon el doble sentido de mi expresión, me dio un pellizco en la mejilla y luego nos echamos a reír estrepitosamente, estábamos radiantes de felicidad y cualquier motivo era bueno para festejarlo.

—De cualquier forma no hay dos sin tres, así que la cena corre por mi cuenta, cuidame la nena mientras voy a efectuar las compras—. En ese ínterin llegó Raúl, se paró en la puerta miró y luego entró. Sonriendo pícaramente como un hombre ducho en la materia y poniendo los brazos en jarra dijo: «Qué hermoso cuadro familiar. Aquí se respira un verdadero calor de hogar, el papá, la mama y la hijita. Y ahora llego yo, el tío del campo a completar la familia. ¿Llegué antes, o después...?». Con eso quería significar que para él, nuestra cuestión era un asunto terminado.

—Después, Raúl, llegaste después— le respondí con mi rostro de plena satisfacción. Debo agradecerte que no nos interrumpiste para nada, todo salió perfectamente bien— la confesión estaba implícita en mis palabras y eso dio para que los tres nos riéramos a carcajada limpia. Luego salió Cristina a efectuar las compras y la nena quedó jugando con nosotros. Como él quería saber los detalles íntimos yo me dispuse a contarle punto a punto el desarrollo de la batalla, en espera de su opinión sobre ello.

7

—Todo lo que me estas contando ya yo lo preveía, solo que las cosas se dieron más pronto de lo que yo pensaba. Yo veía como la araña estaba tejiendo su tela hasta que te atrapó. Se confirmó mi tesis.

—¿De qué tesis estás hablando? Le riposté curioso.

—Pero Agustín, el asunto es claro. Fijate que las circunstancias me están señalando el camino que debo tomar en el futuro sin más dilaciones. Por eso insistía la vez pasada que tenía que largarme. Te das cuenta, ¿no? Resulta que para estos momentos, vengo a resultar un intruso, algo que con el tiempo llegara a ser una real molestia.

—Pero Raúl, Pero vos te la escribís y te la vendés. Yo ni he pensado en que fueras un intruso. O ¿es que vamos a romper una vieja amistad?

—Mira querido, vos no me entendés o yo no me he sabido explicar. No te estoy echando la culpa de nada, sencillamente las circunstancias me obligan a que me vaya, esta unión de hecho entre los dos marca el final de mi estadía en esta villa y no de nuestra amistad, por eso, entendeme Agustín. Yo no te culpo de nada. Así es la vida. Ni Cristina va a compartir tu cama conmigo ni yo tampoco lo pretendo pero tampoco puedo seguir interponiéndome en tu deseo. ¿No has pensado en lo ridículo de mi posición? Por ética, por dignidad debo marcharme, todo me empuja a ello.

—Bueno, mirá Raúl, si todo lo vas a dramatizar así, y cunde el pesimismo en tus ideas de esa forma, ¿qué puedo hacer yo? ¿Es que no puedo influenciar en ti para que te quedes? Yo estoy dispuesto a facilitarte todo mi apoyo moral y material y Cristina no tiene nada que ver con todo esto ni tampoco me vas a desviar con tus argumentos de tu futura amistad. Ahora, lo que entiendo es que la decisión final depende solo de vos y de nadie más.

— Escuchame Agustín, seguiremos siendo amigos, no tengo ninguna duda, pero no te hagas problemas por mí o por mi forma de pensar, yo soy así y no lo puedo evitar. Ya estoy decidido a tomar otro rumbo, por eso no nos debemos enojar, deja que mi vida la dirija yo, con eso no te ofendo y desde ya te ofrezco mis buenos deseos. Nunca me gusta permanecer mucho tiempo en un mismo lugar soy un poco andariego y vos sabés que es así; no me retengas a la fuerza y tampoco discutamos, deseáme buena suerte cuando parta y pongámosle fin a esto.

Todo esto me resultaba paradójico. Los dos teníamos la razón pero nuestros puntos de vista eran divergentes. No quise pensar más en el problema, la vida nos señalaría a ambos la ruta a seguir. Así que estaba demás retenerlo contra su voluntad pero siempre era un incordio del que no pensaba mencionar a la tucumana ni una palabra.

La tarde orillaba y yo invité a fumar un cigarrillo. Ninguno de los dos hablábamos. Estábamos enojados con nosotros mismos. La alegría de vivir que sentía Cristina y su risa cantarina que mostraban unos dientes blancos y parejos bien formados, rompieron al entrar esa melancolía deprimente que nos ahogaba. Muy hacendosa fue colocando las compras sobre la mesa mientras tatareaba una tonada a media voz que remató por disipar nuestro espíritu alicaído y nos predispuso a pasar una buena velada. Fue una comida deliciosa, bien condimentada y con una sazón femenina que añorábamos desde mucho tiempo atrás. Tenía razón Raúl, el ambiente estaba tomando un calor de hogar. Esto era a lo que aspiraba mi subconsciente, aunque era un sentimiento para concretarlo con la mujer que fuera mi compañera y que lo mantenía oculto para los demás pero que siempre estaba presente en mis más sentidas aspiraciones. Yo buscaba estabilizarme, no en la villa lógicamente, yo me conformaba con encontrar un trabajo estable y una comodidad para vivir con decencia; una mujer que fuera una buena compañera para criar los hijos y formar un hogar en el que la mayoría soñamos. Como los pobres nos conformamos con pocas cosas materiales, ese sueño era realizable. Raúl pensaba distinto, era un andariego redomado.

Luego que la tucumana arregló y limpio todo, tomó la nena entre sus brazos, y luego de saludar se fue a su habitación. Volvimos a quedar desolados pero el perfume que ella dejo expandido en el ámbito servía para retener su presencia y consolarme. Tomé el reloj y puse el despertador para las cinco de la mañana. Raúl me pidió que lo despertara también a él. Apagué la luz y nos acostamos, cada uno rumiando sus propios pensamientos. Los suspiros de Cristina, casi imperceptibles, llegaban a mí a través del ligero tabique que nos separaba. Su cuerpo volvía a vivir la parodia del amor, a tantos pesos per cápita; los eternos quejidos engañosos de las hetairas del placer que pretendían avivar la lujuria de sus clientes. Esos susurros de aparente felicidad sexual me hacían acordar las horas vividas junto a ella un rato antes, pero sin apariencias... lo nuestro había sido verdadero, la entrega había sido total sin espasmos ficticios. Pero no estaba celoso porque la tucumana se brindara a otro hombre cualquiera, sabía que desde hoy su verdadero amor era el mío, no podría afirmar hasta cuándo, pero todo lo demás era una imitación ridícula de nuestro amor. Sumido en esas comparaciones entre el amor real y el falso me fui durmiendo lentamente. Dormí bien. A las cinco de la mañana me levanté fresco y despejado. Desperté a Raúl, y tomamos unos mates y salimos a la calle dejando la villa que todavía permanecía aletargada en el silencio del alba. Las horas en el aserradero se pasaron en un santiamén y en nada ya estaba de regreso a la villa. Raúl no había regresado. Preparé la comida para los dos pero como no regresaba me dispuse cenar solo mientras seguía esperándolo. Nada, no llegaba.

Entonces después de un buen rato le toque la puerta la tucumana para ver si ella sabía algo.

— ¿Quién es? preguntó Cristina

—Soy yo, Agustín ¿puedo pasar?

—Claro que sí, adelante siga nomás—levanté la cortina y me introduje en la habitación.

—¿No sabes nada de Raúl?—le pregunté, porque aún no llega y estoy preocupado con su tardanza. A estas horas ya debía estar aquí.

—Oh sí, me olvidé de avisarte, casi al mediodía vino de vuelta empacó algunas cosas en su valija y se fue, pero antes de irse me dejó una carta para vos. Mirá sobre el roperito cerca de esa caja verde ¿la viste?, sí esa es la carta. De mí se despidió pero no dijo nada más.

—Bueno, gracias Cristina, hasta luego, después nos vemos—Con la carta en la mano me regresé a mi pieza. Tenía el presentimiento que era su despedida. Él ya me lo había anunciado. Me entristecí de tal forma que las lágrimas pugnaban por salir de mis ojos. Me senté en la cama y abrí el sobre, su contenido más bien era breve, los trazos firmes de su letra me indicaron que su decisión había sido tomada sin titubeos. Pensé en llamar a Cristina para leerla juntos pero me arrepentí. Ella no debía verme aflojar, quizás no llegara a comprender mi debilidad de hombre si las lágrimas se escurrían de mis apenados ojos, era mi único y leal amigo y de acuerdo a lo que ya habíamos hablado estaba seguro que lo había perdido y que no lo vería nunca más. Pero esa es la vida, donde menos esperamos nos golpea sin asco y a veces sin aviso ¿Cómo podía detenerlo yo, si él se había emperrado en irse? Casi con rabia tome la carta y la empecé a leer lentamente y ya en mis ojos asomaron las primeras lágrimas, haciéndome padecer su gusto salobre en las comisuras de mis labios:

Querido Agustín, esta decisión ya te la había anticipado,

me he marchado en busca de otros rumbos porque aquí me ahogaba.

Creo que ha sido lo mejor hacerlo así porque evitamos las despedidas inútiles, y ya somos bastante grandes para llorar.

Por todo lo que habíamos hablado y por mi forma de pensar, se me hacía imposible vivir juntos y ya resultaba una carga para vos.

Por eso quiero probar mi suerte en otro lado, te agradezco infinitamente la amistad que me has brindado de corazón, de la que nunca, podrás tener la plena seguridad, llegaré a olvidarme. No quiero decirte más porque me apenará peor de lo que estoy, creéme que me voy acongojado, no me odies por esto pero comprendeme que no tenía otra salida.

Mi conciencia me reprochaba todas las noches el no poder aportar nada a tus esfuerzos ni a los gastos que originaba mi estadía a tu lado.

Adiós Agustín, quizás el destino nos vuelva a encontrar de nuevo, pero si no fuera de ese modo te deseo la mejor de las suertes porque vos te la mereces, sos un gran muchacho y creo que jamás tendré un amigo tan desinteresado y leal como vos. Los "cabecitas" que te puedan igualar creo que no son muchos y vos sos un digno representante del interior, seguí cultivándote siempre que puedas y el triunfo será siempre tuyo.

No lo tomes a mal pero me permití el atrevimiento de llevarme doscientos pesos de los que vos guardabas, porque de lo contrario no hubiera podido irme.

Sabes que en ese sentido dependía de vos porque yo no tenía ni un peso donde caer muerto, por eso te ruego que me perdones.

Los saludos no llegué a leerlos porque mis lágrimas fluían libres y sigilosas por mi rostro ¡Qué gran amigo había perdido! ¡De nuevo me encontraba solo en el mundo! Era más que eso. Era un hermano mayor para mí, de pronto me encontré frente a la vida como cuando había venido de Santiago. Con más experiencia pero solo, triste y desamparado. La pieza había quedado vacía y esa soledad con su gélido silencio me abrumaba, cerré los ojos sin ganas de hacer nada, y traté de dormir, pero el sueño no venía y esa quietud sirvió para evocar como en *déja-vu* los momentos vividos junto a Raúl. Al no saber ni sentir nada de lo que estaba pasando, Cristina despaciosamente entró a mi habitación intrigada por mi silencio, se sentó a mi lado y el hundimiento del colchón al apoyar su monumentales nalgas me hizo volver a la realidad. Sin hablar, con un movimiento le señalé la carta. La tomó y se quedó leyéndola por un rato, luego me dijo: ─ Y ahora, ¿qué pensás hacer? ¿Vas a abandonar todo?

─No eso no. Pero creéme que por dentro me siento desgarrado, intuía que esto iba a pasar porque Raúl aquí vivía mortificado, por el conseguí este montón de latas que nos evitó vivir a la intemperie, como último recurso de nuestra miseria. Pero yo lo comprendía y estimaba, por esto siento esto que se asemeja a una huida pero de todos modos no sabía cómo detenerlo. Pero la vida sigue y hay que continuar luchando a pesar de todo. Acaso no es lo que estás haciendo vos por tu hija ¿no es cierto?

─Sí, por mi hija lucharé contra todo, y haré cualquier sacrificio, por lo menos de este modo todo lo que hago tiene un sentido lógico. Escuchame Agustín, ahora que estas solo quiero decirte que en mí vas a encontrar una amiga de verdad, lo que te pido es que no te desmoralices que trabajes tranquilo, yo te limpiaré la pieza y haré la comida para los dos.

—No Cristina, de ninguna manera, agradezco tu gesto y lo valoro, pero estoy acostumbrado a vivir solo y no pretendo complicarte la vida, eso sí, seguiremos siendo amigos como hasta ahora siempre que vos lo desees y estés de acuerdo.

— ¿Y vos crees que si no lo deseara estaría aquí sentada? Hubiera sido como uno de esos que pagan sin otro derecho que no sea el dinero que traen, para obtener sus placeres y contrarrestar su hastío...creo que no vale la pena insistir...

No pudo seguir hablando porque mi mano izquierda deslizándose sobre su entrepierna le transmitió el calor de mi energía mientras mi mano derecha se aferraba a sus senos que se le salían de sus corpiños, la atraje hacia mí besándola con el desenfreno de un enloquecido poseso, recién herido por la huida de su mejor amigo. Los apasionados besos preparaban la hoguera donde se quemaría la desdicha de la pérdida de Raúl y el alborozo de un reencuentro más con Cristina. Fue una entrega mutua, vigorosa y desenfrenada. Un festín lujurioso edénico y paradisiaco. De sabor encumbrado y palaciego como si estuviéramos en un palacete, sin embargo acabábamos de amarnos como dos ratas en la inmundicia de un contorno malsano y miserable. De seguro que nuestra realidad estaba al interior de nuestras carnes aderezadas con sentimientos de nobleza a toda prueba.

Al día siguiente en la tarde luego del trabajo, el tiempo se presentaba favorable para continuar con la fiesta amorosa y en ese terreno Cristina no escatimaba ningún esfuerzo, para complacerse y complacerme. Se diría que la vergüenza de vivir en esas condiciones paupérrimas las paliábamos con el oro en bruto que constituía nuestra gloriosa juventud. Mientras tanto, ella lentamente fue girando su cuerpo en el lecho y la dureza de sus formas constituía una formidable escultura que invitaba a la admiración; sus caricias que cada vez subían de tono en un adagio *ma non tropo* musical, me brindaban sus arpegios sensuales; el escenario miserable que nos contenía se convertía en lecho virreinal y su pose divina se asemejaba en mi imaginación a la maja desnuda de Goya. Era para mis ojos una pantera de líneas recias y finas, translúcidas, llameantes sus ojos oscuros de fuego que quemaba mis ansias húmedas. Las puntas de sus prodigiosas nalgas entre mis manos preparaban el envión final del fin del mundo. Toda esa maravillosa creación de la naturaleza oscilaba en un movimiento en ascenso, colocándose y descolocándose hasta lograr el perfecto acoplamiento de la estocada final. Yo la dejé mover en ese juego de terremoto incontenible. Plena de alborozo en sus ansias me estaba demostrando la complacencia de la hembra voluptuosa; sus gemidos, auténticos esta vez, me daban la pauta de lo que era capaz cuando la entrega era real. En el desborde pasional incontenido la inundé, esparciendo mi angustia dentro de su lecho ansioso, llenando de deleite su concupiscente erotismo. Cuando volvimos de nuestro hermoso viaje de placer estábamos exhaustos pero satisfechos de nuestra faena cumplida y la paz se apoderó de nuestro semblante. Cristina permanecía en la cama junto a mí, acurrucada, laxa, ida, respirando al unísono como si fuéramos un solo cuerpo. Ya al levantarse hizo que mis manos se deslizaran por su espalda hasta alcanzar el nacimiento donde se bifurcaban sus espléndidas nalgas. No quise insistir por temor a que accediera nuevamente, ya estaba agotado y mañana debía cumplir con mis tareas laborales. Sin hablar, nos vestimos despacio y luego «como dueña de la pieza», pues me pareció que ya lo era, comenzó a preparar todo para tomar el mate. Pero yo no tenía interés en que tomara posesión de la habitación ni la incitaba a ello. Defendería mi independencia a todo trance, era enemigo del concubinato y de esa clase de compromisos. Mi cuerpo era suyo pero mi cama era solamente mía. Tomamos mate mientras disfrutábamos esa luna de miel en donde nuestros ojos no se cansaban de admirarse, y nuestros rostros parecían el de criaturas alucinadas de tanto placer recibido. Decidimos que en el futuro comeríamos juntos siempre que aceptáramos compartir los gastos.

La nena se hizo sentir con sus grititos, se había despertado y tenía hambre, no paraba de gritar y hubo que atenderla de inmediato. La madre la trajo de su covacha y como estaba el calentador encendido enseguida le preparó su alimento. En minutos ya no berreó más y con el estómago lleno y jugando con unos retazos de géneros saturados de colores. Yo me quedé vigilándola y Cristina salió a hacer las compras. Estábamos haciendo un maridaje perfecto pero de contrabando, ninguno de los dos tratamos de evitarlo hasta que existiera bastante temperatura para mantenernos unidos. Me parecía que Cristina, con su complacencia fogosa y permanente pretendía consolidar una relación estable pero yo no era de esa idea. No porque despreciara a la tucumana sino porque creía que aún no había llegado el momento ni la compañera de mi vida.

Los ruidos externos de la villa llegaban hasta mí, convertidos en apagados y distorsionados murmullos, aunque a veces podía distinguir desde algunos de los ranchos cercanos, gritos y voces aislados que salpicaban la monotonía de la tarde. De repente, una voz varonil rompió la ilación de mis pensamientos. Era un joven que ya había visto por la villa. Tocó la puerta y me dijo:

—Permiso ¿se puede pasar?

—Adelante nomás, pase. ¿Qué desea?—luego de saludarnos lo invité a que se sentara y que me dijera en motivo de su visita. Lo miré con expectación tratando de adivinar la causa de su visita. Luego de aclararse la garganta y aspirar el aire hondamente se explayó con palabra suave, persuasiva y convincente.

—Vea, a usted lo conocemos desde que está en la villa y sabemos que es un joven serio que no se mete en problemas con nadie, por eso me encomendaron que lo viniera a ver, para exponerle nuestras inquietudes que son las del pueblo.

—Bueno, usted dirá, lo escucho con la mayor atención aunque aún no me ha dicho cuáles son esas inquietudes y sobre todo, quién es usted.

—Se trata de lo siguiente y voy a ir directamente a la cuestión, ya que entre obreros no debemos andar con circunloquios. Un grupo de jóvenes estamos creando, mejor dicho, ampliando una célula del partido comunista, para activar en forma organizada una serie de problemas relacionados con todos los integrantes de la villa. Y yo estoy aquí para invitarlo a que ingrese a la misma haciéndose un afiliado a nuestro partido. Creemos que unidos vamos a ser más fuertes e incluso que nuestras demandas tomen mayor volumen y sean más efectivas las reivindicaciones populares. Como es de imaginar el trabajo es arduo, somos pocos y los problemas muchos.

—Entiendo perfectamente lo que usted plantea, es que la unidad y la organización en cualquier terreno es la base del triunfo, y yo agrego que llevando a cabo estos conceptos a la práctica, a mi criterio, es indistinto tal o cual partido, lo que interesa es su cumplimiento. Pero yo no quiero afiliarme a ningún partido político, me gusta mantener mi independencia ideológica, equivocado o no en ese aspecto sin estar atado a cánones que a veces resultan incongruentes con la realidad. Pero de cualquier forma soy proclive al diálogo y respeto las ideas de todos, en la medida que las mías tengan el mismo derecho, soy partidario que cada uno debe expresar su pensamiento democráticamente con tolerancia y comprensión. Aunque en la realidad uno se da cuenta que eso existe poco y nada, pero debemos reconocer y aceptar que como teoría es muy bella, por lo general los que están sobre el caballo tienen los suficientes y variados argumentos para mantenerse en él.

—Pero usted me dirá que existen aspectos legales e ilegales ¿Ya sabemos eso?

—Y, ¿a quién le interesan? Y luego que se aplicaron ¿quién se acuerda de que existen? También podrá decirme que la masa o el pueblo, pero eso es abstracto y en su gran mayoría son indiferentes y de todas esas cuestionan se preocupan un bledo, la verdad mi querido amigo es que los hechos son obstinados y mis conclusiones son esas. Con mis palabras tampoco quiero significarle que soy el dueño de la verdad, ni expreso mi punto de vista con el ánimo de polemizar, pero creo — y los hechos así lo indican— que los que mandan siempre terminan por encasillarnos a su gusto y modo, al final debemos llegar a una conclusión política irreversible, que nos guste o no, estamos encasillados en comunistas y anticomunistas. Y así en todos los órdenes de la vida desde tiempos inmemoriales estamos encasillados, los que llegan a mandar por algo llegan, además conocen las debilidades humanas y usan del viejo axioma que hizo de Inglaterra un imperio, «dividir para reinar», o de lo contrario, aquello de, al final siempre queda el recurso «que lo que no se consigue a las buenas se hace a las malas», y aunque el mundo entero está lleno de buenas intenciones no podemos dejar de reconocer que está dividido.

—Creéme camarada que lo escuche atentamente sin interrumpirlo y me dejó sorprendido con su análisis, en el fondo hay mucha razón en sus argumentos.

—Quiero aclararle que no soy un camarada, simplemente soy un vecino de esta villa mugrienta en involución y para lo que voy a sudar es para irme de aquí.

—Bueno, es una forma de hablar, pero al final la impresión que me llevo es que no se va a afiliar, por lo menos por ahora, ¿no es así? Pero ¿podré venir a visitarlo para insistir en su afiliación? ¿No le molestare?

—Vea jovencito yo no me voy a afiliar ni ahora ni nunca, ya se lo dije antes quiero seguir manteniendo mi propia forma de pensar, ahora, su visita no me molesta, me agrada platicar, puede venir cuando quiera pero tenga en cuenta que eso no es compromiso para que tenga que estar afiliado a ningún partido político.

—Pierda cuidado que vendré, porque para mí usted es algo potencial políticamente hablando y no cejaré en mi cometido mientras pueda.

—Le vuelvo a advertir que ese es su punto de vista particular y no el mío, y le reitero que soy enemigo de los encasillamientos de cualquier índole. Así que...—su risa era tan contagiosa que cuando nos despedimos no pude menos que reírme de su insistente optimismo, me quedé en la puerta viendo cómo se alejaba hasta que la noche lo absorbió en medio de la negrura.

8

Volví adentro y me senté, luego encendí un cigarrillo y mientras fumaba me entretuve en observar a la pequeña Tina que entretenida con sus trapos pasaba desapercibida. Llegó Cristina tan ufana y sofocada luego de su rápida y apresurada caminata, de inmediato se dispuso a preparar la cena. Mientras preparaba con diligencia todos los ingredientes, le conté lo de la visita y de lo que había ocurrido.

—No me extraña— dijo Cristina, porque a todos los que caen en la villa, tarde o temprano siempre le hacen esta clase de visitas, yo no sé de dónde aparecen pero aquí aparecen eso sí lo que te puedo decir es que siempre aparecen con problemas, cuando no, levantan firmas para tal o cual cosa, venden periódicos o venden bonos para los presos, y al final terminan por ablandar a todo el mundo con su persistencia y   tenacidad. También puedo decirte que de política yo no entiendo nada, pero mi intuición de mujer me dice, que estos no pierden el tiempo en gansadas como mucha gente y por qué no decirlo, como algunos políticos estancados. Estos son prácticos y saben bien dónde van.

—Pero decime Cristina, ¿estás relacionados con ellos que los conoces tan bien, o sos del partido vos también?

—Nada de eso lo que pasa es que aquí en la villa siempre andan mezclados en todas las cosas, por eso los conozco en cuanto empiezan a esgrimir sus argumentos, a mí no me molestan, por eso los tolero y también porque no son obsecuentes.

—Entonces, vos qué me aconsejas en este caso, me afilio o no al partido, ya que estas más familiarizada que yo, por lo menos los conoces antes que yo viniera a la villa. — Mientras le hablaba le observaba atentamente pero cuando me contestó me di cuenta que era sincera y franca en todas sus expresiones. Sin detenerse en sus tareas culinarias, Cristina me dijo: —Yo no te aconsejo en ese sentido. Es un terreno que desconozco, vos mismo tendrás que decidir, no puedo opinar en política porque soy una lega, pero me interesan las cosas justas y como en la política no las voy a encontrar, mal te puedo aconsejar en lo que no creo—. Y luego mirando hacia la cocina pregunto: — ¿Esperas un poco que lo doy de comer a la nena y luego lo hacemos nosotros? O ¿querés que cenemos ahora?

—No, no. Dale de comer primero a la pequeña. Entonces, vos opinas que debo marginarme de la política, ¿no es así, Cristina?

—No, Agustín. No me hagas decir lo que no dije, simplemente, repito, es que no creo en los políticos, pero no dije que te marginaras. Lo único que opino es que nosotros vivimos de nuestros esfuerzos y sacrificios y sobre todo de nuestro trabajo, cuando no lo tenemos nadie te va dar nada, al contrario, nos sacan, muchos políticos viven al costado nuestro, a expensas, decímelo a mí que vengo de Tucumán donde la política es un cáncer incurable. Ahora, si con todo eso que te dije no te marginas, es porque verdaderamente sos un ingenuo, lo único que nos va a mantener y nos mantendrá siempre será nuestro trabajo—. Y haciendo un gesto de manos en señal de aburrimiento, agregó— ahora, ya está lista la comida, vamos a efectuarle los honores correspondientes y olvidémonos de todo lo malo que nos amarga la vida, a pesar de nuestra pobre e inconsciente oposición siempre a merced de los aspirantes al sillón presidencial.

—Tenés razón Cristina, vamos a comer, por lo que huelo debe ser algo magnífico, y, en efecto así era, había preparado un exquisito guisado de carne con especies olorosas, que al destapar la olla saturaron el ambiente de manera muy agradable, exacerbando mi apetito como nunca. Fue una de esas comidas que marcan hitos, al menos para mí en el recuerdo del buen yantar. Cristina estaba radiante por mi sincero panegírico sobre sus conocimientos culinarios, aunque modesta, no lo demostraba. Los arreboles de su rostro no me dejaban ninguna duda. Cuando se retiró con la nena dormida entre sus brazos, lo hizo con un dejo de pena que yo capté de inmediato. Estaba seguro que si le hubiera pedido quedarse lo habría hecho con mucho gusto, pero de ninguna manera podía alimentar esperanzas o ilusiones que pudieran resultar contraproducentes para mi futuro. No pensaba atarme a Cristina de ningún modo, salvo en nuestros juegos eróticos.

Antes de salir le besé el cuello dulcemente sin ánimos de excitarla, no tenía intenciones de empezar de nuevo en la consumación de otro pecado mortal. Nos despedimos hasta el día siguiente, con la promesa en los ojos de futuras caricias e inminentes batallas. Luego de fumar un cigarrillo me acosté analizando todos los acontecimientos vividos durante el día. Había sido una jornada muy buena, casi podría decir que fue hasta constructiva, conocí más a fondo a Cristina tanto en el terreno amoroso como en el de la cultura, y también a un nuevo espécimen de una familia que con la cual hasta ahora nunca había tenido relaciones, aunque eran demasiado nombrados: ¡Un comunista! Pero pensaba que para mí no eran nada del otro mundo, eran seres comunes como todos nosotros, posiblemente demasiado publicitados por la prensa interesada, pero toda esa insistencia se debía a una serie de motivos que ellos sabían enarbolar con inteligencia. Pero si también con inteligencia esos motivos eran eliminados, los comunistas pasarían casi podría decir que absolutamente desapercibidos. Pero me parece mejor que me duerma si no me voy a enredar en un círculo vicioso. Pero la cama de Cristina con sus quejidos peculiares rompió la ilación de mis pensamientos e incluso me volvieron a alejar del sueño que sentía.

Agucé el oído y como en un susurro llegaron hasta mi a través de los intersticios de las chapas, las palabras babosas de macho cuando está llegando a su clímax. La tucumana ignoraba ese sartal de expresiones obscenas aunque sus nalgas respondían al unísono al ritmo impuesto por el cliente de turno, sus manos desfloraban la colcha mecánicamente por lo que podía deducir que ella estaba en otra cosa. Veía a Cristina a través de las hendiduras con los ojos cerrados manteniendo el ritmo amoroso que le marcaba el hombre que la cabalgaba. A pesar de lo que veía no sentía celos porque sabía que la estaban usando, no simplemente la miraba de forma fría y comercial, tal cual ella miraba a sus clientes, deducía una vez más que lo que ella hacia era un trabajo y como ella no disfrutaba el acto, entonces no me importaba. Aburrido, me di la vuelta en la cama y me tapé para dormir. Ya era tarde y con el sueño me olvidaría de todo, incluso de lo que acontecía en la pieza del lado. Cuando me levanté a la mañana siguiente la rutina diaria me absorbió y el trajín de la fábrica constituía todo el foco de mi atención. El ruido de las máquinas, la gente y mi trabajo me hacía olvidar de todo lo superfluo, solo quedaba mi afán de hacer las cosas bien. El timbre que anunciaba el fin de la jornada me hizo regresar al mundo exterior. Mañana pagaban la quincena y aunque yo tenía muy pocos días qué cobrar, lo que recibiera me daría la pauta de lo que sería mi sueldo.

Cuando llegué a la villa y entré a mi pieza, sobre la mesa reposaba mi comida en un plato tapado por otro, cubiertos los dos con un repasador. Me hicieron entender que Cristina se había posesionado de su papel de esposa.

Pero ni ella ni la niña estaban por ahí. Con un golpecito en la chapa traté de llamar la atención, pero nadie contesto, por lo visto no había nadie en el "departamento". Pensativo me senté y empecé a comer, aún la comida se mantenía caliente y con mucho apetito me engullí todo. Satisfecho, prendí un cigarrillo y me tiré sobre la cama, como solía hacerlo, pues esto era como un sedativo placentero que disfrutaba y que no me costaba un solo centavo. Girando mi vista por el techo de la covacha inspeccionándolo todo, sobre el tubo de la lámpara descubrí un papel blanco que me llamó la atención. ¿Qué sería eso? Yo no acostumbraba a tapar el tubo de la lámpara por temor a que se resquebrajase. Picado por la curiosidad me levanté y lo tomé, volví a la cama y me senté, era una nota de Cristina para mí. En la misma me comunicaba que había ido a la casa de una amiga recién llegada de Tucumán y que seguramente le traería noticias de su hermana que pensaba venir vivir con ella. Ahora que recordaba eso, era cierto, pues hacía un tiempo me había hablado del asunto. Lindo bodrio la esperaba en esta "villa residencial".

De todos modos, ya que me había levantado me puse a lavar los platos y limpiar la mesa, dejando todo en orden como lo había dejado Cristina, pero no me podía equiparar a su altura en cuanto ama de casa que siempre resultaba necesaria y encantadora. Ya no era mi pieza un montón de latas, de maderas y cartones superpuestos en su interior, ahora tenía una cortinita aquí, un cuadrito allá; una carpetita de lindos colores bajo el radio, en fin, que era evidente la pulcritud y la ternura en su minúsculo perímetro. Yo lo había notado pero no lo hacía resaltar, no porque no lo supiera valorar o de malagradecido, no, lo hacía por no crear una impresión en el ánimo de Cristina de que era imprescindible, y eso podía alentar en ella falsas esperanzas. Esta demás decir que a mí todo eso me halagaba, pero no al extremo de que claudicara mi solitaria independencia. Por ahora no quería ser candidato no porque defendiera el celibato sino porque sentía que aún el amor no se había interpuesto en mi camino. Pero en el fondo anhelaba que mi vida fuera bendecida con el hálito de efluvios femeninos acrecentados por el amor de una buena compañera. Pero yo veía que Cristina con sus cuidados trataba de ganarme el ala y cobijarse en ella, y eso no podía permitirlo porque me ataba a la villa y porque mis sueños no podrían realizarse como había pensado. Mientras tanto, dejaría correr todo así, la cuestión se plantearía cuando quisiera separarme de ella.

Salí un rato a respirar un poco de aire, la villa seguía su rutina y me entretuve en observarla, ya hacía un tiempo que la habitaba y mucha gente al transitar su calle de barro me saludaba cordialmente. Algunas mujeres lavaban y golpeaban sus ropas poniéndolas a secar en cortas sogas o sobre los pastos directamente, al otro lado de la calle, corriendo y gritando a los chicos para que no las pisaran y alejarlos de allí. Estos, como siempre, vivían peleándose y puteándose en forma estúpida, no dejaban piedra suelta en el suelo que no las pusieran a volar sobre sus cabezas. Algunas veces esos bólidos iban a caer sobre desprevenidos transeúntes lo que generaba encontronazos también entre los adultos y reyertas de gran envergadura. Las mocositas aspirantes a señoritas se paseaban bajo el sol tomadas del brazo enfundadas en zapatos ennegrecidos por los viejos y con tacos, haciendo resaltar sus vestidos ajustados que exaltaban sus incipientes y tentadoras protuberancias que meneaban en este ensayo previo, como preparándose así para sus futuros lances sexuales. Sus rostros soportaban todo tipo y gamas de cosméticos escondiendo la tersura de sus pieles y dando paso a la frivolidad, caldo de cultivo para más tarde caer en las redes de la prostitución, con todos los factores de perturbación social que eso conllevaba. Casi con rabia volví a entrar a la pieza pensando en que nunca se saldría de ese declive moral y social. Todo se iba en discursos, paliativos, reformas, pero todo siempre seguía igual. No había una sola política nacional que tratara de paliar estas miserias sociales y que le dieran dignidad a nuestro país.

Preparé todo y me dispuse a matear esperando que se calentara el agua que había puesto en la pava, al rato llego Cristina cansada y con la nena dormida entre sus brazos. Luego que acostó a Tina en la cama vacía de Raúl, más que sentarse, se dejó caer sobre una de las sillas que habíamos comprado días atrás. Le serví un mate y dejé que le pasara el sofocón del viaje. Luego ya más descansada se desprendió el vestido en su escote, dejando visible la hendidura sombreada de sus magníficos senos y cruzando las piernas se sacó los zapatos. Desde mi cama observaba el nacimiento de sus nalgas morenas bien contorneadas. Sin inmutarse por lo que mostraba y sin cohibirme por lo que veía, Cristina me devolvió el mate. Luego le pregunté: ¿qué novedades tenés de Tucumán?

—Me contaron que allá hay una miseria pero mucho peor que la que había cuando estaba yo allá... cada día se agudizan los males que están haciendo sucumbir al pueblo. Del jardín de la república que éramos, según dicen las malas lenguas, resulta que ahora si apenas somos un triste y pobre potrero. Por eso, como mi hermana, todos los que se pueden ir se van, y vienen hacía aquí, encandilados, se escapan de un pozo para caer en otro peor, donde todo esto resulta un infierno para nosotros los que emigramos dentro de nuestro propio país, pero hasta que uno no lo ve no lo quiere creer...Por naturaleza somos así y no lo podemos evitar. Mi hermana piensa venir de allá y me dicen que está entusiasmadísima   y que no hay forma de disuadirla. ¡Al final da lo mismo, morirse de hambre aquí o allá! Por eso no quiero mortificarla, me resigno, si quiere venir, a ser como una madre para ella, como siempre lo fui desde pequeña.

—Y, a dónde va a vivir— le pregunté— ¿a vivir con vos? Porque aquí en la villa en cuanto sienten el olor a carne joven vas a tener muchos y asiduos visitantes ¿Vos me entendés, no?

—Claro que te entiendo, pero te juro que al primero que se atreva a tumbarla por la fuerza, le pego un tiro en la cabeza. Ahora, no sé si se vaciará todo esto y nos vamos con la vieja, o si nos quedamos aquí, eso se decidirá cuando Vicenta esté aquí.

—Y vos—me dijo Cristina— ¿comiste bien? ¿Encontraste todo en orden?

—Sí, todo muy bien, no me puedo quejar y por eso te estoy muy agradecido.

—No, no me agradezcas nada, si lo hago es porque me gustas y porque sos un muchacho decente y trabajador, de lo contrario hubiera salido como muchos otros—.Riéndome le dije: —por lo menos tengo que reconocer tu espontánea franqueza, no te andas con muchas vueltas que digamos.

—Bueno Agustín, cuidame a la nena mientras voy a comprar algo a la carnicería porque si voy tarde, después no encuentro nada. Así comemos temprano, ¿no te parece?

—Hacé como quieras y por la piba no te preocupes, total no pienso moverme de aquí—. Esa noche después de cenar y después de unos escarceos amorosos, traté de buscar la ocasión de acurrucarme al lado de Cristina y retenerla pero no se brindó a mi juego y eso me extrañó. Con malicia y mirando mi cara sorprendida, se echó a reír. Se había dado cuenta de lo que andaba buscando.

—Esta vez estas embromado—me dijo— el campo de batalla de nuestras guerras no se presta, la última lluvia lo dejó inutilizado, vas a tener que esperar que salga el sol y lo deje en condiciones, luego no habrá inconvenientes en seguir. combatiendo.

—Si es así—agregué—no me hago ningún problema, mientras, recupero mis fuerzas dispersas y las preparo para entrar en batalla nuevamente y creéme que van a penetrar como nunca.

—No hace falta que me digas nada, lo estoy notando, mejor lo dejamos así, Agustín, ya tendremos tiempo, aunque a mí tampoco me faltan ganas, de cualquier forma unos días se pasan pronto—y tomando a la pequeña en sus brazos fue saliendo.

—Sí, vamos a dejarlo así— le dije mientras la tomaba de la cintura— qué remedio me queda, ninguno. Hasta mañana Cristina. Fue esa la primera noche que no tuve en mis oídos los crujidos del lecho de la tucumana, con sus clientes cabalgando sobre ella. La indisposición aunque transitoria, permitía que reinara la tranquilidad en su pieza y en la mía.

El reloj con su sorda estridencia rompió mi sueño mañanero, haciéndome recordar que era la hora de ir trabajar, luego de desentumecer mis encogidos miembros me levante de la cama listo para iniciar la jornada. Esa mañana en el aserradero reinaba un ambiente más animado que de costumbre, lo notaba en lo semblantes pero no caía en los motivos que podían originarlo, luego cuando vi a varios operarios sacando cuentas, recordé que era el día de quincena. Yo tuve que esperar a esta para cobrar porque la anterior que era incompleta no me abonaron nada ¡La hora de cobrar había llegado! Hoy se despejaría la incógnita de mi sueldo, en ese ínterin había trabajado duro y pensaba seguir haciéndolo para merecer un salario justo. ¿Cuánto me pagarían? ¿Valdría la pena quedarse? o, ¿volvería a ir a la deriva? De todos modos, tenía fe y esperaba no ser defraudado. Seguí trabajando más sin pensar en ese problema. Sobre el final de la jornada me llamaron al escritorio para abonarme los días que había trabajado. Uno de los dueños me hizo pasar y me presento el recibo luego de indicarme donde debía firmarlo.

—Usted es el señor Agustín Flores, ¿no es así?

—Efectivamente, así es señor.

—Bueno, nosotros le vamos a pagar de acuerdo a la categoría de peón porque es un principiante y no tiene oficio, eso no quita que si se sigue empeñado como hasta ahora, más adelante le otorgamos la categoría de operario. De todas maneras como nos gusta su seriedad y responsabilidad en el trabajo, le hemos fijado un jornal básico o sea que va a ganar ochenta pesos la hora.

—Yo estoy completamente de acuerdo— le dije mientras le entregaba el recibo firmado—

Trataré de trabajar lo mejor posible para merecer el puesto.

—Muy bien, Flores, ahora envíame el oficial que está trabajando con usted. Hasta luego.

Volví a mi trabajo con más bríos que nunca, no estaba del todo mal más seiscientos cuarenta pesos el día, menos la jubilación me quedaban quinientos setenta pesos limpios. Había terminado de acomodar unas maderas cuando el silencio me llamó a la realidad, la jornada terminaba su ciclo de diaria labor, volví a mi rancho con unos cuantos miles de pesos en el bolsillo y una buena perspectiva para el futuro. Pensándolo bien si aprendía a fondo este oficio me iría mejor que en la albañilería, estaba más resguardado contra el frío, la lluvia, el calor y era un ambiente más limpio. Además trabajaría todos los días no como en la albañilería que eran solo veinte días por mes. Decididamente me quedaría en la carpintería, aprendería el oficio a fondo fijándome en todos los detalles de modo que más adelante pudiera sacarle máximo provecho. Sabía que un obrero el único capital que tenía y con el cual podía contar en cualquier parte eran sus conocimientos técnicos, su más preciado patrimonio, así que no lo pensé más, además de albañil seria carpintero. Iba tan ensimismado en el cuadro comparativo de mi futuro que cuando me di cuenta ya estaba entrando en la villa. Como siempre, encontré mi comida sobre la mesa, pero Cristina había salido al lado del plato en un papel me avisaba que iba a visitar a su madre, para llevarle las noticias que le habían traído de Tucumán. Era un paseo paradójico el de Cristina, salía de una villa para meterse en otra.

Cuando terminé de comer y limpiar todos los enseres, el reloj señalaba las cuatro de la tarde, era la hora obligada de calentar el agua para tomar unos mates, mientras, encendí un cigarrillo, inseparable amigo de mi solead y leal receptor de mis íntimos monólogos. Luego de haber gustado la espumosa infusión, decidí salir a efectuar algunas compras de varias cosas que me venían haciendo falta. Tomé el colectivo y en pocos minutos ya estaba en el barrio de Liniers donde había cuadras enteras con negocios para surtirme. Compré un montón de cosas entre artículos para vestir, la cena fría para la noche, unos juguetes para la pequeña y hasta una loción para Cristina. En total había gastado un poco más de mil pesos, pero no los consideraba como un gasto superfluo, ya que servían para cubrir ciertas necesidades y al mismo tiempo para regalar con un detalle a mis compañeras de viaje. Regresé a la villa aun con luz solar, Cristina me sintió llegar y se vino a la pieza con la nena que había terminado de tomar su alimento.

— ¿Dónde fuiste, si es que se puede saber?— dijo Cristina con buen humor.

—fui de compras, imaginate que hoy me pagaron la quincena y quise gastarme unos pesos festejando el acontecimiento.

—Ah, qué bueno, Y que tal, ¿te pagaron bien? Me imagino que seguirás trabajando, ¿no?

— ¡Claro que seguiré trabajando! Me abonaron a razón de ochenta pesos la hora y además uno de los dueños me manifestó que estaban contentos con mi trabajo así que con esa perspectiva pienso seguir hasta convertirme en un buen carpintero.

—Y ¿a vos como te fue, tu tía anda mejor o sigue delicada?

—No ¡Qué va a ir mejor! Me parece que como me dijo la vieja, no tiene para mucho más, es una de esas enfermedades que no perdonan. Referente a mi hermana hemos conversado largo y tendido, si llegara a venir se va a tener que quedar conmigo, mi madre dice que esta villa al lado de la otra es un paraíso, allá es todo peor que aquí, hasta el aire.

—Bueno, Cristina para que no cocines esta noche traje algo frío para comer. ¿Preparamos la mesa? Ah pero antes toma este pequeño obsequio— le extendí la loción y quedó encantada y me lo agradeció con un espontáneo beso, luego le di los juguetes a la pequeña, que cuando los vio perdió el sueño como por encanto. Comimos opíparamente como dos verdaderos sibaritas, deleitándonos con esos manjares fríos pero lo hacíamos en un escenario que no ayudaba a enaltecer las viandas, sin embargo no dejamos de disfrutarlas. Ese momento íntimo, pleno de calor de hogar y de ternura, nos hacía sentir como los reyes de la Inglaterra.

Pero el tiempo inexorable nos recordaba que en este mundo todo tiene su fin, se había hecho tarde y era hora de ir a dormir. Cristina amontonó los cubiertos para lavarlos al día siguiente. Nos despedimos dulcemente con nuestras ansias reflejadas en nuestras miradas. Me quedé un poco más, mirando al infinito que con su festín de estrellas y luceros, aunado a la música vegetal producida por los grillos y demás animalitos nocturnos configuraban una sinfonía que irradiaba por todos los confines su melodía placentera. El frío me penetró como un estilete y me obligó a entrarme y de ir de inmediato a la cama. Me dormí plácidamente.

A la mañana siguiente todo fue la rutina acostumbrada, los días se sucedían en forma monótona salvo las tardes que las redimía en nuestros juegos amorosos con Cristina. Esa hora ellas me las dedicaba, haciéndome vivir el amor apasionadamente y para ella significaba una compensación de esos encuentros mecánicos vacíos y vulgares que sostenía con sus clientes. De ese que brindaba a sus consuetudinarios visitantes ávidos de sensaciones que trataban de conseguirlas fuera de su hogar y a espaldas de sus mujeres y que al final cuando establecían comparaciones nunca resultaba como ellos esperaban.

Una de esas noches en que la tucumana trabajaba «profesionalmente», me hallaba acostado pensando en mis cosas, cuando sentí voces desusadas que no estaban de acuerdo con la discreción del acto y del negocio. Presté atención y agucé los oídos porque el tono de vos de Cristina me pareció irritado. A través de las chapas y de la semi penumbra de la pieza distinguí a los dos, a la que vendía y al que compraba... La discusión se generaba, por lo que pude apreciar, no por cuestiones amorosas sino por intereses incumplidos. En ese momento la tucumana sentada en la cama con las piernas cruzadas y las manos sobre la almohada, inhiesto el busto y la mirada desafiante exclamaba dirigiéndose a su cliente: — Pero vos que te creés ¿que soy tu amor? Te vas a servir de mí y ahora me vas a decir que no tenés plata para pagarme. Mirá viejito, que yo no trabajo gratis ni pienso hacerlo, eso me pasa porque no les cobro primero y si no tienen plata como vienen se van sin tener que estar discutiendo, pero no te lo piyes porque yo tampoco trabajo al fiado. Así que pensalo bien antes de que te arme un escándalo de «padre y señor mío».

— ¡Pero escúchame negra! Ya te dije que como me cambié de saco, me olvidé de sacar la billetera del bolsillo. La próxima vez te pago las dos visitas y quedamos a mano.

—Pero qué sé yo quien sos vos, a mí no me vas a joder caradura... ¿Te avisó alguno que yo trabajo a crédito? Mira lo mejor es que arreglemos las cosas bien, porque así nomás no te la vas a llevar de arriba—. Ante el cariz que iban tomando las cosas pude haber intervenido, pero quise ver como se defendía Cristina en esta situación, además el problema no me interesaba, pero en el último de los casos siempre tenía tiempo de meterme y apoyarla. Un tercero en la disputa por ahora caería mal, la cuestión era entre la vendedora y el comprador, así que seguiría los acontecimientos de cerca.

—Pero no seas malita insistía el cliente, podés creerme, después te lo pago, si te digo que no tengo es porque es así.

—A otro perro con ese hueso, y ya me estás cansando, pagame y andate de una vez, y por aquí no vengas más. Me estoy aguantando porque la nena está durmiendo, así que vamos a terminar este asunto. Vamos, vamos, ¿qué esperás?—El otro, que ya se había puesto el saco estaba listo para marcharse y dio unos pasos hacia la puerta sin articular palabra alguna. Entonces fue cuando se reveló el temperamento de la tucumana, sin decir nada metió la mano debajo de la almohada y la sacó empuñando el arma que yo ya conocía. Con un salto corto y silencioso en el cual sus senos se encabritaron caprichosamente, se interpuso entre su cliente y la puerta, este cuando se vio encañonado quedó sin habla y petrificado como una estatua.

—Bueno, ¿me vas a pagar o quieres que te meta un balazo en el ombligo? Vos te crees que porque vivo sola tenés derecho a dártelas de matón o de muy vivo, vamos, vamos, afloja y terminala. Si me lo hubieras dicho al principio te hubiera creído porque no me demostrabas mala fe, pero después no porque resulta una avivada y yo a los vivos como vos me los paso...bueno, vos sabés bien por dónde, así que no te hagas el sordo y larga los billetes antes que se me canse el dedo en el gatillo.

—Lo que tengo es muy poco y no va a cubrir lo que te debo—le dijo balbuceando—creéme qué te estoy diciendo la verdad.

— ¡Cómo! primero dijiste que no tenías nada y ahora salís diciendo que es muy poco, ¿en qué quedamos, viejito? ¿Es que tengo cara de tonta? Vamos a ver ¿cuánto tenés?

—Apenas si tengo ochenta pesos, sin contar las monedas para los cigarrillos.

—Y ¿con eso viniste a acostarte conmigo? ¿Vos te creés que esta mercadería se puede vender al fiado? ¡Atorrante! ¡Caradura! Sos demasiado vivo, ¿no? Mira, la plata llévatela por que con eso no me pagas nada, pero en cambio vas a dejarme el reloj y cuando lo quieras recuperar traéme trescientos pesos.

— ¿Pero vos estás loca? ¿Por qué tengo que darte un reloj que vale un kilo?

—Por eso mismo, porque estoy segura que vas a venir a traerme la plata.

—Pero no seas así, ya te dije que te los pagaré.

—Y vos crees que me voy a resignar con tus promesas, me parece que el loco sos vos, y levantando el arma casi a la altura de la boca, le espetó: ¡que loca ni loca! Vamos dame el reloj y ándate que ya se está poniendo largo todo esto—.El tipo, que estaba bastante asustado con el cariz que estaban tomando las cosas originadas en su abuso, temblándole las manos saco el dinero, trescientos pesos y se los entregó a Cristina, agregando— Así que si no te pagaba me robabas el reloj y seguro que no lo hubiera visto más nunca aunque viniera diez veces a buscarlo.

—Ahora parece que te vino el alma al cuerpo, mira ándate de una buena vez y no hables más que me das asco, hijo de puta, si no me hubiera defendido así mostrándote los dientes habrías salido con la tuya. Incluso mandarías a otros miserables como vos para que hicieran lo mismo ¿no? ¡Claro! Y yo le abriría las piernas gratis a todos. Volá de aquí antes que me arrepienta y te rompa la cabeza de un culatazo. Vos te creés que tengo necesidad de robarte el reloj. Yo no preciso robar a nadie, por eso hago lo que hago. El que quería robarme eras vos, ¡cretino! —Esto último se lo arrojó como si fuera un escupitajo lo que apresuró la salida en forma precipitada. Salió mascullando improperios aunque en voz baja contra las putas y demás yerbas de la villa. Pero la verdad era que había ido por lana y salió trasquilado, y lo más triste para él era que no podía vanagloriarse ante sus amigotes del resultado de la aventura.

Luego la tucumana, como si no hubiera pasado nada arregló la ropa de su cama y apagando la luz sumió la pieza en la obscuridad absoluta y se acostó. El partido había terminado y Cristina lo sacó victorioso. Así de esta manera un poco insólita me había tocado vivir, aunque al margen, uno de los aspectos de la áspera vida de la tucumana. Verdaderamente estaba en condiciones de hacer uso de su vagina y ese derecho lo defendía con fiereza, como una hembra lo hace con sus cachorros sin inmutarse y sin alharacas.

Me dormí tranquilo pensando que ni yo ni nadie hacían falta para defenderla, ella estaba sola pero firme y segura en lo que hacía, y el tipo ese no aparecería más, de eso estaba seguro, pero seguro, el susto había sido bastante fuerte. El preludio con que Cristina inicio su concierto amoroso de esa tarde fue sutil y penetrante, tan bien concebido en su imaginación pasional que cuando me di cuenta, ya estaba atrapado irremediablemente en sus finas y deliciosas redes. Sus coquetos toqueteos siempre novedosos e irrepetibles, sus besos breves y profundos anunciaban el camino de algo más sustancioso; el contoneo de sus senos casi sueltos, como esperando la oportunidad de lanzarse al vacío y toda esa lascivia que emanaba de un cuerpo versado en el amor, hicieron lentamente que mi sistema nervioso enervara al máximo mi potencia viril, que descontrolada e impaciente se había convertido en una energúmena sedienta, buscando con ardor la fuente donde saciar su sed, pero esta era como un espejismo que aparecía y desaparecía, un sube y baja sabiamente dosificado por el erotismo de Cristina, al que no podía contrarrestar y que ya se convertía en un adagio andantino y majestuoso. Emergían de ese pentagrama las notas que luego convergían escandalosamente en busca del agudo que hiciera vibrar nuestro ritmo que orbitaba en la misma frecuencia. Cristina se transfiguraba en Salomé y con sus movimientos de vientre me lanzaba al abismo y me hacía perder la noción de todo lo que me rodeaba. Mi conciencia era una esponja que succionaba contracciones, olores y sabores de su sexo y yo cual criatura inerme pero presta a contribuir al logro de un final feliz dentro de ese infierno pleno de voluptuosidad y delirio, me exhibía a fondo para no quedar menos en esa faena fieramente compartida. Igual que el Dante debía repetirme aquello de "voi che entrate, lasciate ogni speranza". Luego de esos verdaderos golpes de gracia producidos por las caderas de la tucumana, terminé por sucumbir lentamente y con toda languidez fui cayendo y apoyando mi frente sudorosa sobre sus senos mórbidos e inhiestos, jadeando satisfecho de placer, mientras sus manos cariñosas y agradecidas me alisaban mi cabello revuelto. Jamás podré olvidar en mi vida esa ternura casi maternal que emanaba de Cristina y que contrastaba con la frialdad con que atendía a sus clientes. Ahora era una hembra que sentía el amor y vibraba de pasión en brazos del hombre que amaba.

Acostados uno junto al otro descansábamos silenciosamente sumidos cada uno en nuestros propios pensamientos, pero en su rostro moreno yo no podía dejar de notar esa transfiguración que la embargaba y que hacía de ella una mujer feliz. Pensaba en el amor y en su poderosa fuerza como motor del mundo para generar los actos que mueven a todos los seres humanos y que cuando llegara a mí, sería el tábano que tendría posado sobre mi lomo. Con su aguijón acuciaría a conseguir mi propio destino. Dentro del ciclo de vida me instaría a romper las ataduras con que la villa de las plagas y las miserias se aferraban a mi cuerpo, y entonces buscar el sitio que me correspondía bajo el sol.

Cristina al levantarse me volvió a la realidad, con un tenue beso sobre mis ojos cerrados, que agradecí con una sonrisa. La nena con su llanto apresuró nuestros movimientos para que al instante nos levantáramos del lecho. En nuestro egoísmo la habíamos olvidado y ahora con su llanto reclamaba su cuota diaria de alimento. Pronto Cristina encendió el calentador y puso agua a hervir en un recipiente. Luego terminó de vestirse y fue a su pieza y trajo un paquete de sémola para prepararle la comida a la pequeña mientras tomó a la Tina y con toda rapidez y eficacia la lavó y peinó sentándola en la mesa.

Ya vestido y sentado sobre la cama mientras fumaba un cigarrillo disfrutaba de esa paz que me proporcionaba Cristina y su pequeña. Los tres conformábamos el símbolo de una familia que por diversos factores no se podía concretar ¿Qué era lo que faltaba para consolidarla? Faltaba lo esencial: seguridad. Y cuando falta la seguridad a la familia, es porque le falta al país que debería cobijar y amparar a esa gran familia que es el pueblo argentino. No sé si estaba errado en mis pensamientos, pero veía la práctica fiel de la filosofía de Turgot: "laissez faire, laissez passer", o sea: dejad hacer, dejad pasar. Y eso nos llevaría a un modus vivendi vegetativo que fatalmente resultaba una castración mental sin objetivos para salvar a la gran familia. A veces no quería pensar y menos en problemas políticos, pero la incertidumbre de mi experiencia actual me obligaba a pensar en mi incierto futuro que por lógica estaba ligado al quehacer económico bastante deteriorado, por cierto, del país entero.

Esa noche cenamos tranquilamente conversando sobre la familia de la tucumana, sobre la próxima llegada de la hermana el futuro de la pequeña y acerca de la vejez de la madre. Cuando se fue me acosté con su imagen en mi mente pensando que estas charlas amenizaban nuestras tardes y le daban vida a la chatura que nos rodeaba, haciendo de mi entorno una excepción de buen gusto dentro de la villa , aunque podría haber otros así, pero yo no los conocía ni me interesaba tampoco. Locuaz, franca y picaresca como resultaba Cristina en su conversación me deleitaba oyéndola, viéndole la alegría en el brillo de sus ojos; su risa llenaba mi alma y se expandía por la pieza armoniosamente como si fuera un desafío a la miseria exterior.

El verano llegaba a su fin y con él se iban las últimas esperanzas de los pobres, porque para ellos resultaba ser una estación benigna. Ahora le tocaba el turno al clima duro y cruel del invierno, las lluvias, las enfermedades, lo remedios, la falta de ropa; en fin, toda una gama de penurias que se acrecentaban horrorosamente favoreciendo a la parca que agazapada que esperaba el momento para llevarse sus víctimas. Empezaba el calvario de los desahuciados, de la resaca humana; muchos se irían de la villa en el viaje sin retorno, pero otros, enseguida ocuparían la pocilga vacía, empujados por la negación y el egoísmo humano, sordo a estos clamores de sus propios hermanos caídos en desgracia. Los días se sucedían adentrándose cada vez en el frío y hostil invierno. Las necesidades que nacen de la convivencia humana por diversos factores, hicieron estrechar más nuestra intimidad a un grado superlativo, intimidad que yo sabía muy bien no debía fomentar. Paulatinamente mi situación económica volvió a mejorar lo que me obligaba a romper con la rutina de la villa y tratar de eliminarla de mi vida, pero ahora se interponía esa convivencia con Cristina que ella alimentaba con sutileza atándome a su sexo y propiciada por mi debilidad carnal. Para marginarla debía superar mis instintos que aún eran cerriles y se mantenían hechizados con el embrujo de su aplastante sensualidad. Sabía que no podía doblegarme a ese capricho, dentro de la villa vaya y pase, pero fuera de ella sería una espada de Damocles amenazando mi porvenir.

Pensaba que con el tiempo haría una vida normal para cuando las condiciones estuvieran creadas. Si no lo hacía así cercenaría la tranquilidad de mi existencia y me auto eliminaría el derecho de elegir mi propia destino. Ya hablaría con Cristina sobre el tema después de crear el clima necesario para hacerle entender que mi situación me permitía irme de la villa hacia otros ambientes pero solo. Y eso era lo más difícil de manifestarle. Ella trataría de aferrarse a mí pero también era lo suficientemente inteligente para analizar que eso iba a resultar completamente imposible. Además le recordaría que en nuestra vida en común no existía ninguna promesa previa, que luego hubiera sido lamentable vulnerarla. Si las circunstancias nos habían unido transitoriamente, las mismas se encargarían de señalarnos el camino a seguir. Con todos estos pensamientos bullendo en mi cabeza me fui durmiendo pero sin alcanzar a descubrir el enfoque adecuado que solucionara este conflicto. Al día siguiente cuando regresé de mi trabajo tuve la certeza de que habría novedades. Cristina estaba llorando mientras le daba de comer a su hija. ¿Qué habría pasado para que estuviera así? Mientras le cruzaba mi brazo por su espalda para calmarla, le pregunté sobre el motivo de su aflicción.

— ¿Qué te sucede, por qué estás llorando, Cristina?—luego me saqué el saco y encendiendo un cigarrillo se lo pasé a ella, encendí el mío y me senté sobre la cama esperando su respuesta.

—Mira Agustín, las cosas sucedieron así, esta mañana llegaron dos noticias, una buena y la otra desagradable. Ya hacía un rato que me había levantado cuando llegó un mocito enviado por mi madre, traía el aviso presuroso para que fuera allá, mi tía acababa de fallecer luego de su penosa enfermedad. Ahora voy a cambiarme para irme y puede que me quede algunos días, la vieja está sola y vamos a ver qué es lo que decide si se viene para aquí o se queda allá.

—Por mí no te hagas problemas, de cualquier forma voy a arreglarme, deja todo cerrado, por las dudas, y ándate tranquila. Por lo que sabíamos ese desenlace había que esperarlo en cualquier momento. Está bien que es doloroso no lo niego, la muerte siempre lo es. Pero, ¿qué se puede hacer en estos casos? Eso es inevitable y natural. Y, la otra noticia a la que te referiste ¿cuál era?

—La otra es que la semana entrante viene, el día sábado, para ser precisa, mi hermana de Tucumán. Eso sí debo rogar que su estadía aquí para ella resulte todo lo contrario de lo nefasto que fue para mí, hay que advertirle que no haga nada fuera de lugar para que después no tenga nada de que arrepentirse. Sobre todo voy a realizar cualquier sacrificio para evitarle un destino parecido al mío. Si yo hubiera tenido cuando vine a Buenos Aires la experiencia que tengo ahora, ¡otro gallo cantaría! Pero es tarde para lamentarse estoy lanzada a esta vida y me quemé para siempre, ahora ya me he resignado a todo. Pero mi hermana tendrá que tomar otro rumbo diferente al mío, para eso sabré luchar como lo hago por mi hija, para evitarle los males que la acecharán en cualquier rincón de esta villa e incluso de la ciudad.

—Creo que es tu deber como hermana mayor defenderla y avivarla de los peligros que corre en esta selva inmunda y traicionera. De todos modos contá conmigo para lo que sea, yo soy tu amigo y todo lo que a vos te causara un disgusto para mí también sería desagradable, y ahora apurate que la noche te va a caer encima enseguida, no te olvides que vas a viajar con la nena.

—Sí, es cierto. Ya me voy, cambio a la nena y salgo volando—. Cuando se fue Cristina, recién me senté a comer, pero ya era tarde y había perdido el apetito, así que di por finalizado mi almuerzo y me incliné más por el lado de tomar unos mates. Prendí un cigarrillo mientras esperaba que se calentara el agua. No había hecho más que tomar unos dos o tres mates cuando sentí que golpeaban la puerta, me di la espalda e invité a entrar al visitante.

— ¡Hola qué tal, como le va!, ¿se acuerda de mí?

¡Pucha, si me acuerdo! El joven del partido comunista, ¿no es así? Bien, bien, siéntese nomás y de paso me dice qué se le ofrece ¿Gusta un mate? ¡Sírvase que está espumoso!

—Lo voy a aceptar, gracias compañero. Bueno, le diré que me he dado una vuelta por aquí para ver si cambió de opinión y sale afiliándose al partido. Además le traje unos materiales de lectura que puede ilustrarlo en algunos aspectos—. Mientras tomaba mate yo contemplaba su perfil juvenil, afinado por las miserias de la villa, con cierta dureza en sus rasgos lo que le daba un aire serio de hombre mayor austero. La fluidez de sus palabras llenaba la pieza y me daba la impresión que era una letanía casi memorizada, pero lo que más me atraían eran sus ojos porque aunque su cara era seria sus ojos reían plenos de chispeante vivacidad, comunicativamente. Lo dejaba hablar sin interrumpirlo, me gustaba oírlo y además me distraía con sus argumentos que ya conocía, porque más o menos se basaba sobre las desconformidades que eran de conocimiento público. Lo veía venir y lo esperaba tranquilamente, sabía cuál era su objetivo, al último cuando trataría de darme la estocada final, con su ficha de afiliación. Entonces recién íbamos a entrar a polemizar, no me quedaba ninguna duda al respecto. Aunque ya le había dicho anteriormente que gustaba de mi libertad de pensamiento, y no pensaba encasillarme políticamente, tampoco podía tener un pensamiento rígido, diariamente se podía o no estar con una posición, eso dependía de las circunstancias,

223

porque la verdad de hoy podría ser la mentira de mañana, entonces la rigidez mental sin la suficiente elasticidad   para una captación rápida de las cosas no servía y entonces estaríamos en desventajas con la realidad. Ya sabía que el joven iba a insistir con su solicitud, pero también sabía que yo tenía mis propios pensamientos y eran los de no claudicar ante el juego de nadie ¡La polémica se iba a poner linda nomás! Con mi tesis no sería dueño de la verdad —ni lo pretendía—, pero era mi punto de vista y por lo tanto debía respetarlo como yo respetaba el de él. Todo lo demás no era más que una conversación, que estimaba conveniente para llenar el vacío de la tarde. Estaba huérfano del amor de Cristina, entonces este joven venía a suplirla intelectualmente. Bueno, pensé, qué mejor que esto. ¡Aprovechémosle! Total, no se perdía nada, además la tarde se prestaba para conversar. Lo convidé con un cigarrillo que aceptó complacido y mientras pitábamos el humo se esparcía llenando el ambiente de penumbras, el joven continuaba su ilustrativa charla de conferencista.

Entre mis pensamientos y la ideología del joven político la tarde fue introduciendo la oscuridad, haciendo de la penumbra un nicho íntimo   propenso a las confidencias. Pero a pesar de alguna coincidencia, nuestros puntos de vista divergían y el joven vio prudente dejar la charla abierta para otra oportunidad. Propuso proseguir más adelante luego que yo hubiera leído los materiales que había traído, para orientarme, según él, hacia la afiliación a su partido. Aunque,   agregó, que yo estaba bastante politizado como para integrarlo de una, de esa forma no me aislaba de la masa. Lindo pensamiento que para mí era una teoría ya que la masa entre sí y por diversos motivos hace rato que vivía aislada. Y yo me aventuro a preguntar: ¿qué es la masa? A mi criterio, una cosa amorfa y abstracta. Que es todo y al mismo tiempo no es nada. Pienso, por ejemplo que si yo me paro en una esquina y digo, "el pueblo se puede ir al diablo", estoy seguro que no pasa absolutamente nada. Pero si en cambio encaro a un individuo en particular y le digo, "usted váyase al diablo" estoy seguro que enseguida se produce una reacción. Esa es la diferencia, por eso (hasta que no me demuestren lo contrario) que eso de usar ese vocablo "masa" es una distracción para los timoratos y los pusilánimes. Y lo que yo trataba de defender con este joven ideólogo, era precisamente esa forma de pensar, que los "ismos" no debían presionar al individuo al extremo de anularlo, haciéndolo hablar, no por su propio pensamiento, sino por el de los intereses creados en torno tal o cual partido político.

El diálogo, creo yo, siempre resulta constructivo, pero nunca a cambio de renunciar a los principios que rigen la esencia de la personalidad, sino que debe hacerse sobre esa base, y dentro de los muros éticos y lógicos de una mutua comprensión. Por eso cuando se fue, nos saludamos amistosamente y de común acuerdo quedamos en seguir la conversación, eso sí, respetando como lo habíamos hecho hasta el presente, la independencia de nuestros pensamientos, sobre esa base mi cordialidad era evidente.

Como al medio día no había comido nada, ahora sentía un apetito agresivo y como mi estómago no sabía de discusiones, había que conformarlo de inmediato. Prepare uno sándwiches, luego de beber un poco de vino encendí un cigarrillo y me asome a la puerta de la pieza. Alargué la mirada sobre la penumbrosa miseria de la villa y ello me llevó a retomar mis pensamientos recién razonados. Y me volví a preguntar: ¿en realidad qué es la masa? Para mí era un disloque social y lo único que extractaba era una minoría selecta, politizada y evolucionada, que de acuerdo a la época era la que tomaba la vanguardia en muchos aspectos, ahora debo aclarar que para llegar a pensar así yo me basaba exclusivamente en los hechos; las palabras nunca contaron para mí y cuando lo hicieron fue un desengaño atroz, de ahí que mi experiencia me dictaba esta forma de pensar. Por eso decía que una minoría es la que da el impulso y dimensión a las diferentes luchas en que se encaraba el progreso de la humanidad. El resto era amorfo y se movía a los vaivenes de las circunstancias, sin objetivos claros ni definidos como para pesar en cualquier otro aspecto evolutivo. Cualquier charlatán jugaba con esa volubilidad y la arrastraba a los desvíos y los desenfrenos sectarios más inconcebibles.

De un pueblo culto y fuerte en sus convicciones que no se fanatiza por problemas secundarios, creía factible que podía ser el motor de una metamorfosis social. Aquello de que la masa era la fuerza de la revolución era pura demagogia y servía para cortar las digestiones lentas y pesadas de algunos burgueses, que carecían de sensibilidad social y que ante cualquier reclamo perdían la facultad de pensar y distinguir cuáles eran los verdaderos peligros. Por eso es que la masa siempre ha sido es y será la comparsa de todo movimiento de cualquier característica que fuere, sin iniciativas ni definiciones propias. Esa minoría pensante y selecta que surgía de las diferentes capas sociales y que formaban la vanguardia en todos los aspectos del quehacer nacional, esos sí eran los arquetipos de la evolución y los que empujaban sin descanso la rueda de la historia. La masa, así como suena, nunca, jamás.

Yo aplaudía a ese joven por su insistencia y su versación, pero «a otro perro con ese hueso», políticamente me quedaba con mis ideas y mi independencia mental; quizás no era mi definición muy justa pero era absolutamente mía. Luego de estas disquisiciones, me entré, verifiqué que la pieza de Cristina estuviera bien cerrada y me acosté con mi conciencia tranquila.

Ya habían pasado varios días cuando una tarde al regresar de mi trabajo, noté que la tucumana ya estaba de vuelta. En la puerta jugando estaba su hijita, me sonrió y al pasar le acaricié la cabecita. Entré a mi pieza para prepararme algo para comer pero no hizo falta porque ya Cristina tenía todo listo. La llamé. Entró sorprendida. ¿Cómo, ya habías llegado?— me dijo acercándose y dándome un beso fugaz — no me di cuenta, estaba tan atareada preparando las cosas que ni te sentí... ¿sabes, no? Pasado mañana llega mi hermana y tengo que ir a esperarla, por eso trataba de que la pieza tuviera un buen aspecto, aunque el de afuera no lo arregla nadie.

—Es cierto— le contesté— ¿a qué hora llega?, si el trabajo me lo permite te acompaño a la estación. Pero, mientras conversamos porque no vamos comiendo, ¿qué te parece?

—La nena y yo ya comimos, pero mientras tu comes yo voy preparando el mate

—Bueno, como no ¡Macanudo che! Hacelo nomás.

—Mira Agustín, no vale la pena que pierdas de trabajar para venir a la estación, porque llega al medio día, yo puedo ir sola, total muchas cosas no va a traer; de seguro alguna valijita con sus cosas personales. Con la miseria que hay en Tucumán lo único que puede traer es hambre atrasada y piojos de mi tierra natal...

—Está bien— le dije— como vos quieras, si es así no hay problema—. Mientras esperaba el mate caliente y espumoso la nena entró restregándose los ojitos, ya era hora de hacer su siestita. La madre se sentó en la cama y la tomó en sus brazos, a los pocos instantes dormía profunda. Luego la llevó a su pieza y la acostó en su camita. Ya de vuelta empezamos a matear dentro de una intimidad envidiable, llena de suspiros, caricias y coqueteos. Verla moverse a cada instante en la habitación, olerla en su andar; el roce intencionado hicieron aflorar mis deseos represados por varios días. Cristina instintivamente notó el cambio operado pero no vino hacia mí como yo esperaba, por el contrario se retrajo, provocándome con los ojos en silencio. Sin hacer alusiones pero colocándose en diferentes posturas en las cuales con un poco de imaginación ya me veía consumando el acto sexual, al entregarme el mate se agachaba de tal forma, que sus senos parecían que iban a emprender vuelo Mientras esperaba que le devolviera el mate, cruzaba sus piernas en forma maquiavélica. Yo soñaba despierto, Frente a mi tenía una visión magnífica y escultural que acrecentaba mis deseos. Tirándose hacia atrás sobre la cama estiraba sus largas y musculosas piernas haciendo que su cuerpo quedase atravesado y mostrando sus muslos prestos para recibirme en esa lucha pasional que se avecinaba. Todo esto sucedía mientras conversábamos de cuestiones baladíes, como no queriendo la cosa. Seguramente quería probar con toda astucia e intención, aunque sin decírmelo, el poder de su sexo sobre mi excitados sentidos, pero yo entendía que estaba demás usar todas esas argucias porque yo siempre estaba presto dar la batalla. Esto estaba resultado un juego en el que yo no tenía la menor intención de entrar, quizás estaba aplicando otra experiencia que yo no conocía. Total, le hice el juego en eso de no hablar, en lo otro no la seguí en absoluto.

9

¿Para qué se esforzaba tanto Cristina en demostrarme que la vencedora era ella? Se la daba por ganada si total ya de antemano sabía que yo iba a resultar el perdedor. Su sexo era más fuerte que todos mis instintos y deseos, y alrededor de eso giraba todo el mundo, descubierta o encubiertamente. Al final venía a resultar algo así como el motor de la humanidad.

Como quien no quiere la cosa me levanté y atasque la puerta, ella me vio y bajó la vista como una virgen pudorosa ¡Qué bien jugaba su papel...! Su experiencia sexual le daba una clase especial para aparentar una ataraxia que no sentía. Sus ojos, que en el momento de la inminente consumación adquirían un brillo especial y anhelante, la delataban. Se había levantado para dejar la pava y el mate sobre la mesa, yo me le acerqué por detrás y le besé el cuello cálido, terso y moreno. Mis manos aprisionaron sus senos duros y erectos que ya palpitaban obedeciendo a la excitación que ella misma había avivado. Resultaba ser víctima de su propio ritual. Acomodó y plegó sus nalgas sobre mi cuerpo y con sus manos apretó las mías sobre sus pechos enervados. Mis labios ardorosos depositaron sobre su cuello un calor que la hacía vibrar y ese vaivén de sus caderas conmocionaron a fondo mi ya imparable excitación. Dándose vuelta se aferró a mi cuello desesperadamente, le ofrecí mis labios ávidos y sedientos que succionó y mordió como diosa enloquecida de pasión. La respiración se hizo jadeante y un furor que nos llevaba a devorarnos se apoderó de nosotros. Caímos al lecho desvistiéndonos a cuatro manos y las ropas volaban por los aires como bailando e integrándose a la celebración del ritual que apenas comenzaba. Me incrusté con un suspiro de gozo inenarrable haciéndola temblar de placer, sus ojos cerrados y su ceño apretado marcaban la pauta de su voluptuosidad interior que transfiguraba su rostro expresando ahora el inenarrable y vertical gozo que la consumía. En medio de ese ritmo alucinante su boca mordió mi grito de placer antes de que naciera y sus quejidos pletóricos de pasión matizaban la cópula que

232

agonizaba en su final maravilloso. Sus caderas lujuriosas se fueron aquietando satisfechas, la comba de su vientre agitado por las ardientes oleadas, parecía un pequeño mar embravecido que todo lo envolvía. Luego vino la calma. Paulatinamente Cristina retomaba el timón de su conciencia desbocada, y volvía sus ojos lánguidos hacia mí. Este era el primer canto al amor y en verdad había sido un verdadero poema. Sin dudas cada día se aprendía algo nuevo, y en este terreno no iba a resultar una excepción. Cristina me lo había demostrado una vez más. El descanso no duro mucho tiempo, casi ni nos dimos cuenta, porque ya estábamos entreverados de nuevo en un escarceo amoroso en el cual aguzábamos todo nuestro ingenio para que el impacto de las innovaciones causaran mayor placer   a nuestros excitados sentidos. Nuestro apetito libidinoso iba in *crescendo* buscando con ansias incontenidas nuevas forma de goce y Cristina volvió a ser Afrodita en su nueva canción de amor, tan renovada como si fuera el primer pecado que hubiéramos cometido. Su cuerpo sabio y maravilloso era el *summun* del placer que transportaba con celeridad al pináculo de la voluptuosidad mis deseos amorosos, cobijándolos bajo el manto sublime del orgasmo, sus besos preludiaban cada quejido emitido en el seno de sus entrañas agitadas que se dilataban para recibirme. Sus uñas en el ardor del combate se clavaban sobre mi espalda tensa y sudorosa como si quisieran rasgarme mi alma mientras sollozaba inflamada de pasión. Luego de la faena amorosa nuestra respiración se fue apaciguando y tirados en la cama, juntos los cuerpos fumábamos los dos del mismo cigarrillo, los ojos en blanco y la mente en reposo absoluto.

Eran horas inolvidables que las vivíamos en otro mundo, a pesar que el que nos rodeaba era sórdido, egoísta y lleno de antinomias, nos pasábamos el cigarrillo automáticamente luego de cada pitada, era una felicidad pobre y barata en ese cuchitril, pero para nosotros, dos desheredados declarados del destino era toda nuestra fortuna. Pasado un rato nos vestimos y la rutina diaria empezó a envolvernos hasta terminar por absolvernos. Ella fue de compras y yo a la peluquería distante unas cuadras. La pieza quedo silenciosa y en la penumbra cuando la cerré. Aún en su interior el aire prisionero emanaba un grato olor a hembra joven, a exquisitez sensual. Mis fosas nasales se llenaron de él, y lo aspiré con deleite con su imagen viva en mi mente y con su poder sexual envolviéndome y quebrándome por dentro. Me alejé caminando con lentitud, la tarde declinaba doblando su cerviz a la oscuridad que caía solapadamente.

Las luces anémicas de los quinqués y faroles y de algunas linternas solitarias señalaban por los intersticios de las maderas del rancherío la existencia de seres humanos. Cuando llegué a la calle doblé hacia mi derecha bordeando el tétrico paredón del cementerio fiel compañero que nos servía de medianera y apoyo para mantener en pie nuestras miserias y derruidas casuchas... más allá la calle se animaba con la gente que transitaba y las luces de los negocios que menudeaban amén del tráfico circundante.

Me daba la impresión de volver a vivir en reacción a la villa oscura y muda, como una nota de escarnio frente al resto de la ciudad, brillante alegre y egoísta. Cuando llegué a la peluquería había unos pocos clientes, me senté y esperé mi turno como correspondía, diversos comentarios llegaban hasta mí, pero enfrascado en la revista que estaba leyendo no les prestaba ninguna atención. Luego cuando me estaban atendiendo un juicio lapidario emitido por uno de los clientes me llamó la atención y me hizo sonreír irónicamente. Hablando de las diversas actuaciones de algunos políticos, uno de ellos decíale al otro:

—Creo que muchos políticos por su mentalidad pertenecen a la era de los fósiles, ya que la falta de visión está comprometiendo el futuro del país.

—Y yo puedo agregar—dijo otro de los presentes—si sobrevive algo de ese futuro, porque de seguir así en esta pendiente perniciosa, el futuro sería un cadáver listo para envasar y transportar al nicho, como si fuera un recuerdo querido—. El peluquero no me permitió seguir escuchando porque ya había terminado su faena. Pagué y me fui. El frío reinante me hizo sentir sus dardos, entonces aligeré el paso para entrar en calor, cuando llegué estaba todo listo para cenar, la tucumana se esmeraba en demasía, hasta me sentí un poco cohibido por su celo; pero así era ella, inmensamente servicial, se desvivía como una madre con su ternura que contrastaba con su temple y su aparente dureza, además como mujer me deslumbraba con su natural sensualidad. Me había puesto bajo su égida y yo me hallaba huérfano de cariño, así que dejaba que me mimara complaciente. Luego que terminamos de cenar, en un santiamén dejó todo limpio y acomodado. Después me beso con sentimiento y tomando la pequeña de la mano se fue a su casilla.

Mientras me acostaba pensaba que se había ido con mucha celeridad, seguro para no herir mis sentimientos, pero en fija y si no me dormía antes lo iba a comprobar. Esta noche por lo visto tendría visitas, es decir habría billetes frescos. Apagué la luz de mi pieza sin llegar a sentirme frustrado por eso, ya que mi intimidad con ella era puramente circunstancial y sin ninguna afinidad espiritual, salvo la intimidad física y sexual que nos ligaba casi diariamente. A través de algunas hendiduras se filtraba pequeños hilos de luz que hicieron mover mi malsana curiosidad, quería ver quiénes eran esos clientes tan ansiosamente esperados, espié con toda intención, de todos modos ella no se enteraría, pero si se enterara se disgustaría de mi timado espionaje. Pero la mía era una curiosidad sin trascendencia ni importancia y que no estaba destinada para echarle nada en cara a Cristina. Ese era su medio de vida antes de conocerme, y las armas que usaba o las argucias que empleaba ni me iban ni me venían, conmigo era otra cosa, lo demás no me interesaba en absoluto. Si nos lo proponíamos, ya que en la villa se vivía en total promiscuidad, podríamos espiar todos nuestros actos, no había chapa o cartón que no tuviera una hendidura o agujero.

A través de uno de ellos vi a la nena durmiendo en su camita cubierto con un mosquitero azulado, ajena a los acontecimientos que sucedían. Una penumbra cómplice rodeaba a la tucumana que con toda naturalidad se estaba desvistiendo sin advertir que mis ojos le seguían paso a paso, y aunque su cuerpo lo conocía perfectamente no por eso dejaba de ser una revelación enervante con su lento *striptease*. Ella pensaría que yo estaría durmiendo y eso le daba cierta impunidad, pero estaba seguro de que si me veía ni se inmutaría. Lo que estaba haciendo nunca lo había ocultado, por lo menos a mí, tampoco me molestaba su vida privada. Se sacó el vestido por sobre su cabeza y lo colocó sobre el respaldo de la silla, luego dejó caer su abundante cabellera negra para peinarla con despacio, regó su cuerpo con alguna agua de perfume, y su aroma llegó hasta mi nariz. Veía su perfil con toda nitidez y sus contornos empezaban a excitarme, pero creo que lo que más me enervaba era mi condición de «mirón» de atisbar lo prohibido pero si por esto me condenaba no era menos cierto que lo disfrutaba. Luego que se hubo peinado con premeditada pereza, acomodó algunos objetos y dio varios pasos como si estuviera impaciente. Instantes después se recostó sobre el lecho boca arriba en actitud de espera. Al parecer el cliente estaba retardado. Como la cabecera de su cama daba justo y en paralela al de la mía, podía observarla muy de cerca con su felino cuerpo al acecho, los brazos bajo su cabeza y los ojos cerrados. Las piernas estiradas y cruzadas hacían resaltar la exuberancia de su abultado sexo apenas cubierto por una minúscula bombachita negra. Sus senos enhiestos invitaban a succionárselos y mordisqueárselos. Pero su inesperada quietud, luego de un rato de observarla empezó por adormilarme y pensé en abandonar la escena y disponerme a dormir. Estaba algo cansado y al día siguiente tendría que trabajar. La espera se hacía larga y tediosa a pesar del espectáculo que me brindaba. Cerré los ojos. Pero en poco tiempo un ruido de voces me despertó, me despabilé de inmediato y traté de observar, acomodando de nuevo mi ojo al agujero y a la luz reinante. La tucumana se había levantado y colocado unas hojas de periódico sobre la cuna de la nena, tal vez para evitar sorpresas en caso de la nena se despertara. El altercado producido y que me había despertado, en esta ocasión no era por cuestión de «pesos sino de poses», Cristina, al parecer, se negaba a colocarse en una posición un tanto absurda y el hombre insistía amistosamente, ya que al final lo que le interesaba era obtener el placer que le produjeran sus caprichos. Ella estaba sentada en la cama y en vez de tener puestas las dos piezas acostumbradas lucía una camisola sin mangas que le llegaba graciosamente a las rodillas, así quedaba desnuda por dentro lista a tragarse al amante de turno en su selva espesa. Ahora que recordaba, conmigo nunca había usado esa indumentaria, pero me imaginaba que frente a sus clientes exhibiría toda clase de fetiches y ropajes para complacer y exacerbar los apetitos morbosos de algunos de sus refinados clientes. No era nada tonta la tucumana. Y por lo visto manejaba elementos de psicología natural al entrarle a su profesional modo de ganarse la vida. La disputa ahora era a la sordina, podía ver pero no podía escuchar mucho de lo que estaban hablando. Hablaban un lenguaje de susurros, prudente y discreto quizás para no despertar a los vecinos. Sin embargo el hombre como que se estaba saliendo de casillas al no ser obedecido y ella lo silenció colocándole un dedo sobre sus labios. El hombre, que aparentaba tener unos cincuenta años, estaba frenético y fastidiado al mismo tiempo. Al final todo se arregló, prevaleció el factor pesos en el negocio y el pervertido sació sus caprichos celebrando su triunfo con un rictus de sonrisa en su rostro segundos antes descompuesto. Fue un triunfo a lo Pirro, pero en fin, pensaba yo que lo gustos había que dárselos en vida y pudiendo como en este caso, mejor aún, creo que era la forma de pensar del tipo, los resultados así lo indicaban, además con una mujer así ¿quién iba mirar el aspecto monetario?, ella lo valía y se hacía cotizar muy bien. Cristina especuló con toda habilidad sobre los caprichos de su cliente, él no se fijaba en los precios, buscaba las poses, ella negándose acicateaba la psiquis del tipo quien afiebradamente aumentaba la oferta (como en una puja de remate) hasta que ella le pareció conveniente, porque por las posturas a ella creo que le importaba un bledo. Sacándose su pequeña bata quedó como una maja desnuda, como un monumento sensorial, como una columna de carne lista para el agasajo. Soberbia como una Venus de Praxiteles, como una moderna Frina en todo su esplendor, imagen que la penumbra erguía para deleite sublime y codiciado de quienes la observábamos. El cliente, un sibarita amante de la belleza femenina, ante la deslumbrante voluptuosidad de la hembra cayó de rodillas, arrobado, estupefacto, y encandilado se abrazó a sus muslos sollozando cual niño miedoso que implora la protección de su madre. Cristina estaba anonadada ante esta reacción inesperada y se quedó paralizada dejándolo hacer. Por lo visto debía soportar cada cuadro en su intimidad por unos pesos que le pagaban, que si lo tomaba así profesionalmente era una salvación para ella, porque de lo contrario era para cerrar la puerta.

Todo con tal de ganarse el peso debía soportarlo y disimularlo porque era ese su medio de vida y a los clientes había que tratarlos bien, si no corría el peligro de hacer la calle y eso era más peligroso por diversos factores, así que por lógica y por su misma seguridad era más conveniente hacerlo en su casa. Ante la posición adoptada por el tipo creció mi curiosidad al extremo que tomé la decisión de no irme a dormir hasta tanto no viera como terminaba esa escena. Mi sueño se disipó. Intrigado y ansioso observaba todos los movimientos, todos los detalles que pudieran calmar mi excitada y malsana curiosidad. Cristina continuó parada en su sitio mirando al hombre con cierta lástima y también un poco desorientada por esa actitud, el hombre continuó sollozando y los gimoteos se fueron esparciendo hasta alcanzar el tono de un lamento quejumbroso, que me apenaba y atravesaba el corazón aun sin conocer su problema. ¿Qué había pasado por la psiquis de ese pobre hombre? Luego de unos instantes ante los requerimientos de la tucumana, el desgraciado le contó sus emociones desatadas en ese suceso vivido y provocado por la desnudez de Cristina. Creo que a pesar de la inmensa cantidad de hombres que habían pasado por su intimidad, el primer caso de nervios contenidos hasta el paroxismo y rayanos en el llanto era éste que le había acontecido. No son casos vulgares ni reiterados pero eran ciertos. Podríamos decir que era un caso freudiano y en el secreto de la alcoba entre el macho y la hembra, sucedían cosas inverosímiles que pocas veces trascendían, pero por las lecturas científicas muchas aberraciones quedaban al descubierto.

Seguí observando con todo sigilo, casi dejando de respirar, ahora, seguramente se iba descifrar la incógnita de la caprichosa postura y de la insólita reacción sufrida por el individuo. El hombre se había levantado y estaba acariciando nerviosamente el cuerpo objeto de su dicha, y según le entendí de sus palabras, dichas como un secreto en el oído de Cristina, su reacción se debió al inmenso y gratificante placer de haber conseguido tenerla entera en traje de Eva, desnuda y erguida a su total disposición. Hacía bastante tiempo que no transitaba por los caminos del amor debido a un tratamiento médico que lo había convertido en un anacoreta , aunado a una viudez que lo cohibía frente al sexo y lo lanzaba a una frenética y lujuriosa desesperación por desahogar su furor sexual. Más tranquilo el hombre comenzó a desvestirse mientras Cristina satisfecha en su curiosidad femenina esperaba con indiferencia y bostezando el comienzo del acto harto conocido por ella en tantas noches de hastío. Ya recuperado de su debilidad momentánea, el hombre asumió su rol de macho, se acostó al lado de la hembra requiriendo sus caricias que él trataba de avivar recurriendo a su experiencia de amante conocedor. Le pellizcaba el lóbulo de la oreja, le mordisqueaba los pezones...no había zona erógena de la anatomía de Cristina que el hombre no le manoseara. Claro que lo hacía infructuosamente ya que ella, veterana en esas lides era insensible a toda caricia que no proviniera de «su amor», pero, a pesar de eso debía hacer su eterna parodia amorosa, para eso le pagaban y ella estaba obligada a confundir a su cliente y hacerle creer con fingimientos de actriz de teatro que disfrutaba a mares las caricias del compañero. Sus manos sabias hicieron enardecer con caricias audaces la convulsionada mente del hombre, que ahora exhibía su falo con orgullosa soberbia, presto para la estocada final esperando solo la orden imperativa de la tucumana. A la señal de la hembra disponible, el hombre se paró al borde de la cama con las piernas separadas y firmes prestas para el envión final. Solo esperó unos segundos mientras ella se atravesaba en el lecho y se le servía como bandeja desbordada de manjares. Él la tomo por las caderas y con nervioso movimiento concretó el capricho de su postura en un epilogo que lo inundó de felicidad; sus piernas no resintieron el esfuerzo para su edad y se le fueron aflojando lentamente hasta que sus rodillas tocaron el suelo, y su cabeza prácticamente claudicó entre la piernas de Cristina, doblando su cerviz. La tucumana luego de unos instantes se incorporó, haciendo revolotear sus piernas por el aire y mostrándome (sin querer) sus nalgas redondas y opulentas, su gruta palpitante y húmeda que mi vista extasiada trataba de no perder ninguno de los detalles de ese acto que como un *ménage a trois* me inflamaba de pasión. Ellos involuntariamente me habían hecho participe de ese obsequioso banquete que me habían brindado gratuita y generosamente. El final había llegado. *Consumatum est.*

Nunca en mi vida había sido un intruso, pero esta vez fui recompensado con creces, la escena quedaría grabada eternamente en mis pupilas, hasta tal punto que para evocarla me bastaría con cerrar los ojos. De manera involuntaria había conseguido aprisionar la imagen de Cristina en mi mente erotizada y nadie jamás podría robármela. En forma caballeresca agradecí in mente a la tucumana y a su cliente anónimo la espectacular oportunidad que me habían brindado de conocer mi psiquismo y los torcidos caminos que debía experimentar para complacer mi erotismo desbocado. El hombre agitado y satisfecho a plenitud había terminado de vestirse y ya hablaba de concertar una nueva cita, pero para que Cristina fuera a su casa particular, en una palabra se constituía un acuerdo mutuo para establecer un servicio a domicilio. Y como resulta que el tipo era dueño de un boliche textil, Cristina aprovechó para pedirle una plaza de trabajo para su hermana cuando llegara de Tucumán. El hombre no podía negarse este requerimiento ya que accediendo a esta petición se aseguraba los servicios de Cristina.

Aunque muerto de sueño, había disfrutado enormemente de esa intima velada convertida por arte de magia en una fogosa bacanal. La noche para Cristina había sido buena, irradiaba felicidad en su rostro, la noche había resultado fructífera y se había embolsillado la friolera suma de mil pesos por esa hora de actuación teatral. El hombre recuperó por milagro el sentido de su vida y las ganas de vivir y yo lloré por dentro anegado por el placer obtenido.

Mil pesos para esta época era demasiado dinero, que el hombre gastó con complacencia y que Cristina logro sacarle gracias a su natural conocimiento de las debilidades humanas respecto del sexo que ella administraba con sabiduría y sapiencia. La pieza de Cristina ya estaba a obscuras, el telón había caído para lo que para ella era un acto de rutina y de subsistencia, pero nunca nos podríamos equivocar llamándolo un acto de amor. Me arrebujé bien en la cama y mientras trataba de dormir las imágenes del hombre, ora gimoteando como un cobarde, ora sudando y con los ojos perdidos mientras penetraba a la tucumana, me acompañaron hasta que me quedé profundamente dormido. Jamás especularía con lo que había presenciado. Ella nunca sabría que había actuado como único espectador privilegiado en puesto de platea y coprotagonista a la vez de una velada erótica romanticona, salvaje y placentera. Ella me había picado la curiosidad cuando se despidió de modo tan inusual y rápido. Lo demás ya lo sabemos todos. Interiormente me sentía avergonzado pero me hacía el cínico para justificar mi proceder y ahí mismo me hice un propósito de no reincidir aunque la oportunidad se volviese a presentar. Cristina no merecía esto de mi parte por todas las atenciones que de ella recibía y que yo la espiara miserablemente, había sido una villanía y ella hubiera coincidido en lo mismo. Luego de mi autocrítica me sentí con mi conciencia tranquila. Lavé mi culpa después de gozar las mieles secretas del placer compartido.

Cuando al día siguiente regresé a mi trabajo, Cristina había ido a esperar a su hermana a la estación y aún no había vuelto. Echando un vistazo a mi alrededor me di cuenta que todo estaba en orden, pero para comer no había dejado nada, ella sabía que yo los sábados no trabajaba y quizás por ello no preparo nada, pero lo que no sabía era que debido a un apuro en el aserradero sí tuve que ir a trabajar. Salí a efectuar algunas compras, cuando regresé aún no habían llegado. Me senté en la puerta bajo un alero de cartón y encendiendo un cigarrillo disfruté ese atardecer soleado y tranquilo.

Casi sobre las dos de la tarde llegaron las tres, cansadas pero alegres y de buen humor, eso era importante porque demostraba que no estaban derrotadas por el pesimismo y que estaban dispuestas a enfrentar la dura vida que le esperaba en el futuro en la villa y dentro de una ciudad deshumanizada. Luego de las presentaciones, les ayudé a desempacar las cosas que en realidad no eran muchas y así se pondrían más cómodas, mientras tanto se pusieron a cocinar y yo a cuidar de la nena que tenía hambre y sueño. De cuando en cuando, observaba a la hermana de Cristina, una morocha de grandes ojos verdes, bastante parecida a ella, en su talla y en su dureza de carnes, aunque más delgada y de cabello ensortijado y negro como el azabache. Enseguida nos hicimos grandes amigos y como éramos jóvenes el tuteo era normal y hasta me atrevo a decir que desde el primer momento quedó establecida una corriente de simpatía que en el futuro, pensaba, podría fructificar.

Cristina con su conversación trataba de ambientarla y de hacerle la vida más fácil y optimista, mientras que yo para no saturarla, a veces interfería con pequeños agregados o con oportunas anécdotas que la hacían sonreír asustada y con cara de asombro, ya que Vicenta, que así se llamaba la joven, ignoraba muchas costumbres que se practicaban en la ciudad y de las cuales había que hacerle partícipe para su bien. Cristina en su función de hermana mayor, también hacia las veces de madre aunque a veces era dura en sus juicios y cruda en sus expresiones, pero creo que era la mejor actitud para templarle el carácter a Vicenta. Cuanto más desnuda es la verdad a veces resulta cruel y dura pero así entra y se graba en la conciencia humana. Lo que más me agradaba de Vicenta era su sonrisa, se le formaban dos hoyuelos en las mejillas que daban ganas de llenárselos de besos además dejaba relucir unos dientes blancos y bien formados que le daban a su rostro un aspecto bien agraciado. Comieron con bastante apetito y hasta repitieron algunos entremeses; la nena cansada se había dormido después de haber tomado su sopita de sémola. Ya más tranquilas las dos mujeres, Vicenta iba tomando más confianza, se movía en la habitación con soltura y donaire. Cristina tendría que abandonar sus hábitos nocturnos de recibir visitas mientras estuviera su hermana. Ya me había advertido que bajo ningún concepto Vicenta debía enterarse de sus medios de vida, además de un mal ejemplo no quería estimularla en esas costumbres perniciosas, quería que hiciera una vida sencilla pero decente sin recurrir a la facilidad del sexo para vivir.

Pero, rodeada de miseria y dentro de ese ambiente propenso ¿cuánto duraría esa honestidad?— Esa— me dijo Cristina— debía ser mi lucha para evitarlo, esa era la incógnita que no se animaba a descifrar, pensaba yo, porque su hermana con apenas dieciocho años era muy atractiva y las acechanzas le rondarían permanentemente. Estaba en una selva como una tímida e inexperta gacelita rodeada de hienas y chacales que en cualquier momento y al menor descuido la devorarían, y en este mundo procaz que nos toca vivir había que estar alertas y con los ojos bien abiertos para evitar ser pasto de las pirañas humanas que pululan en todos los órdenes de la vida. Pero yo tenía confianza en Cristina, me constaba de cómo sabia arrojar por la borda a los vividores y como sabía defender sus intereses. Pero la verdad es que yo entré esas dos magníficas hembras soberbias y apetitosas, las horas volaban casi sin darme cuenta viéndolas y escuchándolas y comentarios e impresiones sobre todo lo que las rodeaba. Ante la perspectiva de que iban a visitar a su madre, opté por irme para mi pieza con el ánimo de darles privacidad para que tomaran un baño y se cambiaran de ropa. No había motivos para poner en evidencia la intimidad que mantenía con Cristina, mientras se cambiaban estuve tentado a espiarlas, quería conocer a la hermana por dentro, pero desistí, si lo hiciese cometería una imbecilidad, no podía ni debía convertirlo en un vicio perverso y solitario lo que había sido obra de la casualidad. No era por puritanismo pero entendía que eso no debía volver a ocurrir nunca más, bueno, por lo menos lo pensaba. Me quedé en la puerta venciendo todas las tentaciones que me torturaban, matando el tiempo mientras fumaba un cigarrillo. Cuando salieron estaban vestidas con sencillez y arregladas, pero toda esa pulcritud servía para hacer resaltar sus encantos femeninos, que por cierto eran inocultables a la vista. Vicenta, deslumbrante con su cuerpo de sílfide, bien torneado, su olor de virgen deseada y sus cabellos negros donde el viento los hacía juguetear frente a los rayos del sol, y sobre todo sus grandes ojos verdes, me dejaron alelado. Yo no tenía más ojos que para Vicenta, era la personificación del deseo joven, la fruta verde que *in mente* siempre pensamos saborear algún día. Se dirigieron hacia mí. Luego de cerrar la puerta de la pieza Cristina me dijo: «Nosotros nos vamos ver a mamá, posiblemente regresemos mañana en la tarde».

—Está bien, vayan nomás tranquilas y llévenle mi saludo a la vieja, mientras cuidaré de todo hasta que regresen—Pero mis ojos no se apartaban de Vicenta, que absorta contemplaba con curiosidad, todo lo que la rodeaba, miradas que no pasaban desapercibidas a la sagacidad de Cristina que se echó a reír con disimulo, sin enojarse por lo nuestro, sin celarme y casi podría decir que alentaba con sus ojos picaros que persistiera en lo mismo. Estaba bien que nos perteneciéramos pero eso era ilegal y transitorio, Cristina quería para su hermana lo seguro y duradero, algo que con el tiempo la alejara de allí, por eso, por su felicidad iba a sacrificar su intimidad conmigo. Nada más que por eso entendía que la tucumana no iba a ponerse celosa, pero también estaba seguro que si me llevaba su hermana tendría que hacerlo casado.

Eso a mí no me disgustaba porque era lógico y normal que todos los seres humanos cumplieran ese ciclo de la naturaleza, pero lo que no eran normales son las condiciones económicas existentes que hacían muy difícil hablar de matrimonio. Mi voluntad y mis deseos se derrumbaban y mis esfuerzos serían en vano para salir del marasmo que me asfixiaba, debía poner en juego toda mi habilidad para sortear toda esa anormalidad que nos devoraba dentro de la villa, debía luchar contra todo para concretar todos mis pobres sueños de huir hacia el mundo civilizado. Cuando regresaran tantearía a Cristina antes que otros lo hicieran, por lo menos tendría la prioridad, siempre que Vicenta estuviera de acuerdo en casarse conmigo. Su "hasta mañana Agustín", dejó de hacerme pensar y me sonó en el oído melodiosamente como un presagio de dicha inminente. Las vi alejarse hasta que doblaron la esquina en busca del colectivo, pero ella seguía en mi mente e hiriendo mi corazón enamorado de primera vista. Creo que me estaba enamorando de verdad. Sí, debería ser eso porque antes nunca había sentido nada igual frente a una mujer. Pensaba y sentía en forma diferente, estaba deslumbrado, alelado y sufría, al no verla cerca, no cabía otra cosa en mi pensamiento que no fuera su imagen de sílfide. ¿Sentiría ella lo mismo hacia mí? No lo sabía pero haría todo lo posible por saberlo. Esta incertidumbre me torturaba hasta la desesperación. Con desesperación anhelaba su pronto regreso, tendría que dilucidar esta incógnita lo antes posible, sería lo primero que haría cuando hablara con Cristina.

Si Vicenta estuviera de acuerdo trataría de concretar, de hacer todos los sacrificios decentes con tal de llevármela de la villa. Ella se lo merecía todo, era una inocente en este mundo infecto. Nuestra infancia pobre y miserable no podía ser óbice para frustrar nuestra juventud y nuestro derecho a vivir y formar un hogar. Eso no nos podía acomplejar porque el futuro era de los jóvenes, en nuestra tierra joven no podíamos sentirnos viejos, teníamos que luchar y si Vicenta me acompañaba en la lucha con su amor y su aliento, tendríamos más esperanzas de alcanzar el objetivo deseado. Yo me imaginaba muchas cosas, total no me costaba nada, pero el desengaño sería terrible si la realidad fuera diferente a la mía, además ahora podría contar con otra base, era mi trabajo en el cual cada día me afirmaba más y no pasaría mucho tiempo en que me darían la categoría superior.

Había entrado de peón sin muchas pretensiones pero mi voluntad puesta en el trabajo y el alternar diariamente con diversas tareas, hacían prosperar mis posiciones para el ascenso de mi salario. Esa idéntica voluntad tenía que poner para conseguir el amor de Vicenta, y podría asegurar que los resultados serían favorables. Esta nueva modificación en mi economía y la llegada de Vicenta a mi vida, me hicieron soñar con algo que hasta ahora no había pensado y que me parecía que no era imposible conseguir, la constitución de un hogar modesto, pero sano, lejos de la contaminación moral y material que supuraban de las villas, las que a pesar de una cacareada propaganda para su erradicación, en vez de disminuir cundían en forma alarmante en todo el país. Tenía que irme de cualquier forma y haciendo cualquier sacrificio, ella merecía otro destino del que le esperaba en la villa. Su aspecto candoroso enmarcado dentro de una ingenuidad auténtica, le daba un aire de paloma lista para el degüello, casi daba pena al pensar en su desamparo frente a este ambiente, aunque posiblemente en el fondo no lo fuera, ya que la vida es dura para los pobres y siempre nos muestra el lado más doloroso y cruel. Su aire de ingenuidad sobresalía como una característica de su personalidad que yo suponía auténtica e incorrupta. A veces las apariencias engañan y aunque yo no enjuiciaba su probable virginidad—que tampoco pretendía—porque entiendo que eso no era todo en la vida, sino que resultaba una simple y vulgar ilusión, que muchos magnifican de manera anticuada, pero tenía la impresión que moralmente poseía sus virtudes. Eso era lo más importante para una vida en común, ya que sobre esa base giraba fundamentalmente toda trayectoria matrimonial, al mismo tiempo que dejaba todas las puertas abiertas para un futuro encuentro con la compresión, la tolerancia y la complacencia mutua en el amor, ahí radicaba el éxito y no en la simple virginidad.

Si el destino me regalaba la dicha de entrar en su vida le inculcaría mi forma de ver las cosas, no como un marido déspota, sino como un amigo íntimo. La moldearía acorde con la realidad de la vida, buscaríamos siempre de echar por la borda todos los prejuicios que terminan por ser obstáculos corrosivos del buen vivir y lograr así una feliz conjunción entre dos seres que se aman. Menuda tarea iba a tomarme si era aceptado, pero valía la pena moldear conciencias, me resultaba agradable, quizás porque de pequeño conmigo habían hecho lo mismo y qué íntima satisfacción se siente cuando uno trasmite y genera buenos hábitos de convivencia conscientemente a los seres que lo rodean y que al asimilarlos se hacen fuertes para medírsele a los retos cotidianos agudizados cuando la gente vive en desamparo. Eso era positivo y humano, crear conciencias que nos fueran elevando y dignificando ante los ojos de nuestros hijos y de las futuras generaciones que nos sucederían. Pienso que en todos nuestros actos siempre debe quedar un saldo positivo, fecundo como herencia y como aporte al mundo en que nos toca vivir, es lo menos que podemos dejar cuando nos vayamos. Nuestras obras e ideas de gente consciente para empujar un mundo en plena evolución en todas sus relaciones positivas y gratificantes, entonces solo así habríamos sido útiles en la creación de un mundo mejor.

En medio de este soliloquio me sorprendió la obscuridad de la noche y su manto me fue cobijando, las luces de la villa empezaron a encenderse como pequeñas luciérnagas ávidas de inundar la noche con su luz vegetal. Como todos los sábados de noche la villa adquiría contornos festivos y se podían oír guitarras rasgando el silencio con su música de cuerdas, o simples radios aupando con sus ondas musicales la alegría de los vecinos reunidos en pequeños corrillos. Pero muchas veces cuando el alcohol se enseñoreaba en sus gargantas, terminaban en riñas y hasta en enfrentamientos sangrientos. Por experiencia y porque conocía el epílogo de esos jaranas, opté por entrar a mi pieza y luego de comer algo me fui a dormir. Era lo más prudente de hacer. Mientras tanto, afuera lo ruidos aumentaban y el vino hacía su trabajo de zapa. Cuando me levanté a la mañana siguiente el cielo amenazaba con lluvia, gruesos y negros nubarrones cerníanse amenazadores esperando el instante de arrojarse sobre la ciudad y la villa. De inmediato me apresuré a salir para hacer algunas compras, pero a pesar de mi apuro todo fue en vano ya de vuelta y cuando me faltaban algunas cuadras por llegar, una serie de truenos ensordecedores desataron la temida tormenta. No quise detenerme y en pocos instantes chorreaba agua por todos los costados, en cuanto alcancé mi pieza tuve que cambiarme de pies a cabeza, en esos momentos personificaba la imagen de un pollo mojado.

El temporal amenazaba con inundar nuestras desvalidas viviendas, ya las callejuelas semejaban un río agitado y turbulento desbordado de bote a bote transportando restos de cosas y desperdicios desperdigados. El nivel del agua nos inundaría anegándonos a todos como ratas de albañal. Sin embargo la lluvia empezó a ceder no así el viento, pero esto ya era más favorable para nuestro inminente desastre. Fue una de esas tormentas cortas pero terribles de esas de tipo tropical y como los desagües que pudieran existir no absorbían con rapidez el exagerado volumen de agua que caía, el nivel del agua nos llegó literalmente hasta la rodilla. Yo pensaba también en los potreros sin declive donde el agua no corría y la inundación permanecería allí quién sabe por cuánto tiempo. Me preocupaban los focos de infección y el olor pestilente que acecharían la salud del vecindario.

Toda la gente empezó a mostrarse con caras afligidas y no era para menos, hacía rato que no había llovido de esa forma tan desastrosa, aunque aquí en la villa cualquier cosa era motivo para un desastre. Cada uno tenía un problema particular con su precaria vivienda, al que no se le había volado el techo, el agua había entrado a raudales circundando los pisos de un barrial asqueroso. Pero sin desanimarse, como siempre, con un ritmo cansino, resignado, empezaron a levantar todo el desorden del suelo, a limpiar, y con el concurso de todos los miembros de cada familia a levantar de nuevo y hacer vivibles los tugurios.

El viento había amainado considerablemente y el sol amagaba con sus débiles rayos a compensar en parte el desastre causado por la lluvia. Por ser domingo ese día no había resultado apto para el descanso ya que hasta muy entrada la tarde toda la villa estuvo trabajando para reconstruir sus casas de cartón sin parar en cuenta que era feriado. Y lo hacíamos, incluso yo, que aunque mi rancho no había quedado muy deteriorado, poníamos toda nuestra voluntad para hacerlo vivible.

Porque nadie gastaría un peso, (así lo tuviera) para reemplazar con elementos nuevos, ni puertas, ni chapas, ni pisos, ni enseres ninguno. Se utilizaban chapas viejas, cajones vacíos, materiales prensados, tablas etc., etc. de esa manera se refaccionarían los cubículos habitacionales. El dinerito que entrara sería para comprar alimentos no para enterrarlos en refaccionar los cuchitriles.

Promediando la tarde esperaba con ansiedad el retorno de mis vecinas, pero las horas pasaban y ellas no regresaban, por lo que deduje que ese día tampoco las vería. Un poco entristecido y aburrido me senté en la cama y luego me acosté. A la mañana siguiente empecé temprano una nueva jornada de trabajo, eso me distrajo y me ayudó a sobrellevar las horas en forma más agradable, cada día iba adquiriendo más experiencia y no me arrepentía de haber cambiado de oficio, aunque todos ellos tienen sus riesgos, consideraba este más seguro que la albañilería, ya que trabajaba bajo techo y lo más importante que lo hacía todos los días. Aquí la lluvia no contaba y la lluvia no entraba. Como no creaba problemas en la empresa mi jefes me veían con buena cara, mientras tanto yo trataba de aprender todo lo que podía sin escatimar esfuerzos y ello me conduciría a buen puerto porque el único patrimonio del obrero es el conocimiento y dominio de su trabajo, nadie se lo podría quitar a uno por más que lo amedrantasen o lo avasallasen. Había practicado ya en varias máquinas, y eso me daba confianza y responsabilidad, lo que hacía de mí un individuo propenso a superarse diariamente y a la vez ser de mayor utilidad para la empresa. Frente a todo el mundo dentro de la fábrica iba obteniendo un reconocimiento y aceptación que tarde o temprano me beneficiaría. Mi conducta era intachable y nunca caí en desordenes de comportamiento como los de aquellos obreros que después de cobrar la quincena se emborrachaban y al día siguiente no aparecían en el trabajo. Yo no era un "cabecita" desordenado y por el contrario demostraba que la gente del interior sí podía ser responsable en sus compromisos laborales. Que como en todas partes del mundo hay obreros responsables e irresponsables así como hay empresarios con o sin sensibilidad social. Tampoco daba ni quería confianza no porque fuera un elemento antisocial sino porque a pesar de mi juventud, conocía la mentalidad de la gente. Son muy pocas las personas de sano criterio, en muchos predominan los prejuicios y la ignorancia y el egoísmo y encontrar un amigo como Raúl leal y desinteresado era muy difícil. Amistades de conocidos se podrían tener muchas   pero amigos de verdad dificulto que los hubiera y porque lo sabía, convivía en armonía por la índole de mi trabajo que exigía laborar en equipo, pero nunca pretendía buscar amistades. Era mejor «ir solo que mal acompañado» y esto era una gran verdad aunque algunas lo criticaban pero yo entendía cómo debían ser las cosas y así actuaba.

Cerca del mediodía, al interior del aserradero, algunos comentarios llegaban a mis oídos, dichos así a hurtadillas detrás de las máquinas, me daban la pauta para colegir que algo se estaba tramando entre el personal, aunque no era una fábrica muy grande, tampoco lo era pequeña, con más de noventa obreros sin contar el personal administrativo. Por fin antes de terminar la jornada pude enterarme del porqué de los conciliábulos que se estaban urdiendo, se trataba de la renovación de los representantes gremiales dentro de la empresa. Nunca había sido contactado por los actuales delegados, apenas si los conocía de vista, por eso no prejuzgaba su actuación, por lo visto no debían ser muy versados en la materias gremiales ya que nunca se habían molestado en afiliarme. Pero como a mí el problema no me interesaba me hice el desentendido, primero porque era relativamente nuevo y segundo porque le huía a esos problemas. De pensar solamente en que se habían fijado en mí como futuro delegado se me erizaba la piel. Yo no podría ocupar cargo de ninguna manera sino para ser justo y darle la razón a quien la tuviera, sin interesarme la posición que ocupara. Yo era partidario de aquel dicho popular que reza: "¡el que quiera pescado que se moje…!". Por eso no servía ni podía aceptar una posición de líder sindical para apañar a los cómodos, a los oportunistas, a los serviles o a los tránsfugas dentro de nuestras filas. Para mal de ese tipo de gente que usan a los delegados para sus trapisondas y problemas personales pululan en forma triste y alarmante. Pensando en todas esas cuestiones y sus derivados, la hora de salida había llegado. Presto me dispuse a partir para la villa.

10

La comida estaba preparada y servida sobre la mesa cuando arribé a la pieza. Respiré profundo al saber que las hermanas ya habían regresado, me saqué el saco y me fui a su pieza. Ahí estaba Cristina haciendo dormir a la pequeña, me hizo una seña para que no hablara   para no despertarla diciéndome en voz baja que luego vendría a verme. Pero en realidad, para lo que había ido era para ver a Vicenta pero no se veía por ahí. Regresé a mi comedor y me senté a la mesa para hacerle honor a las viandas. Casi al final de la merienda apareció Cristina, venía a la *sans facón* en chinelas y con un vestidito bastante liviano, semitransparente y ceñido al cuerpo, que le resaltaba sus atributos.

—Que tal Agustín, ¿cómo te va? Parece que por aquí llovió mucho, por lo que observo— y diciendo esto se sentó sobre la cama, luego tomando mi saco y después de hurgar en los bolsillos encontró los cigarrillos y encendiendo uno lo prendió inundando la estancia de una bocanada de humo que oscureció la habitación. Cruzó sus formidables piernas, con displicencia estudiada. Mi abstinencia también se despertó ante la provocación manifiesta. Para romper el silencio le pregunté:

— ¿Cómo andan por allá?, ¿tu mamá está bien de salud?

—Sí, está bien, pero ni piensa venir por acá, mi hermana se va a quedar unos días , hace años que no veía a la vieja, luego, cuando regrese vamos a ver si comienza a trabajar en una fabriquita textil, yo ya hablé con el dueño y es posible que la tomen, vamos a ver si tiene suerte y la puedo encarrilar hacia una vida decente— Mientras la escuchaba yo buscaba la manera de introducir el tema de proponer mi compromiso con Vicenta y no sabía cómo comenzar. Pero la risa de Cristina que yo veía en sus ojos negros enmarcados por sus arqueadas pestañas, intuía que ella sospechaba de mis íntimas intenciones y sentía que se regodeaba de eso solapadamente. Su perspicacia me estaba taladrando, dejé el tema para más tarde cuando pudiera encararlo favorablemente. Mientras, tanto, Cristina había cambiado la posición de su cuerpo con poses provocativas que me excitaban y me atraían con poder como si fuera un imán que me embelesaba del cual yo me sentía impotente para rechazar. Había levantado la pierna derecha que sostenía entre sus manos dando lugar a que el vestido se replegara hasta la cintura dejando al descubierto sus muslos provocativos de carne morena y la redondez insufrible de sus poderosas nalgas. Cristina como sin darse cuenta, pero con toda intención, me estaba sirviendo un vermut para el deleite de mi paladar reseco, era la forma en que ella buscaba provocarme. Sabía que era la forma perfecta para desarmarme y obtener su complacencia. De cualquier forma yo insistía en hacerme el desentendido y la miraba con indiferencia mientras conversábamos pero por dentro la sangre me hervía de calentura. Ese era el juego que a ella le gustaba, exacerbarme los sentidos, preparar el clima psicológico para que la fantasía y el apetito se dispararan; ese tipo de provocación le daba los resultados tanto para enervar su excitación como la mía.

Empezamos a tomar mate sentados frente a frente mientras yo cebaba ella seguía brindándome sus movimientos coquetos y provocativos, hablábamos de cosas triviales e intrascendentes pero los dos sabíamos que nuestros sentidos estaban enfocados en otra cosa. Ella misma llevó la conversación al terreno que yo estaba esperando, el futuro de Vicenta era una preocupación para los tres, su madre, ella y yo, todos queríamos evitarle la vida dentro de la villa, todos la queríamos bien pero yo me sentía perjudicado como si me hubiera despojado de algo, si la llegaba a perder no tendría ningún derecho a intervenir, salvo que me introdujera como un intruso, pero lo que sentía por Vicenta estaba sobre todas las lógicas. No podía renunciar a ella.

—Mira—dijo ella—Estaba pensando en mi hermana y la cuestión es que no se contamine de todo lo que nos rodea, porque el ambiente donde uno se desarrolla hace surgir la mentalidad de acuerdo a ese roce diario, y aquí el roce no es nada agradable. Por la tanto tenemos que ayudarla, ya bastante la pasamos nosotros, ¿no lo crees así?

—Creeme Cristina que yo voy a poner mi mejor voluntad sin ninguna mala intención, para que pueda volar lejos de aquí y llevar como muchas chicas, una vida normal.

—Sí, ya me di cuenta, mi intuición de mujer me decía que a vos te gusta mi hermana ¿no es así? O, ¿me equivoco en mi apreciación?

—Sí, es cierto. Ella me gustó desde el primer momento que la vi y para que veas que yo pensaba hablarte del tema recién lo estaba recordando pero ya que vos trajiste la cuestión sobre el tapete, vamos a ver qué concretamos en su favor.

—No te apresures, querido, te aclaro que el que se lleve a mi hermana tendrá que casarse con ella y estoy hablando muy en serio, yo soy una cosa y ella otra muy diferente. Muchos se tirarán lances pero yo voy a estar alerta para que no dé el mal paso como la costurerita del tango.

—Creo que yo también estoy hablando en serio y si tu hermana está de acuerdo, no sé cuándo será, pero yo la quiero para casarme, lo que te pido es que vos vayas tanteando el terreno a ver qué piensa ella.

—Si es así, por mí no hay ningún inconveniente, porque vos sos un muchacho serio y trabajador ya ves, hasta yo entré con vos, entonces lo que tenemos que hacer es que los dos colaboremos, para coronar el mismo objetivo, es decir, su felicidad. Yo conozco a mi hermana y sé que es una buena compañera, por eso te voy a ayudar allanándote el camino que te lleve hacia ella, pero eso sí, me vas a prometer que cumplirás con tu palabra, te lo digo para bien de todos, vos me entendés, ¿no? Lo nuestro no interesa y cuando venga Vicenta lo damos por terminado, todos los sacrificios son pocos con tal que pueda ser más feliz que yo, creo que somos bastante razonables como para renunciar en nuestra intimidad. Por ella, debemos cambiar de vida, más yo que vos que soy quien está en la falta frente a ella. Aquí seremos amigos simplemente y yo tendré que rebuscármela por otros sitios.

—Creo que estamos de acuerdo y la veo tan mía que con tal de no perderla , lo que vos me decís para mí está hecho, nos abrimos amistosamente y hacemos un pacto de mutuo acuerdo, todo sea por la felicidad de tu hermana. Trabajaré como una bestia y te juro que si no dejo los huesos en la contienda, de aquí zarpamos, eso será cuestión de tiempo, y si tu hermana está de acuerdo y me ayuda, verá que nos mudaremos de aquí antes de lo que tú te imagines.

— ¡Ojalá sea así! Se lo deseo de corazón a los dos para eso podés contar conmigo, yo hablaré con ella para ver qué piensa, y si quiere aceptarte yo lo sabré primero, entonces te avisaré y vos podrás tejer tu romance hasta llegar al matrimonio. Además se me ocurre que es conveniente que los galanes de la villa sepan que ella anda noviando, así no la molestarán porque tendrían que enfrentarse con un hombre. Otra cosa es andar las dos solas, siempre estaremos propensas a que nos invadan la pieza, y aquí, especialmente de noche podés esperar cualquier cosa.

—Por lo que siento, veo que te las pensás todas, pero de todos modos lo que estás diciendo es lógico y posible.

—Pero mirando bien—me dijo Cristina, enarcando las cejas, ¿ves qué pronto me dejaste a un lado? Yo no significaba nada para vos, lo que hubo entre nosotros era todo falso ¿no es así?

— ¿¡Pero, como podés decir eso, Cristina!?— Le respondí sin pensar, poniéndome serio y abriendo mis ojos por la sorpresa— ¿Ahora resulta que te vas a poner celosa? ¡Si vos misma creaste las condiciones para que nos separemos! Todo lo hacemos por tu hermana ¿no es así? Además sabes bien que lo nuestro siempre tendría que ser ilegal, nuestro amor será algo oculto y clandestino que no podía seguir viviendo. ¿No es mejor que terminemos así? Todo por el bien de tu hermana. ¿Entonces no estás celosa? ¿Nuestro acuerdo es sincero y de corazón?

—Sí, tenés razón Agustín, lo mío fue un arrebato estúpido de celos, tenés que perdonarme, hemos sido tan felices que pudo más mi deseo carnal que el bienestar de Vicenta.

Mientras Cristina terminaba de asear las cosas de la habitación, y de ordenarlas , me tendí sobre la cama, pero en mi interior subsistía el temor de que ella no me decía la verdad, ella empezaba a sentir celos de lo nuestro, quizás si el pretendiente hubiera sido otro no pararía nada, pero en cambio ese era yo y ahí estaba el dilema de Cristina. Por un lado era sincera cuando decía que buscaba la felicidad de Vicenta, pero por el otro el perderme sexualmente trastornaba su tranquilidad, ahora la incógnita era qué pesaría en su vida. No quería seguir pensando más en lo mismo porque ni yo mismo podía eludirme del problema pero sobre el terreno y de acuerdo a las circunstancias tendría que actuar, aguantarme a las dos podría ser fácil pero al final iba a resultar imposible, entonces, lo que convenía era que Cristina aceptara lo que habíamos acordado, yo me quedaba con Vicenta que era lo que correspondía y lo que el destino me deparaba.

Luego de unos minutos ella vino a la cama, y se sentó a mi lado. Su cercanía comenzó a fustigar mis deseos, de por sí bastante excitados, el fogaje que el calor de su cuerpo emitía me llegaba directo y pleno a mi piel acalorada y esto sumado al pensamiento de que este sería nuestro último encuentro amoroso, hizo que nos volcáramos en una inaudita pasión en busca del placer que ya no obtendríamos más por la renuncia consentida por los dos pero no carente de un dolor tan inmenso que exacerbó el furor del encuentro que nos estaba cobijando. Para salvar a Vicenta de la vergüenza y la infelicidad debíamos doblegar nuestros sentidos ante la evidente realidad, y sacrificar lo nuestro en aras de un amor que sería justo y normal, a los ojos de todo el mundo, pero sobre todo, de nuestras conciencias. En forma tácita, razonable y resignados así habíamos aceptado. La febrilidad del cumplimiento de un deber tan moralmente elevado que se nos imponía, potenció la calidad de este encuentro ahora complementado por la emoción y los sentimientos encontrados de dolor y pasión. Esos instantes de vertical caída y renuncia, catapultaba el disfrute de nuestros sentidos y nos devoramos como dos criaturas enloquecidas que saben que después de este delirio vendría el abismo total. Nunca había sentido a Cristina tan excitada como ahora, brindándose más allá de sus propias fuerzas; sus manos las sentía acariciándome todo mi cuerpo con una avidez de pulpo enloquecido, que nunca había conocido antes. Con desesperación, con rabia de hembra celosa que sabe que va a perder a su macho, sus besos húmedos me taladraban el alma con un dulzor mágico que me hacía perder los límites de la realidad mientras sus uñas se clavaban en mis carnes que las recibían como fuego quemante, y que para ella, ida y alucinada en el paroxismo del placer me dejaba saber de la elevación erótica y suprema que alcanzaba su mayor altura. Sus quejidos que se desbandaban inundando el ambiente de una música nunca antes escuchada, escapaban y se convertían en tubo de escape para evitar que se quemara en su propia hoguera. Iban ahora *in crescendo* haciéndome vibrar todos mis sentidos como tensores de una máquina. Cuando llegó al pináculo del amor a través de las ondas que en la misma frecuencia nos envolvían en espiral navegando en el mismo circuito, su cuerpo sudoroso se fue desmadejando poco a poco sobre el mío y su respiración jadeante fue languideciendo mientras sus ojos agrandados y en blanco agradecían al cielo las bondades de esa transfiguración de su espíritu complacido. Su despedida de mi amor había sido plena de satisfacciones y ella lo había gozado al máximo como una hembra primitiva que deja que sus instintos se alimenten por última vez de esa excelsa comida que no estará nunca más en su mesa.

Este acto último de una unión amorosa irregular, cerraba otro círculo de mi existencia, llegada a su fin como todas las cosas de esta vida debido en este caso a un recíproco acuerdo. El temor que había sentido de no saber cómo podría desembarazarme de Cristina se disipó al instante en que ella decidió colaborar, de esta forma el panorama resultaba menos traumático teniendo a mi favor una perspectiva transparente para iniciar esa nueva etapa de mi vida. Podría decir que en ese momento estaba echando las bases para crear una familia, confiaba en mis fuerzas y en mi voluntad, para conseguir ese hogar y consolidarlo con toda la felicidad posible fuera de la villa.

Mientras yo pensaba en el futuro, Cristina todavía lucía enardecida y seguía en el presente. Sus manos me volvieron al ahora y con sus caricias llenas de pasión y ternura, que no dejaban recoveco de mi cuerpo sin acariciar y su lengua esponjada y ardorosa que me lamía hasta los rincones más recónditos de mi anatomía, los disfrutaba yo como el lenguaje de una amante enamorada pero nunca como el ejercicio profesional de una meretriz. Ese amor que se le esfumaba lloraba por sus manos, aunque sus ojos estaban secos en su fulgor, se apegaba a mi cuerpo como queriendo fundirse en uno solo. Tal era la desesperación de la pérdida inminente del amante. La pena que sentía se transformaba en una brasa que, cual hoguera quemaba a su propio dios incendiándola también a ella. Le tomé y besé sus manos con un dejo de tristeza, reconocía la huella de su presencia en mi vida, huellas que por el bien de todos deberían reposar muy escondidas en lo más profundo de mi memoria gratificada por la experiencia de haberla conocido. Como una hermosa armonía de rápidos y armoniosos arpegios empezó a fluir del cuerpo de Cristina voluptuosa y ardiente la sensación siempre renovada de placer. Me entregué a ese sortilegio respondiendo con todo el delirio de mis fuerzas como un último homenaje a la pasión que ella ponía en este epílogo amoroso. Su cuerpo se expandía a la vez que se abría y sus brazos y sus piernas me aprisionaban mientras su sexo en espiral me absorbía hacia el interior de su gruta insaciable y endemoniada. Su ritmo era alocado pero sabio como un remolino que en singular sincronía engulle el objeto de su alimento. Yo solo me dejaba hacer, como un lego en la materia que se doblega a la sapiencia de su ama.

En este último encuentro tácitamente concebido afloraron todas nuestras ansias y nuestras angustias que se mezclaron, atizadas por la pérdida inminente de la relación, contribuyeron para que la despedida definitiva incendiara nuestras conciencias, fuego que a la vez que nos quemaba, purificaba nuestro pecado. Nos quedábamos con la sensación de haber sido protagonistas de un perfecto holocausto de Eros, de ese Eros que parecía inmortal pero que no lo era. Cristina envuelta en frenesí desbordado, pasional tierna y ardiente como nunca, se prodigó en forma incansable hasta alcanzar el clímax deseado antesala de su orgasmo inminente. Su cuerpo vibraba como una cuerda tensa enardeciéndome al extremo de también estremecerme de placer, vibramos al unísono en un acoplamiento perfecto, el esfuerzo y la tensión nerviosa habían desaparecido, y el objetivo ampliamente disfrutado y alcanzado. Habíamos llegado al final del camino y en adelante seríamos amigos, sexualmente nada, como si no nos conociéramos.

Nuestra despedida fue cordial pero sin la intimidad anterior, cada cual empezaba en su vida un nuevo periodo que debíamos respetar. Ella por el amor a su hermana y yo en aras de poseer una hermosa flor de campo tierna y juvenil que aspiraba a conquistar. Esa noche salió Cristina con su pequeña para realizar su trabajo a domicilio ya que no pensaba utilizar más su habitación para eso. El primer cliente era el industrial aquél, llorón y mojigato del cual teníamos grata recordación. Había que cuidar las apariencias a ojos de su hermana, la *mise en scena* tenía que desaparecer sin dejar vestigios. Cuando me fui a dormir, lo hice más tranquilo y seguro de mí, todo se había arreglado a perfección, al menos por ahora. La palabra entonces la tenía Vicenta, y con la ayuda perspicaz de su hermana, todo iría bien.

11

Al día siguiente al llegar a la puerta de la fábrica un núcleo bastante numeroso de obreros hacían comentarios sobre los diverso nombres de los futuros delegados, me detuve para escuchar lo que estaban hablando, entre la voces sentía una que me llamó la atención, no por su tema sino por su argumentación estudiada,   que me hizo recordar al joven comunista que en algunas oportunidades había platicado conmigo.—¿Se dan cuenta, preguntaba—de la importancia de elegir hombres politizados para la lucha de nuestros intereses? En esta sociedad corrompida y enmarañada como una selva, nuestros votos deben ser para   los compañeros que salven nuestra unidad del caos producido porque los que viven encaramados en los puestos de dirección, le tienen pánico a esa unidad porque saben que somos los únicos capaces de llevar a cabo las transformaciones que necesitamos desde hace mucho tiempo—. Evidentemente, pensé yo, si no era de su misma ideología, por lo menos su argumentación y sus palabras eran de idénticas características. De nuevo otra voz se alzó sobre las demás para dejarse oír después de emitir algunos gritos diciendo: "Es cierto lo que dijo el compañero Virelli, pero eso es teoría, en la realidad no pasa nada. Si tomamos a muchos dirigentes que están más politizados que todos nosotros y están enquistados en las direcciones de los gremios, mucho de ellos desde hace la friolera de quince años, ¿cuál ha sido el resultado a pesar de su politización? Está a la vista que en vez de avanzar, retrocedemos, y en la realidad lamentablemente estamos más divididos que nunca. ¿Entonces, de qué sirve esa politización a la que se refería el compañero Virelli, si no está al servicio de las causas populares y de la gente que sufre?

—Entonces está claro que sirve para perpetuarse en el poder y comercializar con los políticos a los que tanto critican, pero que luego muchos no tienen empacho en hacer como ellos, frenando nuestros reclamos, confundiendo y dividiendo el esfuerzo general.

Mientras están con nosotros en la fábrica resaltan en la lucha porque están más politizados, luego cuando van a las direcciones de los gremios, es precisamente cuando a muchos de ellos los perdemos para siempre; desde arriba las cosas se ven muy diferentes que desde abajo, ya no luchan, hacen una parodia de lucha bien aprendida luego vienen lo fraudes, los pactos, las treguas, las opciones etc. Total a los políticos de turno como se les hace juego no tienen inconveniente en llegar a un común acuerdo —. El hombre llenó los pulmones de aire y continuó—por eso propongo que los compañeros que acepten ser delegados no vengan con planteos rígidos y teóricos y que sean prácticos. Nosotros venimos para ganar más y para eso debemos llegar a un acuerdo con la parte empresaria—Como me interesaba la conversación me quedé, aún era temprano y además valía la pena, siempre escuchando se aprende mucho, pero mucho.

Se sucedieron más comentarios, todos querían hablar al mismo tiempo, así que no pude sacar nada en limpio, pero de inmediato uno tercera voz hizo uso de la palabra, era el oficial al que yo le ayudaba diariamente, para mí era un buen hombre y un buen obrero, ahora iba a escuchar cómo pensaba en ese aspecto. De edad madura, con experiencia práctica de la vida y que había sido delegado en tiempos anteriores, por el silencio que se hizo tuve la impresión que debía tener cierta ascendencia entre el personal ya que todos lo escucharon con atención y respeto. Empezó diciendo que el compañero Virelli era muy joven y que veía las cosas desde el punto de vista de un incendiario poético, pero a mi edad, agregó, yo las veo como un hombre práctico. Toda la euforia que pone Virelli aunado al fervor de sus palabras no son más que simbolismos abstractos, idealismos, que le llaman, pero la realidad es otra, no iremos a ninguna parte inflamados los ánimos que luego no nos conducen a ninguna parte. No hace falta que tome mis palabras, simplemente deben analizar los hechos que al final son los que pesan sobre nuestras espaldas. Mucho se habla y poco se hace, el resultado es cada vez más desastroso, nuestra economía se deteriora en forma alarmante, las ocho horas no son más que un mito en el papel. Hoy nadie vive con un solo sueldo y los encargados de canalizar nuestros reclamos se hacen eco de las palabras nuestras, por medio de comunicados fragorosos pero la crisis la seguimos pagando nosotros. Es mi opinión, sin querer ser el dueño de la verdad, pero debo decirla. Entonces adhiero mi voz a la del compañero Dorio en lo que se refiere a que debemos ser prácticos, y no teóricos. La inflación en forma diaria y permanente devora lo que recibimos por medio del convenio colectivo, ya que este no es móvil sino estático, quiere decir que para nosotros tiene una duración de dos meses porque luego la inflación, nos deja colgados por diez meses hasta que no se firme el nuevo convenio y así hasta que no se rompa la rutina. Por lo tanto de acuerdo a esos criterios debemos esperar los convenios anacrónicos que en la realidad resultan inoperantes pero también es cierto que eso es en forma nacional y no los podemos cambiar nosotros. Pero por lo menos hagamos la tentativa de cambiarlo en nuestro establecimiento. Es cuestión de hablar con la parte empresarial ¿no les parece compañeros?— ¡Madre mía! Se armó un tumulto vocal de tal magnitud que casi me dejó sordo y aturdido. Todos querían dar su opinión y nadie entendía a nadie. Uno de los delegados en vigencia pidió calma a los obreros reunidos y dirigiéndose al compañero que había hablado de último, le dijo:

—Bien, compañero Ruiz, en concreto ¿cuál es su proposición? ¿Puede ser más explícito en sus palabras? Porque todos venimos a ganar plata y nadie lo hace por sport Así que si su moción me convence, cuente conmigo, yo lo voy a apoyar pero apúrese que ya falta poco para la hora de entrada.

—Cómo no, compañero. Voy a tratar de ser concreto, como le manifestó el compañero Riglos, pero antes quiero aclarar mi ponencia, que involucra el mantenimiento de la parte legal y el reconocimiento de la organización obrera, eso sería estúpido desconocerlo porque existe y no lo podemos omitir. Los sindicatos son una realidad en todo el mundo, cada vez más contundente pero eso no quiere decir que no podemos mejorar, lo sindicatos no son solo edificios, somos nosotros todos unidos quienes le damos vida. Pero seríamos tontos si no aceptamos la evolución del mundo y no nos actualizamos, a pesar que muchos dirigentes gremiales están fatigados mentalmente y no lo ven de acuerdo, por eso debemos dejarlos e ir a los pesos que es lo que nos interesa. Mi proposición concreta es la de proponerle a la empresa la creación de una Cooperativa , ellos se harán cargo de la parte administrativa suministrándonos trabajo y nosotros nos encargaríamos del personal en su aspecto productivo y social, contando para ello con una semi-dirección que lógicamente sería compartida con la dirección empresarial que ello designen para tal fin. De esta forma mejoraríamos la cifras estáticas del convenio laboral ya que entraremos a jugar dentro de una posición de mayor producción y por lo tanto de mejor distribución de las ganancias, pero sobre la base de la eficiencia y la capacidad de cada uno, lejos de ser una distribución colectiva equitativamente sino que de acuerdo a al puntaje que se adjudique recibir los beneficios.

—Si me permite el compañero Ruiz , interfirió uno de los delegados, luego en particular y con la anuencia de compañeros presentes podríamos entrar a considerar el planteo con la comisión en pleno, y si estamos de acuerdo todos los delegados, entonces entramos a encarar el problema con los directivos de la empresa. Creo— agregó— que debemos hacer algo para mejorar nuestra situación y no podemos esperar de nadie, es evidente que todo debe salir de nosotros mismos, por eso esta es una magnífica oportunidad para concretar una relación y verdadera unidad, que siempre fue ficticia y que ahora por intereses comunes podemos llevar a la práctica, si es que todos tenemos los mismos deseos de progresar con nuestro esfuerzo.

 La pequeña pero tumultuosa asamblea se fue disolviendo paulatinamente en medio de caras risueñas insufladas por una esperanza de renovación, de cualquier forma habría que ver la reacción y si aceptaban los de la SRL (Sociedad de responsabilidad Limitada), aunque no eran perreros hablar de cooperativismo era algo nuevo en el léxico de todos los días, pero si no hacíamos nada a la larga nos comían piojos y si nos comían a nosotros mismos   que somos la columna vertebral que sostiene y mantiene toda la estructura de la República, ¿qué le pasaría a ésta? Pero por otros lados del país, yo había leído que existían cooperativas o que trabajaban en co-gestión, de todos modos con hacer la tentativa   no se perdería nada siempre que se comprendiera por parte de la empresa   que ese simplemente venía a resultar un negocio. A mayor producción mayor ganancia. Y si no era así, seguiríamos como en el presente, y a otra cosa, pero lo importante era que rompíamos   viejos moldes ya superados por la evolución del mundo, sin desconocer la empresa, colaborando con ella queríamos estar mejor, para eso trabajábamos constructivamente. Me pareció a mí, o ¿era una realidad lógica el planteo? Cuando empezamos a trabajar, por una simple conversación de mejorar la situación, la gente se movilizaba contenta y con ganas de construir. Evidentemente podía ser una buena solución para el futuro inmediato, los pobres se conforman con tan poco que con solo subir un palo en el gallinero se considerarían en el mejor de los mundos y eso a la larga no resultaba en la muerte de nadie. La cuestión radicaba ahí precisamente, en vivir y dejar vivir, al final es la mejor política, y la que causa menos dolores de cabeza a todo el mundo. En fin, ya que el mundo no lo podíamos arreglar nosotros, por lo menos íbamos a tratar de solucionar los problemas de nuestra fábrica.

Promediaba la mañana y en todo el ámbito reinaba un clima social que era un presagio de muy buenos augurios, me daba la impresión que por la buena vibra que se sentía ya éramos todos partícipes de la empresa, quiere decir que era una de las tantas formas para mejorar las relaciones económicas sociales entre el capital y el trabajo. Las máquinas zumbaban gozosas, nunca desde que estaba en el establecimiento las había sentido con mayor fuerza, la colmena vibraba ante el poderoso aliento, del enjambre, todo era inusitado en los rostros, en el trabajo y en la voluntad. El ritmo anterior se había alterado por completo y pensar que para la permanencia de todo esto, se podría conseguir con tan poco. Era una verdadera lástima no intentarlo.

La hora de finalizar no tardó en llegar, la salida marcaba el principio de la tarde donde debíamos elegir delegados, a las cinco de la tarde del día de hoy en el sindicato estábamos citados a una asamblea general, para deliberar sobre nuestros asuntos, todos hacían planes para encontrase y asistir al evento. Mientras iba para mi casa(es una forma de hablar, si a eso podríamos llamarla casa), pensaba si asistir o no a la asamblea. Para mí era una novedad penetrar en la vida gremial prácticamente hablando, pero sabía que eso siempre traía sus complicaciones y por esa razón muchas ganas de ir no tenía, pero por moral estaba comprometido a ir total no perdía nada pues no estaba afiliado. De todos modos me decidí a ir y luego ya vería qué camino seguir. Llegué a la villa con un hambre de todos los diablos, estaba todo preparado como de costumbre, pero Cristina había salido para ir a casa de su madre, así me lo hizo saber en una nota. De su regreso no dijo absolutamente nada. Me senté a la mesa y más que comí, me devoré todo lo que había en ella, no quedaron ni rastro s de comida, luego encendí un cigarrillo y me deleité fumándolo, mientras hacía una tranquila digestión, como aún tenía tiempo me dispuse a cebarme unos mates y dejar todo arreglado y limpio en la habitación. Cuando Salí para el sindicato tenía tiempo de sobra, eran las cuatro de la tarde y podía ir con calma, al dejar el colectivo debía caminar como unas cinco cuadras, frente a la puerta había ya varios obreros de la fábrica, haciendo los comentarios pertinentes sobre la asamblea. Saludé y entré despacio, nunca había estado en la sede de una organización obrera, así que fui observando, el local era amplio con un patio grande y unas cuantas habitaciones   casi todas rotuladas con los cargos de los diferentes directivos, divisé las salas de reuniones y la biblioteca.

En ese trajinar diario que constituye la vida de una organización gremial podía percibir entre el ir y venir de sus afiliados, el asesoramiento obligado de rutina, demandas por cobros de salarios, por aguinaldos incumplidos, por suspensiones arbitrarias, en fin, que parecía un hospital para curar los males de las leyes, que por falta de interpretación aquejaban a los intereses proletarios. Allá era un viacrucis físico, en cambio aquí era un viacrucis mental y económico. Pero los que padecían tanto allá como aquí eran siempre los mismos. El desfile era incesante, rostros curtidos, ajados, por la dura labor, con la herencia de una raza destruida y castigada por la férula de los feudos ancestrales   era el paso de una generación paria en su tierra, que se iba insatisfecha, envilecida, explotada, pero que aún no se animaba o no había acumulado la rabia suficiente para hacer oír su voz, sucumbía mansamente con los ojos y las esperanzas puestas en sus hijos, en la juventud sana y decente   estudiosa y trabajadora,   que eran la base de nuestra grandeza para el futuro de la patria.

Ver todo esto me acobardaba un poco no en mi interior pero si íntimamente, lo sentía así y no lo podía remediar, no estaba echo para ser un adalid de ninguna causa pero no podía dejar de reconocer, que había hambre y miseria, yo la vi con mis ojos y la estoy sufriendo en carne propia; la propaganda puede distorsionar la mente, engañar la vista, pero al estómago sin comida no había forma de engañarlo, esa era la cruel realidad que nos deprimía permanentemente. Y eso se había hecho carne en mi mente y coincidía en que la juventud reivindicaría nuestros esfuerzos, abortados y serían la salvación de la nación entera. Los pocos valores humanos sucumbían ante la fuerza, ante la indiferencia de muchos de los seres, que los rodeaban y otros claudicaban ante las suculentas prebendas que de distinta manera percibían. Pensé que no veía otra salida más eficaz.

Meditando y caminando llegué al punto de partida sobre el centro del gran patio, en el cual ya se podían ver más de cincuenta obreros. Me entreveré con ellos para conocer las distintas opiniones condición *sine qua non*, para enterarme de la manera de pensar de cada uno de los participantes. Uno de los obreros exdelegados, aprovechó para sugerirme la oportunidad de afiliarme ya que estaba en el sindicato, le contesté que aunque no lo había pensado, así lo iba a hacer, pero cuando terminara la asamblea, con la nueva comisión constituida, total iba a resultar otra experiencia más en mi vida. Al rato, ya sobre las seis de la tarde, un dirigente, golpeando las palmas de las manos nos indicó el recinto donde íbamos a deliberar. La asamblea, presidida por él mismo fue precisa y breve, ellos ya sabían cómo dirigirla, toda la gente estaba predispuesta a la coincidencia, elegir una comisión que llevara adelante los planes cooperativistas, casi no hubo diálogo;   los delegados elegidos con concisas palabras determinaron por abonar el camino a seguir con el beneplácito general. Luego hablé con un de ellos, que de inmediato me trajo un formulario para llenar. Con este requisito estaba prácticamente afiliado. Fuimos saliendo en grupos, unos fueron al café a beber algo, otros optaron por regresar a sus hogares, entre ellos me contaba yo.

Cuando llegué a la villa la obscuridad se había volcado sobre ella, causaba pavor penetrar en ese ámbito tenebroso que semejaba la entrada al mismísimo averno. Desde la pieza de Cristina la luz se filtraba por algunas hendijas, atisbé de inmediato y mi corazón salto de alegría al ver a las dos hermanas sentadas sobre la cama platicando. No quise llamar para no interrumpir pero si ellas vinieran conversaríamos de seguro. Cristina estaba platicando con ella en su proceso de ablandamiento y yo no iba a entorpecer.

Preparé mi comida. Del otro lado de mi pieza las vecinas no hacían ningún ruido en absoluto, parecían sumidos en un conciliábulo secreto y misterioso donde estaban en juego dos destinos el de Vicenta y el mío. Esperaba con ansiedad que todo se armonizara a mi favor. Empecé a comer sin ganas esperando que la reunión terminara y sufría por algo que no cuajara dentro de lo planeado con Cristina.

Terminé de cenar y la reunión no terminaba, seguí esperando con inquietud, prendí un cigarrillo, y me dirigí hacia la puerta. El muro alto y largo que nos separaba del cementerio, que de día era visible, ahora lucía como una masa gigantesca y compacta integrando a la villa como una continuación inseparable del tétrico cementerio. Otra cosa era de día y sobretodo de día feriado y festivo donde el carnaval que se armaba parecía un verdadero escenario de parranda y derroche. Esos cambios semejaban el delirio hamletiano de ser o no ser, de día-vida, de noche- muerte. Y ¡yo quería ser vida¡ ¿Pero cómo lo lograría? Tenía diversas ideas pero eran inciertas, hacerlo decentemente resultaba un verdadero sacrificio y muchas veces sin ningún triunfo que nutriera nuestras ansias, pero de todas maneras debía romper ese cerco canallesco e inhumano, sórdido y egoísta, o por lo menos, intentarlo. Otra forma no conocía ni estaba habituado a practicarla, así que debía trabajar duro y parejo, esa era mi salida más decorosa y viable de acuerdo a mi forma de pensar. Volví a entrar y me senté en la cama pero esta vez no espere muchos minutos más, al rato entraron las dos hermanas. Rápidamente mis ojos se dilataron para captar con nitidez la imagen delas dos hermanas que en sus rostros no mostraban inquietud o sobresalto alguno. Eso me tranquilizo en parte y hasta me alegro. Cristina, toda una veterana del amor a pesar de su juventud, intuyo en mis ojos la esperanza agazapada, lista para entrar en escena y poder demostrar mi euforia.

—Hace mucho que llegaste—dijo Cristina— estábamos conversando con mi hermana y recién nos dimos cuenta, si no hubiéramos venido antes.

—Sí, hace un buen rato. Ya cené e hice la digestión, vi luces en tu habitación pero no llamé pues pensé que ya estaban acostadas.

—No, qué nos vamos a acostar. Estamos enfrascadas en un problema y teníamos que buscarle la solución.

—Qué bien— repliqué yo—y... ¿encontraron la solución? O, ¿todavía deberán seguir deliberando?

—Me parece que no porque hemos llegado a un acuerdo, por lo menos en principio, luego el tiempo dirá el resto.

—El tiempo solo no, también debemos ayudarlo—y dirigiéndome a Vicenta le dije— ¿No crees en lo mismo vos? Aunque sos joven tendrás tu criterio formado ¿no es así?—El rubor coloreó su rostro, lo que me dio la pauta que era bienvenido en el ánimo de Vicenta, pero no dijo nada a mi pregunta, intencionada y echa a quemarropa. Solamente agregó— ¿qué les parece si tomamos un cafecito?

Cristina me guiño un ojo y sonreímos los dos de nuestra complicidad, todos los indicios se volcaban a nuestro favor. Mientras Vicenta, sin esperar nuestro consentimiento, empezó a preparar todo lo que hacía falta para servir el café, buscaba con esa distracción pasar el embarazo producido por el giro de la conversación sobre ella. Cristina, a espaldas de su hermana me hacía señas en silencio dándome a entender que yo debía hablarle, porque ya estaba todo arreglado para ello. Asentí con la cabeza y le di a entender que lo haría cuando estuviésemos solos. De este modo terminó nuestro mudo y gráfico diálogo a espaldas de la interesada. Vicenta ya traía las humeantes tazas de café negro y su vapor disimulaba el rostro arrebolado de sus mejillas, la presencia de su figura me causaba vivo placer, al punto que me tornaba tierno y locuaz. Eran los síntomas evidentes de quien se está enamorando. De ahí en adelante el logro de ese objetivo amoroso constituiría el *leit motiv* de mi vida.

En tan grata conversación pasamos un rato nada más, porque como se había hecho un poco tarde nos despedimos. Cristina salió primero y yo aproveché para decirle a Vicenta "Mañana quiero decirte algunas palabras para que vos me las contestés, si es que estás dispuesta sino las dejamos para otro momento". Esperé que motivara su interés mi pregunta intencionada pero estaba bien aleccionada por Cristina porque enseguida me respondió en voz baja y pausada:

—Por mí estoy dispuesta a escucharte cuando vos quieras, sabés bien que de aquí ya no me muevo ya que estoy todo el día en la villa—. Cuando salía le dejé caer muy cerca de sus oídos una palabra de "hasta mañana Vicenta…" tan tierna y emotiva, que ella se ruborizó y yo me estremecí. Me acosté con la mente puesta en ella y era un placer solo de imaginarla a mi lado. La noche se me pasó como un soplo, en un santiamén ya era hora de levantarme, calenté café y salí para mi trabajo.

A pesar de todas las infamias que nos rodeaban y nos obligaban a pasar, esa mañana me sentí etéreo y feliz, mi labor se me hizo liviana y fácil y trabajé como nunca. Tal era la energía que me proporcionaba esa íntima satisfacción de tener la aceptación de mi amada. Pensé que ese rubor que embargaba a Vicenta era un signo evidente de candor que no debía mancillarlo con un concubinato, como solían hacer muchos de los habitantes de la villa, debía darle lo mejor porque la quería, porque mis hijos debían nacer en un hogar normal, sano, lejos de las pudriciones que representaba la villa.

Me esforzaría al máximo para lograr mis anhelos así fuera luchando contra el medio, la sociedad y todo lo que se me atravesara y quisiera impedir la coronación de mi sano objetivo. La práctica del bien y para el bien común debe ser el racero para actuar también en bien de la comunidad y no la teoría, pensaba, la teoría no ha sido capaz de superar el subdesarrollo y los pobres somos los que llevamos el peso de las injusticias. Tendría que abrirme paso en esta enmarañada selva con mis propios esfuerzos. Todos tenemos un objetivo en la vida, unos llegan, otros no. Yo tenía el mío y trataría de alcanzarlo por mis propios medios, es mejor avanzar solo que mal acompañado. Por eso, la propuesta de formar una cooperativa en la fábrica yo lo apoyaría, será mucho menos idealista de los que algunos propugnan pero era más práctico y positivo y sobretodo más al alcance de la realidad y de poder beneficiarnos. Porque sistemas hay varios que se publicitan en mayor o menor grado, pero mientras ya estamos cerca del año dos mil y la cantinela es siempre la misma, la división subsiste a pesar nuestro y en ese círculo vicioso terminamos nuestro ciclo de vida, siempre engañados en la miseria y con los piojos hasta la coronilla. Y yo, como Heine quiero establecer aquí sobre la tierra el reino de los cielos, lo demás resulta una utopía aunque sea muy conversada y hermosa, una abstracción intransitable, que nunca estaría de acuerdo con la realidad de la vida porque esta se siente en cambio la otra se sueña.

Mientras yo me dejaba arrastrar en divagaciones políticas, en la fábrica los dirigentes trabajaban febrilmente en el borrador que presentarían a la empresa para constituir la cooperativa. Era una decisión tomada que la gerencia debería aceptar e impulsar para la consolidación de la empresa y, de paso, para mejorar la vida de sus trabajadores. Constituir la cooperativa, era esa ¡la gran solución! Esas eran los dos rieles que concernían a mi vida presente: consolidar el proyecto amoroso con Vicenta y mejorar mis condiciones de trabajo. Y por ahora, por lo que podía vislumbrar de acuerdo a mi análisis, las dos estaban bien encaminadas y con perspectivas óptimas. La hora de salida marcó el final de la jornada y también de mis pensamientos en ebullición. Como siempre, regresé directo a la villa.

Mi llegada fue espectacular. Sentadas a la mesa me esperaban las tres: Cristina, su hijita y su hermana, todo preparado y listo para empezar a comer. Luego de saludar y sin muchos preámbulos atacamos las viandas olorosas y calientes, concentrados en degustar la inmejorable sazón de los platos. Esta reunión con aires de familia me hizo recordar las que desde mucho tiempo atrás no disfrutaba, cuando allá en mi tierra aún tenía mi hogar. Mis padres en torno a la mesa rústica, pero honrada; mis hermanos y esa pobreza que nos circundaba pero que nos unía para hacerle frente. Cómo añoraba todo aquel vínculo familiar. Ahora estaba solo en la vida. Yo también tenía que ser fuerte y hacerle frente a esta pobreza que me corroía moralmente pero contaba con el ejemplo de mi padre aunque allá pasaba de pobreza y se convertía en miseria. Traté que la melancolía no perdurara en mi ánimo, esos recuerdos me hacían mal en medio de este ambiente hostil, y carente de todo afecto, por eso para superarlo le ponía todo el empeño a mi futuro con Vicenta.

—Decime Vicenta ¿cómo te trata tu hermana? Y mirándola a ésta le dirigí un guiño socarrón— ¿te vas adaptando a la vida capitalina, te gustaría volver a Tucumán, al «jardín de la república»?

—Mira, de mi hermana no puedo decir nada, tengo que estar agradecida por todas sus atenciones, pero allá, ni pensar en volver, por lo menos mientras no cambien las condiciones. Los terraplenes que sirven para construir catacumbas donde vive la gente no quiero verlas más ni en sueños. Las familias se van por miles huyéndole a la miseria y buscando una nueva forma de vida que les proporcione dignidad y gusto por la vida. Los ideales cristianos de una relación familiar decente son inalcanzables en esa situación que más bien destruye la unidad familiar sin futuro para los hijos que vienen.

— Me halaga sentirte hablar así— le dije—, porque me estás demostrando que no sos ninguna dormida.   Pero decime, ¿cómo has logrado llegar a pensar y criticar esa situación? Porque para tu edad, te das cuenta de muchas cosas mejor que algunas personas grandes, y eso que aquí estamos en la capital, sin embargo mucha gente ni se acuerda que tienen la cabeza para pensar.

— Yo te voy a explicar— prosiguió Vicenta—mis tíos allá son gente de lucha, y de sentirlos hablar y actuar es de donde proviene todo lo que sé y lo que siento, ellos mismos me aconsejaron que viniera para acá, porque en Tucumán no iba a pasar mucho tiempo para que las cosas se agudizaran; las injusticias, los abusos se adueñaron de la vida de nuestra provincia, eso es lo que impera y eso es al mismo tiempo lo que engendra la reacción y el caos.

—Y tú ¿qué pensás Cristina? Le dije a ella pasándole la pelota.

—Qué querés que te diga...cuando yo vine a Buenos Aires, aún era pequeña y desgarbada, a Vicenta ni la conocía, de verdad hoy está hecha una mujer y como vos ves allá la gente se madura rápidamente, se va del pueblo, empujada por la pobreza, creo que todo tiene una relación lógica.

—Creo— dije yo en tono jocoso—que si seguimos así nos vamos a convertir muy pronto en una peña de intelectuales, pero la verdad de esta charla está demostrada en que nos damos cuenta del porqué de muchas cosas, pero la apatía de mucha gente ahoga con su frialdad cualquier intento constructivo. Por eso les pido que estas conversaciones no trasciendan de este ámbito, no nos engañemos con ser mártires, por querer hacer algo diferente, llegado el momento no vamos a conmover a nadie. De acuerdo a lo que nos muestra la religión Cristo fue golpeado en la mejilla y él puso la otra. ¿Por qué nosotros debemos hacer lo mismo? El almanaque está lleno de santos en todas sus hojas y creo que ya son suficientes. Bastante castigo tenemos diariamente con sobrellevar nuestras pobres vidas, si encima tenemos que poner nuestras mejillas no seríamos mártires sino estúpidos. ¿Acaso se ha modificado algo a pesar de todos aquellos que pusieron sus mejillas, incluso teniendo a la cabeza a Jesucristo? Nada, absolutamente nada, a nosotros en el reparto nos toca ir con alpargatas y tenemos mucha suerte cuando nos alcanza el dinero para poder comprarlas. Hace miles de años que se sacrifica a la gente de distintas maneras, sin embargo el vacío se acentúa más. Y entonces, a dónde nos quieren llevar con la teoría, nosotros vivimos y nos nutrimos de hecho concretos como el trabajo y el pan y todo eso lo tenemos que buscar nosotros mismos, ni los idealistas ni los políticos charlatanes nos van a traer nada por eso debemos llegar a la conclusión que nadie de esta gente se merece ni un mínimo de nuestro esfuerzo.

La Tina con sus chillidos rompió la armonía de la conversación. Tenía sueño y quería dormir, a ella todo esto poco le podía importar, Cristina la tomó en sus brazos y la empezó a mover con un vaivén acompasado que todas las madres conocen tan bien, su arrullo fue durmiendo a la nena que no resistió más , el sueño se apoderó de ella y la terminó por vencer. Con todo disimulo Cristina hizo mutis con la excusa de ir a llevar a la pequeña a su cunita.

Así quedamos los dos solos con Vicenta en la habitación mirándonos de soslayo, como presintiendo el momento que se avecinaba por lo que le había dicho el día anterior. Vicenta se sentó junto a la mesa a la espera de lo que pudiera decirle. Evitando los circunloquios fui directo a lo que me interesaba.

—Ayer— le dije a Vicenta —te había dicho que quería hablarte y ahora que estamos solos quiero aprovechar la oportunidad.

—Bueno, Agustín, yo te escucho así que vos dirás lo que estás pensando—sus palabras llegaban lentas y un poco balbuceantes, demostrando a su pesar, el rubor que la embargaba, trataba de disimular una tranquilidad que no sentía, sus nervios la delataban haciéndola sonrojar constantemente.

—Mis sentimientos ya se los había dejado entrever a tu hermana. No sé si ella te adelantó algo, pero de cualquier forma tú también los tenés que conocer y sentir de mis labios, creo que ya estoy en una edad en que tengo que buscar una compañera que llene el vacío de mi vida. Bueno, eso de la edad es relativo y no viene al caso, tan es así que hasta ahora nunca lo había pensado, pero desde que te vi mis sentimientos cambiaron radicalmente, creo que si estás de acuerdo podemos unir nuestras vidas para siempre, por eso, porque me gustaste desde el primer momento que pisaste la villa. Yo quisiera casarme con vos. Ese es mi pensamiento. Ahora, ¿cuándo será ese día? no lo sé, espero que la oportunidad sea lo más pronto posible. Bueno, ahora vos tenés la palabra, si querés, pensalo, no es necesario que me contestés de inmediato. Lo que espero es que lo hagas favorablemente—. Así en una sobremesa sin dilaciones le di a conocer mis intenciones decentes y con toda claridad, como ella se lo merecía y como yo lo creía correcto. Vicenta algo cohibida y sonrojada con sus hermosos ojos verdes que no levantaba de la mesa me dijo despacio y en voz baja:

—Es cierto, mi hermana ya me había anticipado tus intenciones respecto a mí, y en verdad no me desagradaron, lo tomé como un buen presagio en mi vida porque todas las mujeres soñamos con alcanzar ese objetivo, aunque muchas no llegan nunca. Aunque es un paso importante siempre esperamos poder darlo, la ilusión siempre está viva y a veces no depende de una sino de las circunstancias que nos impulsan a llevar una vida muchas veces al margen de la normalidad. Cristina está de acuerdo y ella es como si fuera mi madre, desde pequeña tuvo para mí un profundo afecto y por lo menos en principio está muy de acuerdo—. Pasado el primer embarazo causado por mi petición de requerir su amor, Vicenta ahora hablaba con seguridad levantando la vista y con toda fluidez como si estuviera oteando el porvenir o queriendo descubrir si eran ciertas mis palabras—Vos sabés, —me explicó— que yo soy demasiado pobre y no puedo aportar nada a tu esfuerzo, salvo mi voluntad para trabajar y colaborar con vos. Mi hermana me dijo sobre tus inquietudes y yo te aceptaría que seas mi marido, pero voy a dejar constancia de una sola condición y creo que para empezar bien debemos coincidir.

—Ah sí y ¿cuál es? Porque me la vas a decir, ¿no?

— ¡Claro que sí que la voy a decir! Yo también como vos aspiro irme de aquí, de esta mala palabra disfrazada de villa miseria, y tiene que ser cuanto antes, por eso la condición impuesta es que yo empiece a trabajar y todo lo que podamos ahorrar nos sirva para lo mismo, para irnos de aquí y olvidarnos de todo esto que nos rodea—. Aunque yo sabía que todo estuvo ablandado previamente por Cristina, sus palabras me conmovieron al extremo que suavemente la tomé de una mano y se la besé con ternura. Vicenta se impresionó al contacto y me miró con candor pero mi gesto había servido para expresar mi asentimiento que fue recíproco con el sí pudoroso y lleno de rubores que ella había manifestado. Desde ya estábamos de acuerdo y así empezamos a «noviar» para concretar nuestro futuro sueño de amor y formar un hogar lejos de allí.

Cuando Cristina entró de vuelta y vio nuestros rostros radiantes de alegría, se dio cuenta de los resultados y se plegó al clima de felicidad reinante en la habitación. Tal como quería y lo había pensado todo se realizó a mi gusto y paladar. *Consumatum est*. El primer acto había terminado con la aprobación de todos los presentes. Cristina se arrimó cariñosamente junto a su hermana y besándola en la frente la estrechó en sus brazos, luego me besó a mí castamente en la mejilla, con un beso que por lógica era muy diferente a los que solía darme en sus horas de pasión. Pero eso ya estaba terminado entre nosotros, ese beso formulista vino a confirmármelo cubriendo todas las apariencias y las suspicacias que me quedaban. Tampoco podía pretender otra cosa que no fuera eso, ni jamás en aras de la felicidad de Vicenta volver a comprometernos íntimamente. Sería jugar con fuego. Todo esto resultaba un paso impactante hacia la consolidación de mi nueva vida, con un objetivo que antes no tenía, por eso no debía provocar nada que detuviera ese ritmo incipiente que ya empezaba a ser una magnífica y viva realidad. Con una alegría desbordante y desconocida en mí, le dije a Cristina con todo protocolo:

—En vista que vos en estos momentos ocupas el lugar de su madre, oficialmente solicito la mano de Vicenta para unirme en matrimonio— y, haciendo una genuflexión como esos soldados de opereta estirados y llenos de medallas de latón, extendí la mano hacia donde estaba sentada mi futura esposa. Esta, entendiendo la chanza desarrollada por mí, se levantó y posando su mano sobre la mía repitió la misma genuflexión. Con lo que vinimos a quedar frente a Cristina curvados con la cabeza baja con una mano sobre el pecho y la otra entrelazada, parecía que estábamos representando la escena de una graciosa comedia teatral.

—¡Vamos, vamos!—casi gritó Cristina— no se hagan los mosqueteros ¡Levántense! ¡Parecen dos chiquilines en vísperas de reyes!

Nos echamos a reír en conjunto y por diferentes motivos estábamos radiantes, y lo festejamos bebiendo café con anís. Era una noche excepcional, y había que tomarlo así. Pero ya no nos sentamos de frente. Vicenta tomo su café a mi lado haciéndolo con toda naturalidad, al mismo tiempo que me hacía estremecer con el contacto cálido de su cuerpo núbil. La tibieza de su piel virginal que a veces me rozaba y el olor de su cuerpo de ternerita huérfana y mi creciente deseo estaban empezando a realizar estragos en mi sistema nervioso. Cristina, veterana en estas lides, y viendo como transpiraba de emoción al lado de su hermana, la que ni por asomo se había percatado de mi excitación, me miró, y de inmediato se levantó para irse. Ella sabía muy bien que mi transpiración no se debía a precisamente al café.

—Ya es tarde, Vicenta, vámonos a dormir que Agustín mañana tiene que ir a trabajar temprano y debe descansar. Así conversando las horas se pasan volando.

—Sí, vamos Cristina que yo también tengo sueño, y mirándome agregó: —tengo tantas cosas en que soñar esta noche que me va a parecer increíblemente corta.

—Por mí—intervine yo—no se hagan problema estoy acostumbrado a levantarme temprano.

—Pero si no es por eso—dijo Cristina— simplemente es porque estamos cansadas y el cansancio va a terminar por enervarnos ¿No te parece Agustín?, sí creo yo que lo mejor es que nos vayamos todos a dormir—.La risa de sus ojos picarones me lo dijeron todo, como si la estuviera oyendo, "Para qué te vas a hacer mala sangre, conmigo no hay nada y con ella menos". Como si hubiera leído sus pensamientos le contesté de inmediato, dándole a entender que había comprendido fielmente.

—Me parece que tenés razón, será mejor, especialmente para mí ¿verdad?—Entre líneas, nos entendíamos perfectamente. Vicenta al margen de este dialogo subterráneo, no llegaba a captar los dardos que nos estábamos lanzando. Yo tenía la firme impresión que a pesar del asentimiento de Cristina sobre todo lo pactado, ella estaba celosa, dolorida interiormente de nuestro noviazgo. Ojalá llegara a equivocarme de su dualidad—. Cuando se fueron aún conservaba el calor de las manos de Vicenta entre las mías, y su penetrante olor a flor de primavera. Esa fue la despedida de nuestra primera noche de novios.

Si bien es cierto que a partir de ahí la vida se me hizo más sacrificada, pero por qué no decirlo, más llevadera y amena. Vicenta era mi obsesión y para obtenerla lo mínimo que me imponía a sí mismo era sacarla de la villa y darle un sitio decente para vivir, con esa idea fija en mi cerebro me dormí. Los días se fueron sucediendo rápidamente y para mí empezaban a ser todos laborables. Empecé a trabajar hasta sábados y domingos y a veces me quedaba después del turno normal, otras efectuaba changas en mi viejo oficio de construcción, y no le mezquinaba las espaldas a las que venían, eran todas extras que me acercaban al objetivo deseado, y en forma acelerada, todo por alcanzar el amor de Vicenta. Todos los pesos que podía ahorrar me los guardaba Cristina, los frutos de todo este esfuerzo ya se iban viendo. Para mejor, Vicenta empezaría a trabajar en una empresa textil cercana a la villa y lo que ganaba aunque no era mucho también engrosaría nuestro patrimonio ganado a base de luchas, esfuerzo y esperanza.

Cristina resultaba ser el mejor cancerbero para defender a su hermana en la villa y era una sombra bienhechora que moraba a su vera. Era una cariátide que sostenía firmemente contra cualquier provocación, de los aspirantes a concubinos que habitaban en la villa, , nuestra futura felicidad y nuestra presente tranquilidad, ella era mi defensa indirecta cuando yo estaba ausente. Vicenta podía dormir tranquila y yo también. Sabía de algunos que se habían acercado con aires de galanes, oliendo la carne fresca y barata que la providencia les había traído a la villa para refocilarse con ella y saciar sus morbosidades, pero Cristina enseguida les mostraba los dientes de la hembra que defiende lo suyo, aunque era joven en estas lides, era perrera vieja cuando defendía su pieza de los supuestos intrusos o solía empuñar su revolver con mano firme, y hasta ahora nadie había osado hacer la prueba de penetrar por la fuerza , ni el mandamás de la villa había querido intentarlo, prefería tener su hombría herida a tener una herida de bala en la barriga. La tucumana tenía agallas. Por conversaciones escuchadas por ahí, me había enterado de varios contratiempos que tuvo a raíz que empezó a faltarle al marido, cuando la veían como presa fácil pero nadie había logrado abusarla ni jactarse porque llevaran pantalones, se acostaban con ella cuando ella lo quería y era de su gusto y más de una vez había puesto a algunos pies en polvorosa.

Pasando el primer impacto del deslumbramiento sexual causado por la presencia de Vicenta en la villa, y viendo que en ese terreno no había ningún progreso, paulatinamente fueron desistiendo en sus intenciones perversas y aunque a veces sus miradas fueran asesinas hacia Cristina, de hecho, no intentaban absolutamente nada. A mí prácticamente no me molestaban. Me veían serio y con cara de pocos amigos, metido solo en mis asuntos. Yo tampoco trataba de mezclarme en su rebaño, mi vida corría paralela a la suyas pero no encontraba una afinidad coincidente como para convivir en muchos aspectos y como les resultaba una incógnita, pensaba yo que un enfrentamiento conmigo se les hacía dudoso, entonces optaban por desconocerme con una olímpica indiferencia, que a mí ni me importaba porque estaba en otras cosas. Nunca podría congeniar con muchos de ellos porque vegetaban y no hacían nada por romper el cerco que los asfixiaba, ya se habían acostumbrado a esa vida, estancada y miserable de la villa. Los que intentaban saltar el cerco de verdad, no eran muchos y los veía que como yo, trabajaban sin cesar, no se embriagaban y trataban, dentro de esa inmundicia, de llevar una vida decente, era una cuestión de principios y de mentalidad, yo no frecuentaba a nadie, y por lo tanto, tampoco esperaba a ninguno. Era más tranquilo y menos complicado, esta era la mejor terapéutica para vivir dentro de la villa, que cada uno se metiera en sus cosas sin importarle las del vecino, y a fuer de sincero, hasta ahora me había dado buenos resultados.

A todo esto, ya hacía dos meses que «noviábamos» con Vicenta, y nos llevábamos perfectamente bien, mientras su hermana hacía su vida disimulando fuera de la villa, trabajaba a domicilio con éxito y lo hacía con tal disimulo que Vicenta ignoraba su proceder, para ella, se ganaba la vida de planchadora y haciendo limpieza por horas en las casas de familias, así justificaba a veces sus salidas intempestivas. Yo veía que iba ganando terreno en el corazón de mi amada, sin pretender por ello ni pensarlo, que ella se acostara conmigo, quería llegar al matrimonio sin pasar por la etapa del concubinato, lo que venía a resultar una forma de seducción que debía evitarle a Vicenta, claro que a veces uno dispone una manera de pensar, pero las circunstancias desbaratan ese pensamiento lógico y, claudicamos lastimosamente. Cuando teníamos oportunidad de estar solos era complaciente y le gustaba agradarme, pero de una manera simple, llena de inocencia e ingenuidad, la parte perversa en el coloquio la ponía yo, sin llegar por eso a extremar la forma de ahondar su debilidad femenina, sus besos y caricias podría decir que no eran los de una mujer que hubiera conocido varón y por sus aires de castidad se asombraba con algunas de mis agresivas caricias. Me daba cuenta que no fingía porque ante ciertos toqueteos míos, quedaba cohibida, balbuciente, como pidiéndome explicaciones por mi atrevimiento. Su candor me producía una rara excitación que fluctuaba entre la perversidad y la ternura que, me obligaban a tomar su defensa para evitar que mi virginal flor de campo fuera a caer en mis manos de sátiro insaciable. Al final ganaba la ternura y mis caricias no pasaban de ser caballerosos cumplidos a la dama que algún día desposaría. Paulatinamente la iba moldeando para una futura comprensión matrimonial y desde ya forjaba con mi prédica a la madre de mis hijos, mi simiente debería venir de madre casta, ajenos a nuestra miseria, al temor, al odio y a la incomprensión actual; hijos para una nación desarrollada y venturosa. Nuestros días transcurrían sacrificados por el trabajo, los dos embebidos por el mismo objetivo, absortos en el afán de alejarnos de la villa, que nos deshumanizaba. A la noche, cuando nos veíamos, rendidos nos contábamos nuestros sueños, nuestras penas y sinsabores, todo eso nos conducía a estrechar nuestros cuerpos en un abrazo solidario. Eso nos compensaba de las diarias fatigas, favorecidos por el buen estado de nuestra salud. Otras veces me desesperaba y pensaba en seguir caminos antisociales para conseguir dinero más rápido pero mi moral no me lo permitía, además sabía que muchas veces los criminales terminan con sus vidas destrozadas. Está bien que mi filosofía de vida honrada y trabajo no iba a perfeccionar el mundo sería ridículo creerlo así, pero esa rebelión mental que me insuflaba me ayudaba a concretar con más deseos mi objetivo y si los llegaba a concretar sería inmensamente feliz. Practicaba la tesis del individualismo contra la verborrea de unificar las masas, que en la práctica, la gente se olvida de esta idea peregrina y termina practicando, aunque inconscientemente, el individualismo. En fin que todo en la vida o casi todo resulta ser una dualidad entre la práctica y la teoría y aunque el *leit motiv* de todas las argumentaciones de unidad de las masas, esta viene a resultar una unidad *sui generis*. Por eso frente a estas constantes decepciones me auto margino y me dedico específicamente a mi objetivo, quizás algún día dará el fruto deseado, pero en el otro terreno sabía que lo conciliable era una utopía.

Un hálito de suave calor y un beso amoroso en mi cuello me sacaron de mis abstracciones haciéndome volver a la realidad, era Vicenta, sirviéndome el café y dejándome entrever con esa sutileza pueril que no quería pasar desapercibida. De muy buen grado le devolví el beso pero en esta oportunidad con un atrevimiento desacostumbrado. Acababa recién de llegar Cristina con la nena de una de sus salidas comerciales, diciéndole a su hermana que estaba cansada, de tanto «planchar y limpiar, casas ajenas», me hice el desentendido de la conversación y empecé a jugar con la pequeña Tina que se revolcaba riéndose en mi cama mientras la dos hermanas preparaban la cena rápida y frugal que sirvieron en un santiamén. La primera en cenar fue la nena, luego ya sabíamos que se dormiría plácida, de esa forma podíamos extender nuestra sobremesa sin ninguna clase de molestias. Noté que Cristina estaba un poco preocupada, aunque frente a su hermana lo disimulaba muy bien, pero no hice ninguna insinuación sabiendo en los menesteres que andaba y que siempre traen problemas con la clientela, me quedé en el molde esperando los acontecimientos. Mientras tanto Vicenta levantaba la mesa y me brindaba la gracia de su figura que yo paladeaba íntimamente, cuando nos despedimos Cristina se retiró con un rostro de preocupación que me inquietó. De verdad algo no iba bien con ella. Vicenta se quedó unos minutos más, para darnos las caricias acostumbradas de enamorados inocentes, que no dejaban de despertar mis instintos dormidos sobre todo cuando ella felinamente con su cuerpo pudoroso permitía que mis manos la acariciaran pero que retractaba mi contacto haciéndome enervar ante la negación de la caricia plena. Ese juego demoníaco pero ingenuo hacia que me transportara al paraíso de las huríes. Aunque percibía que lo hacía sin ninguna maldad, al ella retirarse con su acostumbrada ingenuidad, provocaba una especie de cortocircuito, me dejaba sumido en un dulce y agradable sopor que me envolvía y acrecentaba mis deseos de hacerla ya mi esposa.

Al día siguiente desperté despejado y con más ganas de trabajar. Llegué temprano al trabajo y marqué tarjeta cinco minutos antes de la hora. Al rato estaba ensimismado en mi labor olvidándome de todo lo demás. Habían pasado varios días cuando una tarde Cristina me vino a ver, como aún su hermana no había vuelto del trabajo aprovechó para contarme su preocupación.

—Agustín, escúchame, ¿podés hacerme un favor?

—Cómo no, si puedo dos. A vos no te puedo negar nada—, le dije echándome a reír—, si vos me has dado tanto, es lógico que te devuelva algo de todo eso.

—No te rías porque el mío es un problema bastante serio.

—Si ya me di cuenta, porque ya hace varios días que te noto con cara de preocupación. Pero como no decías nada no quise inmiscuirme en tus cosas particulares.

—Sí es cierto, pero ahora las circunstancias me obligan a recurrir a vos, la cuestión es que me preñaron y todavía no sé cómo fue, ni me lo explico, vos sabés bien que yo me cuido en ese sentido, y este es el primer percance que me ocurre en la vida y lo más curioso es que no puedo ubicar al hijo de puta que me lo hizo, tengo una rabia que no te podes imaginar. Este mes trabajé tanto que el padre resulta desconocido, está en la nebulosa la paternidad y eso es lo que me jode.

—Y aunque lo conozcas igual no van a arreglar nada, es muy ambiguo echarle la culpa de la paternidad a un desconocido que quizás no se cruce más en tu vida.

—Si ya sé que no arreglo nada, pero he sido una estúpida y eso es lo que más lamento ahora la que tiene que correr y preocuparse soy yo.

—Bueno, tranquilízate Cristina, lo hecho, hecho está, lo que tienes que hacer es deshacerlo, porque en tus condiciones te crea un drama pavoroso.

—Sí, así es, para eso venia, para evitar ese drama.

—Y ¿vos tenés noción de lo que van a cobrarte por hacerte ese aborto?

—Sí, más o menos me imagino. ¿Tú tenés alguna idea al respecto?

—En absoluto pero contá conmigo ¿Cuánto precisás?

—En realidad me hacen falta entre cinco y siete mil pesos para vomitar todo esto, además tengo que ir ver a mi marido que hace mucho tiempo que no lo visito.

— ¿Dónde se encuentra ahora?

—Está en la cárcel de Olmos y todavía tiene para un buen rato.

—Y ¿dónde queda eso? ¿Está muy lejos de aquí?

—Si no me equivoco creo que está pasando La Plata, o por ahí cerca, después averiguo.

—Me parece bien porque si no después va a creer que lo olvidaste, además llevale a la nena para que la vea también. Bueno, sobre este asunto mantendremos la mayor reserva para que Vicenta no se entere de nada, y por el dinero, bueno, como vos sos la cajera lo que tienes que hacer es tomarlo simplemente. Ahora, ¿para ir a la partera vas a ir sola, no te acompaña nadie? Mirá que podés tener problemas, no siempre todo sale bien.

—No pierdas cuidado ya todo está arreglado, voy a ir con una amiga. Te agradezco de corazón la ayuda que me das para salir de este apuro bastante serio.

—Siempre que pueda ahí estaré para ayudarte, no lo dudes. Pero eso sí, en lo sucesivo cuidate de hacer el doblete, sino va a ser un problema para vos.

—No te preocupes, me embromaron una vez, pero dos veces no, para otra vez tendré los ojos y la mente bastante abiertos—. Se fue con la cara resplandeciente y más aliviada, pero de ninguna manera podía negarme a prestarle esa ayuda urgente, hubiera sido un problema para ella. Además, como se iba a justificar frente a su hermana y frente a su madre, incluso que a la larga el marido también se enteraría,   todos sería un verdadero drama, así lo mejor era esa salida. Me sentía contento de poder ayudarla a salir de ese mal momento. Como eran casi las cinco de la tarde, preparé todo para cuando llegara Vicenta pudiéramos tomar unos mates, encendí un cigarrillo mientras pensaba que ya era casi hora de ir preparando las maletas para largarnos de una buena vez de esa villa de pesadilla. Para qué íbamos a dilatar nuestra partida si el dinero nos alcanzaba para cubrir nuestras primeras necesidades. No pasaría mucho tiempo sin que concretáramos ese paso.

Cristina había salido con la nena seguramente a concretar los detalles de su próximo aborto. Y cuando volviera le hablaría, seguro que íbamos a estar de acuerdo. A la distancia vislumbré la figura de Vicenta acercándose, su pasito corto y ligero hacia vibrar todos sus encantadores contornos, opté por entrar para calentar la pava y llenar el mate. Ella entró un poco cansada y se sentó en la cama no sin antes darme un beso suave y fugaz luego de sacarse el saquito se arregló el cabello y suspiró.

— ¿Cómo van las cosas en el trabajo?— le pregunté, ¿parece que estás cansada, o, me equivoco? también vos hacés muchas horas de trabajo extra ¿por qué no bajas el promedio?

—Sí, es verdad, pero no me quejo, así podemos juntar unos pesos que nunca están demás, deja que yo voy a cebar el mate eso le corresponde a la morocha como en el tango.

—Me parece que es lo mejor porque vos lo haces muy buenos y cómo a mí me agradan. Cuando paso a mi lado la abracé y le di un beso, que la dejó titubeando, sus senos duros y redondos se aplastaron contra mi pecho haciéndome suspirar lleno de deseos.

—No digas nada— le dije—, te lo di para reconfortarte de tu cansancio.

— ¡Ah qué bien!— Dijo riéndose—. Entonces voy a tratar de que en vez de tres horas las extras sean siete horas, así voy a venir más casada y me aumentarás las cuotas de reconfortante, ¿No te parece Agustín?

— ¡Al contrario! Lo que quiero es que no estés cansada, así luego el reconfortante lo tomo yo, No te parece Vicenta? Dije riéndome socarronamente.

—Anda, sos un pícaro mal pensado, mientras con sus labios dibujaba una risa intencionada. Mejor voy a empezar el mate antes de que hierva el agua, dijo soslayando el tema.

—Sí, sí— le contesté— es mejor porque ahora vamos a conversar de algo que tenemos que decidir entre los dos, y que mejor oportunidad que esta ¿verdad?

—Bien, habla ahora, no me dejes intrigada y esperando como una tonta.

—Esperá que termine de tomar el mate, que además está un poco caliente, pero igual está muy rico. Tomá y escuchame, estuve pensando que podríamos hacer un recuento de todo lo que tenemos ahorrado entre los dos y así sabríamos cuando podemos irnos de aquí.

—Pero mi aporte, hasta ahora es inferior al tuyo.

—Y ¿eso que tiene que ver? Yo nunca dije que teníamos que ir por mitades, eso no importa, no interesa quien aporta más, sino que sumemos entre los dos y ver hasta dónde nos alcanza, luego veremos lo que hacemos sobre el mismo terreno... ¿Me das un mate, Vicenta?

Oh, perdóname, Escuchándote hablar dejé de cebarlo.

—Así me gusta— le dije riéndome—, que seas complaciente con tu futuro maridito.

—Anda, no te hagas el tonto, me replico ruborizándose—Su cara arrebolada y su negros cabellos cayéndole en cascada sobre sus espaldas; el brillo virginal, puro y limpio de sus ojos verdes, sus labios rojos y carnuditos, sus redondos inhiestos y abultados senos prestos a romper su encierro; todo en ella incitaba a morderla, a devorarla. Me hacía temblar de emoción contenida y me sentía como un fauno enloquecido y desbocado que en cualquier momento se abalanzaría sobre su tierna presa para devorarla. Pero me contuve, una fuerza interior me ayudó a calmarme, Bueno— me dije—y ¿cuál es la prisa? Todo esto lo dejaremos para más adelante, ¿qué apuro tengo? Me tranquilicé y dejé su castidad reinar sobre el ambiente.

—Gracias Vicenta por los mates, toma, no quiero más, pero ahora decime, ¿estás de acuerdo en que nos apresuremos?

— ¿Si estoy de acuerdo? ¡Vaya que pregunta! No te digo que estoy desesperada para no hacerte pensar que estoy exagerando pero de ver a otras gentes como viven me exaspera el retorno diario a este vecindario de criaturas olvidadas de Dios.

—Bueno, siendo así en cuanto venga tu hermana le contaremos nuestros proyectos y veremos qué opina al respecto—. Mientras ella limpiaba la mesa sigilosamente me acerqué por detrás y la tome entre mis brazos, el contacto de sus tibias y turgentes nalgas aún ignorante de su atractiva sexual que me brindaba sus cálidas blanduras, hicieron que me estremeciera de placer y dicha. El contacto de sus nalgas me hicieron ablandar mis piernas, de la emoción contenida, Vicenta se dio vuelta y su rostro arrebolado me ofreció unos labios palpitantes de gozo que besé con avidez y casi con angustia, por no quererla hacer mía en esos momentos que vibraba de pasión. Me había hecho la promesa de no provocar el concubinato previo a nuestro matrimonio y debía respetarla y respetar mi promesa. Si lo hiciera, luego me aborrecería de haber sido tan cretino, falso y pusilánime, no debía prostituirla física ni mentalmente, quería que conservara su castidad hasta el final de la jornada. Si en su vida hubiera pasado otro hombre, no me interesaba, no iba en busca de una virginidad física, que al final no sirve para nada, solo para malinterpretar la integridad moral de la prometida, y a veces hasta para derrumbar un futuro bien intencionado. A mi parecer, a la mujer debemos buscarle otros valores que de verdad incidan en la felicidad del matrimonio más que la escasa significación de un himen roto o no en la anatomía de la novia. Mientras yo discurría sobre estos detalles ella se acurrucó junto a mi como gatita consentida y pasándome sus brazos sobre mi cuello, permanecimos así un bien rato, besándonos en la semi penumbra de la habitación, elevados en un nirvana dulce y amoroso, contemplándonos y viendo en nuestras miradas el reflejo del otro navegando en un limbo placentero y etéreo. En ese momento comprendí que la combinación del sexo con el amor iba a ser el aliciente y afrodisíaco más confortable de nuestras vidas. Me besó otra vez y se fue a la pieza de Cristina. Al rato llegó ella un poco pálida y cansada, se sentó y me pidió un poco de café caliente, enseguida la atendí solícito. Bajando la voz le pregunté si había arreglado todo como para ir a ver a la partera, al mismo tiempo que le indicaba con señas que Vicenta estaba en la otra habitación.

— ¿Para ir a la partera?— Me contestó con una dolorida y forzada sonrisa— de allí vengo—, remató, como restándole importancia a la cuestión.

—Pero ¿cómo? ¿Ya está todo resuelto, así enseguida?

—¡Claro! Lo único que faltaba era la plata y tú me la facilitaste así que todo ha terminado.

—Y ¿la nena, que no la veo dónde quedó?

—La dejé en casa de la amiga que me acompaño. Allí va a jugar con los chicos de ella y así se entretiene por unos días nomás, hasta que me componga un poco del asunto—. Entró Vicenta y le dio un beso a la vez que le preguntaba por qué estaba tan pálida.

—Solo tengo un poco de dolor de cabeza—le respondió— y dejé a la nena donde una amiga —. Busqué la vista de Vicenta como para asentir y ambos movimos la cabeza de arriba abajo en señal de aceptación.

—Mirá— le dije a Cristina— hemos estado hablando con Vicenta para fijar pronto la fecha del matrimonio y marcharnos de aquí enseguida ¿Cómo te parece a ti ese plan? —Y dirigiéndome a Vicenta le dije— hablá también vos para que tu hermana te escuche también a ti.

—Yo ya te di mi consentimiento, ahora resta decirle a Cristina que estoy de acuerdo con el plan de Agustín.

—Pero díganme...dijo Cristina—tienen algo ya para ir a vivir, lo pensaron bien, porque no es cuestión de hablar así nomás con facilidad y luego terminar por volver a la villa pues eso sí sería fatal.

—Todo depende— le aclaré yo— de las rupias que tengamos ahorradas. Del balance de existencias que nos permita definir la concreción de los planes inmediatos.

—Estoy totalmente de acuerdo— dijo Cristina —me parece pronto pero si están preparados, pues manos a la obra, y no hablemos más del asunto. Bien, vamos a mi pieza y contamos los ahorros para poder definir con certeza.

Salimos y ya las luces nocturnas empezaban a inundar la villa. En la habitación, Cristina extrajo de un escondrijo una cajita que contenía los ahorros y la vació sobre la cama. En silencio y expectantes fuimos ordenando los billetes de acuerdo a sus denominaciones y al primer recuento sumaron noventa y siete mil doscientos ochenta y cinco pesos, toda una fortuna para nosotros, que con lo que entrara esa semana podríamos llegar a los ciento treinta mil pesos. Todos quedamos alelados y emocionados por la cantidad asombrosa que habíamos logrado acumular entre los dos.

—Qué te parece, Cristina, ¿nos alcanzará como para empezar otra vida?

—Creo que sí, aunque me parecía que había mucho menos, modestamente pueden comenzar, cuando yo me casé lo hice con mucho menos así que para mí está todo resuelto.

— ¿Estás contenta?— Le pregunté a Vicenta, acercándola a mí cariñosamente, tenemos el objetivo propuesto al alcance de la mano ¿Te parece?— Luego de un breve silencio ella dijo:

—Muy contenta, pero no una alegría física sino espiritual, siento dentro de mi algo así como una alegría dulce, lánguida que me envuelve todo el cuerpo, siento un agradecimiento que no sé cómo expresarlo, como yo quisiera decirlo, por todo lo que han hecho los dos por mí, y por lo bueno que han sido conmigo

—.Bajo la luz sus ojos verdes brillaban con un tono especial empapados de ternura. Me miró, luego me besó, por primera vez delante de su hermana, fue algo tan inesperado que me conmocionó y nubló mi pensamiento. Solo reaccionamos cuando Cristina nos gritó que dejáramos de ser tan eufóricos y que nos diéramos cuenta que ella estaba ahí y que no era ningún trapo cualquiera. En el gesto y la voz de Cristina afloró ese sentimiento de celos producido por el arranque amoroso de Vicenta, que al menos no pudo ocultar a mi comprensión. Pero ésta sin percatarse en lo más mínimo de que los celos corroían a Cristina, con toda ingenuidad exclamó: "perdoname hermanita, pero estoy tan conmovida y feliz que no me pude contener, es una forma de agradecerle por todo lo que siento".

—Sí, sí, ya te comprendo. Pero no lo sientas tanto de esa manera querida— y trató de suavizar lo que con su tono y su gesto no pudo ocultar—Pero mejor— agregó— vamos a dejar todo en su sitio y después de cenar seguimos conversando.

—Muy bien dicho— exclamé—. Sin embargo sentí que todo había quedado turbado por los celos que le causaron ese gesto imprevisto de Vicenta. Mientras comíamos fui exponiéndoles mis pensamientos:

—Primeramente— les dije—, vamos a fijar la fecha del matrimonio, ¿qué les parece en tres meses? A ver, Cristina, alcánzame el almanaque, después de una ojeada concluí— ¿qué les parece el primero de junio, que cae un viernes?

—Por mí— contestó Vicenta— está muy bien.

—Y tú Cristina, ¿te parece tiempo suficiente o piensas que necesitamos más para ultimar detalles?

—No, yo creo que tienen tiempo de sobra, mientras tanto pueden ir comprando alguna ropa, encargar los muebles y otras cositas más.

—Bueno, si es así, mañana comienzo a buscar pieza cerca de mi trabajo—. Ya terminada la cena y mientras yo me fumaba un cigarrillo, Cristina le dijo a su hermana que el sábado siguiente irían a donde su madre para visitarla y enterarla de los planes de matrimonio. Estuve de acuerdo y prometí acompañarlas para yo también participar de la visita. Las dos estuvieron de acuerdo.

—Bueno, por lo menos hemos coincidido todos en lo mismo— acotó Cristina, me voy ahora a la cama porque estoy con un dolor de cabeza que no aguanto más. Así que Vicenta, limpia la mesa y deja todo limpio, luego te vienes a acostar.

—Anda nomás, le dijo Vicenta— acostate y descansa a ver si mañana amaneces mejor, no te preocupes por la limpieza que todo quedará bien.

—Entre tu hermana y yo—agregué—enseguida la hacemos, así de paso, vamos ensayando para ver cómo debemos revolotearnos los platos por la cabeza.

—Bueno, bueno— dijo esbozando algo que quiso ser una sonrisa— hasta mañana y háganlo todo bien que mañana no tenga que limpiar de nuevo—.Enseguida pusimos manos a la obra, intercambiando besos y platos. Para cuando terminamos esa gimnasia de limpiar estábamos ardiendo y el deseo nos consumía, los ojos, la piel, el cuerpo todo de Vicenta, se desmadejaba entre mis brazos que la aprisionaban con firmeza. Traté de evitar el enardecimiento que en estos casos acontece, con mesura y hasta con cierta frialdad, pero era inútil porque esos mismos besos avivaban el fuego que a ella la consumía. Podría afirmar que me besaba con desesperación, con un ansia incontrolable, como si hubiera estado mucho tiempo contenida y que ahora rotas sus vallas se desbordaba en su amor represado. Ya hacía veinte minutos que estábamos ligados por el mismo deseo insatisfecho, casi sobre el filo de claudicar en mi promesa y poseerla ahí mismo, de inmediato, de pie, pero logré sobreponerme al instinto sexual que me acuciaba y con toda habilidad para no herirla en su sentimientos amorosos, pude ir desligándome con la excusa de que al día siguiente tenía que madrugar para ir a trabajar. Miré el reloj y haciéndome el sorprendido lancé un silbido para resaltar mi sorpresa.

—Fijate qué hora es Vicenta, cómo se nos pasó el tiempo, a tu lado las horas parecen minutos, además mañana tenemos que ir a trabajar—.Sin decirme nada, con calma se levantó de la cama perturbada aún por su propia euforia, se arregló ligeramente el cabello revuelto y con un mohín de insatisfacción se consoló, fuimos hasta la puerta tomados por la cintura, y sin hablarnos, nos besamos y apretamos hasta que sus senos agotaron el aire de mis pulmones.

12

En las tardes al salir de mi trabajo en el aserradero buscaba por los alrededores la nueva vivienda. Fui comprando alguna ropa poco a poco, lo mismo hacía Vicenta en compañía de su hermana, que entre paréntesis, ya se había repuesto de su estado de salud. Los días pasaban vertiginosamente, por fin llegó el sábado pautado para ir a la otra villa a visitar a mi futura suegra. Cristina con su hija y Vicenta de mi brazo, tomamos el colectivo hasta Liniers, donde debíamos tomar otro, que por la avenida General Paz, directamente nos conduciría hasta nuestro destino. Cuando llegamos a la villa, esta me pareció desastrosa y terrible en casi todos su aspectos adquiría contornos demenciales. Albergaba un mundo de gente en ruindad total; era una ciudadela de barro, remiendos y hambre; de mugre, ratas obscuridad y miseria. Era el lado malo de una ciudad que pomposamente se creía civilizada. Cristina conocedora de los laberintos de la villa, nos condujo hacia donde vivía su madre, era un rancho pequeño peor que el mío, pero edificado con los mismos materiales, chapas, maderas, arpilleras y cartón, y que por lógica adolecían de los mismos problemas de seguridad que sufríamos nosotros, tanto en verano como en invierno. La madre toda solícita, enseguida empezó a bombear el calentador y Vicenta preparó todos los utensilios para cebar unos mates que iban a venir bastante bien. Creado el clima de intimidad para estos casos, Cristina con brevedad historió a su madre todo lo que había acontecido, más mi pedido de casamiento y su consentimiento. Mientras tomábamos el mate, la vieja toda emocionada me besó en las mejillas como otro hijo más. Quedé conmovido en lo profundo de mi ser, en ese momento me hice la ilusión que el beso era el de mi madre muerta. Era indudable que ese gesto llevaba implícito su consentimiento para nuestra futura unión.

Entonces dirigiéndome a doña Francisca, que así se llamaba la vieja, le dije con emoción contenida: —Si usted está de acuerdo, como ya le explicó Cristina, pensamos casarnos con Vicenta con modestia pero de verdad, yo soy solo un trabajador que quiero salir adelante, irme de este ambiente pernicioso y para lograrlo tengo el apoyo de su hija.

—Mira mijito, yo en mi vida las pasé muy duras, y las estoy pasando y así como me ve sigo tirando, desde esta miseria pero sigo... Yo estoy vieja, acabada pero en cambio ustedes, son jóvenes y tienen la vida por delante, entonces con más razón para no claudicar, pero la mayor riqueza que les deseo es la salud, y que se entiendan y traten de llevarse bien. Todo lo demás puede arreglarse pero estoy contenta porque se quieren, el mundo es de la juventud que lucha, y que trabaja, así como encaran las cosas los dos. Yo lo veo aquí en la villa como algunos jovencitos van a estudiar de noche, sacrificándose por ser algo en la vida. Para poder escapar de este antro, en cambio otros se dedican a la vida fácil que al final no los va a llevar a nada bueno. Así que por mí hagan su voluntad, cásense, luego me puedo ir tranquila mejor que cuando vine... Mi tierra natal me espera para recibirme en sus entrañas, en Tucumán quiero lanzar mi último suspiro.

—Cómo ¿te pensás ir?—, preguntó Cristina— pero ¿por qué lo haces?

—En cuanto ponga en orden los problemas que me dejó mi finada hermana, pues me vuelvo a Tucumán, a casa de tus tíos, aquí me quedaré sola y ustedes ya no me precisan, no vale la pena. Lo único que lamento es que a la nietita no la veré mas... Miren qué angelito y con qué tranquilidad duerme mi Tinita. Ah pero espero que alguna de las dos venga a visitarme, así cada tanto veo a la mocosa, pero la voy a extrañar tanto que ni se lo imaginan.

—Cómo no— le dije—, en cuanto podamos, si nuestra economía nos lo permite, le haremos una visita, será nuestro viaje de luna de miel, que no podemos hacer ahora, y que desde ya, se lo debo a Vicenta, y ésta es una promesa que debo cumplirla.

—Y ¿dónde se van a casar?—preguntó la vieja— ¿en la villa?

—No— le contesté—pienso hacerlo en la casa donde vayamos a vivir, para eso la voy a alquilar anticipadamente, total en la pieza entraremos todos, pero en la villa, ni pensarlo.

—Sabes que ¿no había pensado en eso? Pero me parece que así será lo más conveniente—dijo Cristina, y prosiguió—porque por lo que veo creo que vos te las pensás todas ¿No es así, Agustín?

—Claro que es así, yo siempre busco de no quedar pagando, hay que hacer experiencia sobre el lomo de lo demás, porque si lo haces sobre el tuyo, lamentablemente resulta demasiado tarde. Vos sabés bien cómo terminan muchas fiestas en la villa, entonces... No quiero lios con nadie, en cuanto se enteren que nos casamos la fiesta ya no la haremos nosotros, la harían los oportunistas, que cualquier motivo les viene bien para armar un zafarrancho de padre y señor mío.

—Si, dijo la vieja, es lo más sensato y lo que aconseja la prudencia, el que quiera hacer lio y emborracharse, que lo haga en su casa y por su cuenta, pero el motivo no lo vamos a dar nosotros—. A todo esto ya empezaba a obscurecer por lo que opinamos que debíamos retirarnos. Vicenta había salido con la nena a caminar un rato, esperamos un rato hasta que regresó. Nos despedimos con la promesa de una próxima visita a la vieja y emprendimos el regreso a la otra pocilga. Ya en nuestro destino Vicenta se dispuso a preparar algo para comer, al terminar hicimos algunos comentarios comparativos de las dos villas y tomamos café. Cristina salió y nos recomendó a la nena. Iba a casa de una amiga a una visita breve. Me imaginé, sin hacer comentarios, que sería mejor a casa de algún amigo donde como de costumbre iría a ganarse unos pesos,   pero eso a mí no me interesaba. Quedamos los dos solos, anhelante yo e insinuante ella, Vicenta terminó de limpiar la mesa, y luego se acurrucó junto a mí, que me había sentado sobre la cama. Mientras fumaba, despaciosamente, sentí que su calor impregnaba mi cuerpo y mi sangre se quemaba en un deseo reprimido asaz contenido. Sus caricias y sus besos fugaces enervaban mi sexo, haciendo entrever el estallido de una inminente contienda. ¡Claro! Mis instintos no sabían de mi promesa de no provocar ninguna guerra. Sentía mi miembro embravecido tratando de entrar en combate, al extremo que ya se me hacía imposible contenerlo, estaba a punto de romper mi promesa de no mancillarla antes de la boda y mi auto puritanismo amenazaba con desfallecer. Vicenta con su cabello desparramado sobre la almohada me daba la impresión de una virgen caída, y presta al sacrificio, le tomé su arrebolado rostro entre mis manos y le besé sus labios ardientes y su lengua dulce me transportaba con su dulzor almibarado y su respiración agitada y temblorosa me encumbraba en un goce inenarrable.

De pronto, reaccionó con un beso desesperado que se convirtió en mordisco instintivo y desesperado, descontrolado al máximo, que suplicaba por ser penetrada lo que hizo trastabillar mi intemperancia... de su escote amenazaban saltar sus redondos senos y firmes los que bese con fruición mordisqueándole sus rojos pezones lo que la enardeció aún más. Sus ojos verdes y de un fulgor nunca antes visto clamaban por que la poseyera, me indicaban que ya no aguantaba más. A pesar de eso me sobrepuse y trate de soslayar el terrible deseo que se cernía sobre nosotros como un vendaval que nos arrastraba al interior de sus fauces, me traté de levantar de la cama sin poder disimular mi turbación pero Vicenta me retuvo entre sus brazos impidiendo que lo lograra. Con un mohín de coquetería sana e ingenua, me dijo:

— ¿A dónde vas Agustín? Quédate a mi lado! Aún es temprano para ir a dormir, si lo haces me voy a quedar sola. No seas malito, mañana es domingo y no trabajamos—con lo que me dio a entender que las otras noches, con la excusa de madrugar la había dejado en la estacada. Luego que me hube sentado, tomó mi mano nuevamente y la hizo apoyar sobre sus muslos haciéndola deslizar suavemente hasta la raíz de su sexo que sentí húmedo y caliente. Este jueguito mudo y peligroso hizo que ella empezara a respirar profundamente, y su cuerpo todo se contorsionaba en un vaivén que me enloquecía. Sus ojos miraban a un punto perdido en el espacio y parecía una divina criatura atravesando un trance celestial.

¿Cómo debía yo obrar en este caso? ¿Mantendría mi promesa de no claudicar y pasaría ante sus ojos como un lelo? O ¿accedería al mudo pedido de sus ojos suplicantes y al de mis propios deseos al borde de la desesperación? *In mente* me justificaba, me decía a mí mismo qué más da si total me voy a casar con ella. Ahora o después, ¿qué diferencia había? Quizás el deseo obnubilaba mi raciocinio y con sentía cómo mi miembro trepidaba pidiendo batalla, haciéndome notar que tenía todo el derecho de ser complacido, y de no hacerlo pasar por esa tortura de despertarlo para luego refrenarlo. Mientras tanto, Vicenta se había prendido a mi como una lapa inerme y desarmada, clamando la cubriera de amor. Me decidí casi con rabia cediendo al ramalazo incontenible de la pasión desbocada, que estalló dentro de mi confusa mente y dando rienda suelta a la consumación tanto tiempo refrenada. Como un poseso salté de la cama cerré la puerta y me desvestí en un santiamén. Mi ímpetu aparentemente atemorizó a Vicenta que trató de cerrarse en su pudor de mujer, la tomé entre mis brazos y con mil besos y caricias la fui tranquilizando al extremo que a los pocos instantes se distendió para dar paso a un natural preludio amoroso. Su resistencia breve se había tornado en una predisposición complaciente, que permitía mi libre accionar La desvestí completamente en medio de besos y palabras susurradas a su oído que le imprimían en su rostro una dulzura extraordinaria. Me estremecí al contemplar su hermoso cuerpo desnudo tan perfecto y bien contorneado, la curva de su pelvis, su torso perfecto, sus caderas listas para ser ensanchadas, sus largas piernas y brazos de piel tersa, tonificada y sonrosada por la tensión de la excitación creciente; la sonrisa con sus mejillas de hoyuelos agrandados, todo en ella era ardor de doncella a punto de ser consagrada al amor. Sus ardientes entrañas abrazaron mi sexo que quedó alojado en su estuche de carne, resguardado por ese hermoso promontorio velludo como dibujado por la mano de Miró, haciéndome desfallecer de gozo. Con el entrecejo fruncido me aprisionó y devoró en ella recibiéndome cual inundación que derribara las esclusas de un manantial dormido.

Luego vino la distensión y la calma, nuestros sentidos se aclararon y con unos cuantos besos sellamos esta primera entrega tan deseada por ambos y postergada hasta lo imposible. Apresuradamente nos vestimos y pusimos todo en orden, Cristina debía ignorar todo lo acontecido, y para evitar esa sospecha le sugerí a Vicenta que se fuera a su pieza y se acostara. Nos besamos de nuevo con un beso profundo y largo, Se fue con la cabeza baja y avergonzada pero antes de traspasar la puerta la tomé del brazo y le pregunté:

—Estas arrepentida, Vicenta? Le dije casi en un susurro, O ¿estas enojada?

—No, nada de eso. Porque yo lo quería y deseaba hacerlo con vos, pero me siento floja íntimamente, cohibida, eso es nada más. Se dio vuelta y se acurruco junto a mí, en el umbral de la puerta, abrazados de nuevo en la penumbra de la habitación, levantó los ojos aún empañados por la dicha, y me besó sin rubores, como dándome a entender que era mía y que no estaba arrepentida de todo lo que había dicho y hecho. Este gesto total de abandono entre mis brazos me hizo feliz, la posesión era completa física y anímica, luego de besarla en los ojos que ella cerró absorbiendo la caricia con deleite, la deje ir con un «hasta mañana» pleno de ternura. Cuando me acosté, Cristina aún no había regresado. De un soplido apagué la lámpara, y dejé sumida la habitación en una obscuridad absoluta.

La noche con sus rumores que antes no había sentido, ni tenía tiempo para hacerlo, llegaba hasta mi con nitidez, sentí a través de las maderas como Vicenta se echaba sobre la cama y acomodaba su armónico y juvenil cuerpo hasta el punto de quedarse quieta y dormida. El silencio caía como firmamento sinfónico interpretado por el coro de las luciérnagas y los pájaros nocturnos que al vaivén del viento conformaban el espacio propicio para la meditación profunda. Mis pensamientos me llevaron a paladear en la soledad de mi cuarto los momentos gozados instantes atrás y el olor a Vicenta inundó de nuevo mi conciencia reviviendo el placentero e inenarrable gozo obtenido con la que sería mi esposa. Su carne de hembra joven y felina era la ofrenda merecida a mis sacrificios y luchas por nuestra felicidad. Era ardiente pero inexperta para hacer el amor, en ella por ahora lo que sobresalía era su complacencia y enorme voluntad de hacerme feliz. Su torpeza adorable ponía en evidencia su candidez e inexperiencia en las lides del amor, y esa era la mejor virginidad que podía brindarme. Para maestro estaba yo.

En este análisis sobre la capacidad amatoria de Vicenta, el sueño me sobrecogió mansamente y me quedé dormido, a la mañana siguiente al despertarme lo primero que vieron mis ojos fue la figura de Vicenta que estaba preparando todo para matear.

Pensaba que iba a ser una buena compañera porque era compresible y tierna, ardiente y amorosa. Era de temperamento dulce y agradable y para su poca edad tenía cualidades de hembra madura, que quizás la misma vida se había encargado de nutrir, con su dureza y frialdad. El haber sufrido la esterilidad sentimental de la selva humana le había eliminado las aristas de los prejuicios, quedando la mujer abnegada y luchadora por la paz de su hogar, era exactamente la compañera que precisaba para convertirla en la madre de mis hijos. Tenía pasta de hembra segura y firme como las de aquellas que siguieron a sus hombres en las guerrillas Guemes y fueron consecuentes hasta la muerte. El tiempo y yo la ayudaríamos a estar a la altura del compromiso que nos esperaba. Al promediar la mañana vino Cristina con la nena con las compras que había efectuado. Ya al mediodía almorzamos todos juntos en ese día casi invernal. Al terminar entre todos hicimos la limpieza, todo quedó ordenado y pulcro, bajo la eficiente supervisión de Cristina. Después decidieron ir hasta Liniers a ver vidrieras y yo calmado mi apetito me acosté deleitándome con un cigarrillo, terminé haciendo una siesta deliciosa. Las horas debieron pasar volando porque cuando los besos de Vicenta me despertaron, ya había empezado a obscurecer y la villa se tornaba tenebrosa. La besé pero ella rehuyó mis caricias.

—Qué te pasa Vicenta— le dije— ¿te arrepentiste de lo que hicimos ayer?

— No, no es eso. Es solo que pensé que lo querías repetir pero con Cristina que está allí pue es imposible—. Me eché a reír y tomándola de la cintura mientras le acariciaba el rostro le dije—pero cómo pudiste pensar eso, ¿crees que estoy loco o ciego? Para repetir lo de ayer tenemos que estar bien seguros que estamos solos eso es nuestro mayor secreto y debemos cuidarlo celosamente ¿No te parece, querida? —. No me contestó nada, pero el rubor invadió su rostro candorosamente me ofreció sus labios para que los besara, y luego se fue con su hermana que estaba dándole la cuota diaria de sémola a la Tina. Encendí la lámpara y luego preparé todo para tomar unos matecitos, al rato entraban las dos hermanas a mi pieza, la nena había comido bien y quedó acostada en su cunita y ellas me fueron contando todo lo que habían visto en las vidrieras de Liniers. Me hablaron sobre unos muebles que les gustaron y querían que yo también los viera para darles mi opinión.

—Mira, le dije a Vicenta si los muebles les gustan a las dos y el precio es asequible, nomás dejémoslos encargados.

—Bueno, si es así mañana mismo le llevaremos una seña y que los mantengan en depósito, después les avisaremos dónde llevarlos.

—Perfecto, Cristina, dejo todo en tus manos—. En algún lugar de la villa estaban asando carne a la parrilla porque su aroma llegaba hasta nosotros conjuntamente con el humo negro que se filtraba dentro de nuestra habitación, tan es así que tuvimos que salir a respirar aire puro porque mi cuchitril estaba saturado de humo. Eran los hermanos cordobeses y sus amigos que a solo diez metros de distancia de nosotros estaban de asado. También presentimos que más tarde cuando la parranda tomara forma vendrían el zafarrancho, las trompadas, los garrotazos y demás linduras. Por eso debíamos irnos cuanto antes de la villa. Mientras tanto, entre las dos hermanas prepararon unos emparedados de fiambre y con algunas frutas completamos una cena frugal, luego bebimos café y dimos por terminado el día domingo, no sin antes y a espaldas de Cristina darnos con mi prometida un beso apasionado de despedida.

Los días se iban sucediendo con rapidez y cuando nos dimos cuenta ya la fecha de la boda se acercaba. Continué rondando el barrio en procura de alguna vivienda que cubriera nuestras necesidades, había exigencias de todos los matices, algunos pedían una cantidad como «llave» (coima), otros me preguntaban si tenía chicos, y otros no permitían animales. Esto ya estaba resultando un problema difícil. Pero seguí buscando, a veces me alejaba hasta siete u ocho cuadras pero los carteles de "se alquila" ya no aparecían. Tendría que buscar por referencia o recomendación. Si la cosa seguía así tendría que buscar la recomendación de algún diputado o de un jerarca del gobierno, solo por encontrar una pieza de las miles que estaban vacías, pero que no querían alquilar porque no había "llave". El otoño se acercaba ya y la luz del día se iba temprano, lo que no me daba tiempo para buscar por mucho tiempo. No quería llegar muy tarde a la villa por los peligros que se corrían.

Un día, conversando sobre el problema de la vivienda con un compañero de trabajo, me indicó donde podía encontrar algo, y me dijo que podía darle su nombre a los dueños ya que lo conocían y apreciaban, lo que favorecería algún trato. Le agradecí el dato y esa misma tarde decidí ir, pensando en que tuviera suerte. Era una casa en bastantes buenas condiciones, toqué el timbre y al ratito vino un hombre anciano enjuto de rostro apergaminado, parecía una momia escapada de un sarcófago. Le expliqué por qué venía y de parte de quién. Me atendió bien, me hizo pasar a enseñarme la pieza que alquilaba. Estaba junto a una cocinita, todo era coqueto y limpio, recién construido y listo para habitarla, estaba seguro que cuando la vieran las dos hermanas iban a quedar encantadas, ahora dependía de cuanto sería el arriendo mensual. Las condiciones me parecieron un poco exorbitadas, al menos para mí que era un zarrapastroso con veleidades de jilguero, pero si no me arriesgaba iba a morirme en el pozo hediondo donde estaba transcurriendo mi desdichada existencia. Al precio del arriendo había que agregar la energía eléctrica, pero creo que no tenía otra alternativa. Eran tres meses de depósito y mil quinientos pesos por mes. La luz la pagaría según el marcador que estaba instalado en forma independiente al de la casa. Bien, acepté ¿Qué iba a esperar? Quizás más tarde fuera peor, el tiempo velaba y debía asegurarme de alguna forma, desde ya le di una "seña" y al día siguiente le llevaría el resto. Me dio un recibo donde constaba el abono del alquiler y que estaba habilitado como para ir a vivir. ¡La pieza quedo asegurada! Me fui contento, pensándolo bien el precio no había sido tan exagerado y estaba cumpliendo el sueño de salir de la villa que era el objetivo principal que Vicenta se merecía. Cuando llegué eran las tres y media de la tarde, estaba Cristina con la nena solamente, su hermana aún estaba trabajando y no llegaría hasta las cinco. Me saqué el saco que voló hacia un rincón.

— ¿Qué te pasó?— me preguntó Cristina con preocupación— ¿por qué viniste tan tarde? Mi semblante era risueño y tranquilo.

—Sabes una cosa— le dije mientras acariciaba a la nena—, encontré una pieza con cocina y la alquilé. Le dejé una seña al dueño y mañana le llevo lo demás.

—Qué suerte que encontraste, ¿y es por aquí cerca o es muy lejos?

—A siete cuadras de la fábrica, en la calle General Urquiza, antes de llegar a la plaza. Conoces donde está la plaza, ¿no? Entonces le expliqué las condiciones y cómo habíamos arreglado con el dueño.

—Mirá, es lo mejor que pudiste hacer, ojalá mi marido hubiera hecho lo mismo, ahora yo no me encontraría aquí estancada, a él le falto la decisión que a vos te sobra para escapar de este antro inmundo y asqueroso.

—Escuchame Cristina no lo recrimines así, quizás le faltó la oportunidad para decidirse, no creas que todo es tan sencillo si no están los medios disponibles.

— ¡Qué oportunidad ni qué niño muerto! Ya se había aquietado en este ambiente y además era un pusilánime, que se sentía fuerte en cuanto estaba con dos copas demás... no es que fuera un hombre malo, prosiguió Cristina, pero carecía de iniciativas, si tenía un trabajo lo conservaba, pero si lo llegaba a perder ya no era capaz de conseguir otro o de buscarse la vida de manera alguna. Eso fue su desgracia y la mía, de la cual ahora con mi nena estamos pagando las consecuencias.

—Bueno Cristina, no va le la pena que te hagas mala sangre, lo hecho, hecho está, para que reabrir viejas heridas ya cicatrizadas, que no hacen más que amargarte y acomplejarte. Mientras yo pueda, y esto que te conste, siempre trataré de ayudarte, aunque sea para que la nena, que es una inocente en todo esto, no pase privaciones y se pueda criar sana. Pero, vamos a comer que tengo un hambre de todos los diablos ¿Ya comiste?

—Sí hace un rato. Mientras comí fui haciendo una serie de reflexiones, le aconsejé que su marido no debería enterarse de sus pensamientos críticos sobre él porque ello podría dañarlo en su estima. De todos modos cuando saliera él seguiría siendo su marido y el papá de su hija. Tal vez su experiencia carcelaria le se serviría para mejorar en su nueva vida.

—Puede ser— me contestó Cristina—en lo que vos decís hay algo de cierto, ojalá esté aprendiendo algún oficio técnico para cuando salga, podamos rehacer nuestras vidas. Porque indirectamente nos puede traer un futuro que antes ni soñábamos «no hay mal que por bien no venga».

—Entonces, lo más correcto y lo más seguro para vos, es que como dice el dicho en boca cerrada no entran moscas, y que hay que seguir haciéndole frente a la vida, tragando amarguras y aunque el dolor nos muerda, y a veces nos acorrale, llorar en silencio y nunca darle cuantas a nadie, porque la gente en su mayoría son indiferentes y no faltan aquellos que ríen y la gozan cuando te ven cómo estás revolcándote en el barro y, no tengas ninguna duda que si te pueden pisar, sin ensuciarse los zapatos, lo harán con desfachatez, desenfado e hipocresía. Y luego cuando llegaste a esa altura de la degradación humana ya no contás más, eres un muerto que camina, y cualquier pedante con ínfulas tiene derecho a escupirte, humillarte o atropellarte, si estás en su camino. Estarás en el último escalón y como en el gallinero, recibís toda la inmundicia de tus propios congéneres, nada más que porque están un poco más alto que vos. Vos podes pensar que soy un pesimista, bueno, vos no, porque todo lo que dije lo estás sintiendo en el lomo, pero estoy seguro que muchos que se encuentran en el penúltimo escalón si me oyeran hablar podrían creerlo, pero la realidad mi querida Cristina es que la teoría se dice de una forma, y en la práctica se hace de otra.

Lo que quiero es que analices tu realidad y no la teoría. Porque Los poderosos hablan y hablan de mejorar las condiciones de los pobres pero nunca hacen nada. Mira tenés un ejemplo evidente que lo podés llorar de rabia si querés, cada nuevo Papa que surge de los conciliábulos cardenalicios trae una nueva Encíclica, que mucho aplauden y le hacen el correspondiente panegírico, todos coinciden desde el político, el gremialista y todos explotan el mensaje para favorecer su "ísmo" Pero yo me pregunto ¿quién lleva el apunte a la práctica? Cada uno después de leer la mencionada Encíclica sigue haciendo lo que se le da la gana. ¿Te das cuenta Cristina de la enorme diferencia que existe, de la extraordinaria contradicción de las palabras con la realidad de los hechos? Mientras ellos arreglan el mundo hablando, la humanidad es devorada viva por infinidad de parásitos. Tienen la exclusividad de la miseria. Pobre de nosotros, todo esto sería risible si no fuera porque sus resultados son lamentablemente trágicos, nosotros podemos padecer todas las miserias en cambio muchos se suelen sentir invadidos de la divina providencia y no permiten que nadie les saque ese «mandato divino», en una palabra que la gallina es la que pone los huevos y el gallo es el que grita, igual que lo que nos pasa a nosotros, que somos los que tenemos hambre pero ellos ellos son los que comen. Por todo esto que te digo, porque en este mundo presente en que vivimos no hay nada justo ni lógico, porque todo se hace a la inversa, de lo que se predica, no te confíes ni en nada ni en nadie, jamás lo hagas porque el día que llegues a hacerlo, te devoran sin misericordia de ninguna naturaleza. A tu maridito recrimínalo a solas, nunca en público, siempre es mejor prevenir que curar porque aquellos que hoy te escuchan son quienes te van a devorar mañana. Alguien que ahora no recuerdo, dijo que «mientras más conozco al hombre más quiero a mi perro», claro que todas las reglas tienen excepciones, y ¡para qué seguir analizando todo estos sinsentidos...!

—Quiere decir, me interrumpió Cristina—que el hombre o la humanidad frente a la historia, está deshonrado porque resulta que como lobos se muerden entre sí. Pero ¿qué te parece Agustín si dejas de filosofar y nos tomamos unos mates mejor? De todos modos los dos no vamos a arreglar el mundo.

—Me eché a reír—Por supuesto querida, —este es apenas un desahogo intelectual, moral si quieres, pero el mundo no lo arregla nadie y en ese sentido soy un escéptico ya no se puede creer en ningún sistema político, ya no puedo creer en nada salvo en lo que veo, y lo que veo es triste y doloroso,   el hombre es el enemigo más grande del hombre,   es el hombre mismo con sus prejuicios llenos de soberbia, e ignorancia que llevará el mundo a su perdición, será cuestión de tiempo, pero inevitable ¿En quién creer entonces? ¿A dónde vamos? Esa es la incógnita que no podemos resolver...

Mientras tomábamos mate se despertó la nena, (como siempre, la nena nos libera de estas disquisiciones sin término), entonces Cristina tuvo que ir a atenderla, y yo seguí cebándolo, aunque no era la primer vez que lo hacía, cuando llegó Vicenta le cayó en gracia verme con la pava en la mano y su risa fresca y contagiosa nos envolvió a todos haciendo que los vapores amargos de la filosofía, que aún fluctuaban en el ambiente, estrecho de nuestra pocilga se disiparan como por encanto. Nos besó a todos y continuó ella cebando el mate dejando que los efluvios de su cuerpo felino y sensual fueran expandiéndose agradablemente por el ambiente pobre de la habitación. Cuando le dije que ya teníamos vivienda para cuando nos casáramos, con todo recato frente a sus hermana volvió a besarme, luego le conté todos los detalles hasta el cierre del negocio.

Al día siguiente cuando salí del trabajo me llegué hasta donde había alquilado, finiquitando todos los requisitos que faltaban, ya los muebles los traerían y habría que ir a acomodarlos, cuando salí de allí llevaba la llave de la pieza en mi bolsillo, ya estaba en posesión de la habitación como dueño y señor. Volví a la villa contentísimo, ya mis sueños se estaban concretando, paso a paso iba tejiendo lo que sería mi futura felicidad. Estaba visto que si ponía voluntad y sacrificio en mi cometido, podría llegar, reconociendo que mi mayor acicate para lograrlo era el amor de Vicenta, Era duro formar un andamiaje de la nada para formar una familia de condiciones mínimas y elementales,   pero ya estaba lanzado y ahora habría que seguir, aunque en ello dejara girones de vida.

Cuando llegué encontré una magnífica sorpresa, mi futura suegra había venido a visitarnos. La vieja estaba conmovida por todo lo que estaba haciendo por Vicenta y me agradeció, felicitó y deseó lo mejor en ese duro camino de construir un hogar de la nada.

—Es que yo— le dije mientras comía—soy un "cabecita negra" sufrido que trato de no hacerle mal a nadie, y en compensación tengo que aguantar todos los males, pero la cuestión es no contaminarse, de lo contrario no sé si este plato de sopa tendría que tomarlo en alguna cárcel, hay que tener enorme voluntad y templanza para no sucumbir ante tanta injusticia y salir tomando otro camino, que al final cuando uno reflexiona siempre resulta el más perjudicado.

—Querés tomar café—me dijo Cristina—o esperamos a que llegue Vicenta?

—Esperemos que llegue ella —le respondí.

Sí, yo también espero —replicó la vieja, — aunque debo darme prisa porque ahora obscurece más temprano y no me gusta viajar de noche.

13

La nena que estaba sentada al lado de la puerta, con su clásica media lengua, nos avisó que ya llegaba la tía Vicenta, en efecto, de inmediato entró ella con aire garboso y su caminar de palmera al viento. Luego de los afectuosos saludos tomamos el café y la vieja no se cansaba de dar gracias por ese calor de familia que tanto añoraba y le hacía falta. Después que se hubo despedido con un «Hasta luego Agustín» llevándose en su alegre rostro la sensación de una madre feliz, me quedé solo, la hijas y nieta la acompañaron hasta el colectivo, cuando regresaron ya la noche se había enseñoreado sobre la villa, con lobreguez opaca que resaltaba la miseria del entorno.

Como Cristina quería salir esa noche para arreglar las condiciones de un trabajo de planchado y mientras yo entretenía a la nena, ellas prepararon con rapidez la cena y minutos después ya estábamos comiendo.

—Andá tranquila Cristina, le dije—por la nena no te preocupés que nosotros te la cuidamos— Vicenta toda inocente le preguntó—y ¿es muy lejos donde tenés que ir?

—No es cerca. A lo sumo en una hora ya estoy de regreso, siempre que no me demoren mucho, después ustedes saben que algo se charla entre mujeres.

—Mira le dije, en un lenguaje de significación cifrada que solo ella entendería, lo importante no es el tiempo, la cuestión es que haga un negocio que resulte beneficioso, no vaya a ser el remedio peor que la enfermedad ¿me explico no? fijate bien todos los detalles así no te perjudicas en el negocio. ¿Te acordaste la vez pasada que calculaste mal y perdiste plata? Ahora ¡cuidado!

—¡Claro! Acotó ingenuamente Vicenta, si no te conviene déjalo, no vas a ir a planchar horas y horas por unos pesos miserables ¡Hay que embromarse! mirá si te descuidas hay gente que es abusadora, porque vivimos en una villa miseria todo el mundo se cree con derecho a esquilmarnos ¡Qué barbaridad! Tené mucho cuidado Cristina no seas zonza si no te conviene venite y listo.

—No, esta vez voy a tener más cuidado, me «perrearon» una vez pero cree que dos veces va a ser muy difícil, ya hice bastante experiencia con la gente y ahora, como dijo Agustín me voy a fijar en todas los detalles por mínimos que sean. Bueno, me voy que se me hace tarde— dijo mientras se limpiaba la boca con una servilleta que luego arrojó sobre la mesa, tomó un traguito de soda con limón, y luego de besar a la nena se fue a cambiar a la habitación.

Terminamos de cenar con Vicenta como si fuéramos los papás de la Tina, quien ya se restregaba los ojitos del sueño que la invadía. Me levanté y llevé a la nena a la otra pieza para acomodarla en su cunita, luego regresé y encendí un cigarrillo y le ofrecí uno a Vicenta para ver como reaccionaba pero a esta el chiste no le gustó nada. Más bien nos dispusimos a tomar café. Desde la cama mientras las volutas de humo ascendían en espiral sobre mi cabeza mis ojos entonados seguían las vaivenes de ese cuerpo que irradiaba sensualidad, y provocaba el supremo deseo del amor. En esos momentos mi mente divagaba escandalosamente. Ella sentía ese instante en que estábamos solos y sobre su cuerpo mis ojos que la observaban, porque cuando levantó la cabeza su rostro arrebolado, presentía el deseo que despedían mis ojos, se veía como acorralada, cohibida, se daba cuenta perfectamente de mis intenciones. Pero no vino hacia mí como yo esperaba, se entretenía dilatando sus quehaceres como si fueran urgentes y de vital importancia, pero de ninguna manera aunque ya lo habíamos hecho una vez, quería forzarla contra su voluntad entrando a un terreno escabroso.

Aunque nuestros ojos al toparse entablaban un diálogo mudo y elocuente, en los míos con seguridad ella veía mi deseo de poseerla, de que no me conformaría con unos besos o una caricia para salir del paso. La oportunidad era propicia, y esperaba su complacencia absoluta, su reincidencia en caer de hinojos ante el pedido del amor.

En cambio en los suyos yo veía un vago temor, que no alcanzaban a cubrir el íntimo deseo que la embargaba, eran temores lógicos los suyos, y lo comprendía perfectamente, pero superficiales como para salvar el pudor amenazado, pero estaba en mí dar el primer paso para acortar las distancias y romper así esa pequeña capa de hielo que se estaba interponiendo entre los dos. Ya que la montaña no venía hacia mí, yo iría hacia ella, y el escalamiento que a pesar del esfuerzo que podría demandarme, yo iría decidido a coronar con creces el fruto de tanto sacrificio. Y eso me resultaba como ir paladeando el deseo voluptuoso luego de haber bregado con intensidad, para obtener ese instante sublime que mi mente exigía. Esperando que no fueran infecundas mi gestiones, parsimoniosamente sin romper la armonía reinante pisé el pucho contra el piso de tierra, y me levante disimulando lo que estaba pensando, aunque estábamos en la misma pieza, mirábamos las cosas desde diferentes prismas, y por lo tanto obteníamos distintos modos de ver y sentir ese momento. Sentada en una silla y apoyando el codo sobre la mesa se había aquietado y achicado, como esperando el zarpazo que la desgarrara, pero ella no vino y en mí tampoco estaba la intención de violentarla, la complacencia debía ser mutua, si no esperaría una mejor oportunidad donde estuviera mejor dispuesta. Me acerqué a su lado y desde atrás levantándole la cabeza   bese sus labios trémulos, que por un momento acompañaron mi caricia.

— ¿Qué te pasa que estás tan callada? ¿Tenés algún problema que te preocupa? ¿Puedo ayudarte en algo, Vicenta? Decime, hablá con toda confianza conmigo. Aunque yo sabía del porqué de su silencio, me daba cuenta de sus temores y cuál era el motivo de su vergüenza, en aquella oportunidad estaba muy excitada y eso había favorecido la entrega sin demasiadas inhibiciones. El tiempo transcurrido había producido cierto enfriamiento que ahora tendría que eliminar si quería llegar a obtener sus favores. Debí provocar su ardor, el que entre paréntesis sabía que era vivo y elevado, pero sin ninguna clase de violencia que produjera traumas o reacciones de llanto e histeria.

—No, no tengo nada, lo que pasa es que estoy un poco cansada, más de la cuenta. Hoy en la fábrica tuvimos un día duro.

—Bueno, pero considera que eso no es motivo para eludirme, no me has dado ni siquiera un beso, ¿te parece bien a estas alturas de nuestras relaciones? Casi podríamos decir que estamos casados, o acaso, ¿estás desconfiando de mi persona?— Sabía que con estas palabras iba a reaccionar tocada en lo más íntimo de su amor, efectivamente así fue, su reacción instantánea no se hizo esperar.

—Pero mi vida, ¿cómo podés hablarme así? ¿No te he demostrado con todas mis ansias que te quiero? ¿Tenés alguna duda que mi amor no sea enteramente tuyo?

— ¡Al contrario! Lo que quiero es que sigas demostrándomelo—le dije un poco con cinismo, mientras mis dedos ensortijaban su cabellera negra como azabache. Haciendo una última tentativa para soslayar el asunto me contestó: — ¿pero vos sabés cómo quedaríamos si viene mi hermana y llega a ver o sospechar cualquier cosas? Sabía que la hermana tenía para una hora larga, por eso la tranquilicé diciéndole con toda la dulzura de que fui capaz—no seas asustadiza, en ese sentido, Cristina hasta que venga pasara un buen rato, no ves que ni a la nena se quiso llevar. Mientras tanto, para infundirle confianza la besé en el cuello, haciendo que mi mano hurgara con suavidad en la línea que separaban los redondo senos que comenzaban a despertar con sus pezones casi erectos, mientras un fogaje empezaba a acalorar todo su cuerpo. Mis manos fueron más allá hasta alcanzar el altar velludo de su sexo y frotándolo como oficiante sagrado de un ritual obsceno logré desquiciar su pudor ahora convertido en brasa quemante. Ya el contacto labial había sido superado y Vicenta pasaba del beso húmedo a las succiones y luego a los mordiscos confirmándome aquel proverbio italiano que dice: *donna bacciatta,mezza chiavata*, ella encajaba perfectamente en su metamorfosis , la indiferencia y la frialdad iban muriendo para dar paso al deseo inmenso y ardiente que no pararía hasta alcanzar la cima del placer.

Baje la luz de la lámpara lo suficiente para que iluminara solamente nuestra intimidad y empujándola suavemente mientras la tomaba de la mano la conduje hasta el lecho que parecía estar esperándonos para recibir nuestro frenesí. Ya no se resistía, resultaba complaciente y eso me agradaba porque evitaba una posible violencia de mi parte, y facilitaba la conexión que nuestros sexos clamaban desesperadamente. Sus ojos verdes, encendidos de un brillo implorando la complacencia plena, la erección de sus pezones alargados y rojizos evidenciaban que estaba acondicionada para una perfecta y voluptuosa penetración, dejé que ella que ya había superado su original timidez buscara y encontrara con sus propias manos mi agitado falo que condujo con premura al interior de su gruta que desbocada lo engulló de un solo zarpazo. Sentía su desesperación en todo mi cuerpo haciendo hablar a sus uñas sobre mis espaldas sudorosa y sus muslos como hiedras aviadas estrechaban mis flancos jadeantes por el endiablado ritmo que nuestros cuerpos mantenían. Ya no había control en sus reacciones, era una hembra libre, primitiva y salvaje, con todos sus instintos despiertos haciendo valer su potencia erótica sobre el macho que se estremecía y gemía intensamente de placer. Nuestras palabras se convertían en murmullos ininteligibles que ni tratábamos de descifrar, luego la elevación del fragor sexual nos inundó de tal manera que nuestras conciencias perdidas alcanzaban topes indescriptibles de gozo, hasta que poco a poco fuimos aterrizando y dándonos cuenta de la felicidad que nos contenía. Nuestros sentidos se fueron apaciguando y el latido de nuestros corazones fue adquiriendo su ritmo normal. Nos quedamos como lelos sentados sobre la cama mirándonos sin cohibiciones, con la comprensión que debe haber entre el marido y la mujer, y la plena intimidad de su naturaleza sexual. Aún antes de levantarme besé ese vientre apenas combado y virginal y que todavía emitía ardientes compulsiones. Cristina todavía no había llegado y el silencio era absoluto.

— ¿Cómo se siente mi mujercita? ¿Todavía tiene temores o ya se le pasaron? ¿Viste que no ha pasado absolutamente nada y que tus aprehensiones eran infundadas?— Mientras ella ordenaba todo nuevamente con una rapidez asombrosa, ya que era inminente el regreso de su hermana, ella no quería correr riesgos, así que sin detenerse en su tarea me contestó:— No me vengas con ironías ahora que pasó todo, y si mi hermana hubiera caído de improviso ¿qué le hubiéramos dicho?—No le contesté, para qué, en su inocencia del asunto ella tenía razón, ¿cómo podía saber que su hermana estaba tranzada peor de lo que habíamos estado nosotros?

—Bueno, está bien querida, pero ¿te vas a enojar por eso?

—No, enojada lo que se dice enojada no lo estoy, pero ahora que pasó te puedo decir que aún estoy asustada y preocupada.

—Por suerte no ha pasado nada, así que tranquilizate, y por las dudas te podés ir a tu pieza y te acostás ¿no te parece? Es la mejor forma de eliminar cualquier sospecha de tu hermana que así no va a ver nada anormal.

—Sí me parece bien, Agustín, va a resultar lo mejor, además es un poco tarde y me viene justo para poder dormir, cuando venga Cristina me va a encontrar dormida. La acompañé hasta la puerta y nos detuvimos brevemente el último beso aún estaba impregnado de ardor en sus labios temblorosos, tal había sido la profundidad del estremecimiento orgásmico que habíamos obtenido. Me quedé dormido en un sopor que me envolvía con la imagen de Vicenta aprisionándome dulcemente.

El sueño se quebró con el campanilleo del reloj que me anunciaba el comienzo de una nueva jornada. Luego que hube tomado café, salí apresuradamente, sombras vagas desfilaban por la villa a las cuales me incorporé, todas camino de sus respectivos trabajos, cada tanto en la penumbra se notaba en los movimientos de los fumadores brillar la balizas rojas de los cigarrillos, en pocos minutos dejé atrás la villa con sus miserias y sus dramas, envuelta aún en el letargo de un perezoso amanecer que la cubría como un sudario y que terminaría por envolvernos si es que no corríamos rápido. Como una abeja más me introduje en la colmena a la espera de comenzar mis diarias tareas, el abejorro reinante en su interior señalaba un mundo pleno de inquietudes que al sonar la sirena recién terminaría por aquietarme. El aire empezó a poblarse de polvillo, que deja la madera cuando las máquinas comienzan a operar, y envuelto en el fárrago de la rutina comencé un nuevo día.

De repente vino a mi mente del encuentro amoroso con Vicenta y la idea peregrina de que hubiera podido quedar embarazada. Casi me dio lástima, pero si me voy a casar pensé, y apenas falta un mes, ¿qué mal hay en ello? seguí pensando y cavilando en este tema que podría ser una realidad. Además los convencionalismos no existen cuando la conciencia esta vivía, todos esos prejuicios que traban la felicidad de los seres que se aman, no tenía que esperar si ya había comprometido mi palabra y honraba mi compromiso. Claro que el temor existe porque muchas veces sucede así, como dice el dicho «pájaro que comió, voló» pero yo por mi parte no pensaba volar, con o sin convencionalismos mi conciencia estaba tranquila. Deseché esa idea que era vergonzosa para mí, si Vicenta estaba encinta eso no era ningún problema, yo era su marido de todos modos. Además claro que iba a cumplir con todo lo legal y estaba contento y no me arrepentía de lo hecho, primero porque había cumplido conmigo mismo y segundo Vicenta no tendría que avergonzarse de nada, habíamos recogido la herencia de Adán y Eva, con la diferencia que a nosotros no había que arrojarnos del paraíso porque ya estábamos en el infierno aún antes de nacer.

La sirena cortó mis pensamientos, había llegado la hora de salida, el enjambre empezó a salir paulatinamente de la colmena, todo volvió a su cauce normal y rutinario. Cuando llegué, con Cristina y su hija nos sentamos a comer, luego, mientras ella iba a liquidar el asunto de los muebles yo me corrí hasta el Registro Civil, debía interiorizarme de todos los detalles legales para estos casos, de ninguna manera iba a rehusar el compromiso que había contraído con las tres mujeres y mi conciencia. A la hora, estaba de vuelta en casa esclarecido y con el formulario en la mano, me dispuse a cebarme unos mates. Leía los formularios cuando llego Cristina con la nena dormida entre sus brazos y su carita embadurnada de chocolate. Dentro de siete días ya tendríamos lo muebles en nuestra pieza. Luego de acostar a la nena dejó la factura sobre la mesa. Hablando sobre los requisitos legales me dijo:

—Por los testigos no te hagás problema, una amiga y yo estamos dispuestas a ir al Civil, por el certificado prenupcial en cualquier momentito, van hasta el hospital con Vicenta, es un trámite sencillo y breve. Bien, ahora cuando llegue ella lo llenaremos hasta donde podamos y luego cuando tengamos los datos que nos faltan terminaremos el resto, total, aún tenemos tiempo suficiente para poderlo hacer con tranquilidad.

— Está bien el agua de mate, Agustín, o ¿todavía esta fría?

— ¡Ahí esta macanudo! Está como me gusta, amarguito y espumoso.

—Bueno, me alegra—.No había terminado de tomarlo cuando llegó Vicenta siempre irradiando sensualidad y alegría juvenil, yo la miraba arrobado, era un verdadero canto al amor y al placer.

—Buenas tardes, ¿me das un mate Cristina? dijo luego de besarnos a todos, tengo una sed que no tenés ni idea. Hoy comimos sardinas y toda la tarde me la pasé tomando agua.

—Bueno, si es así le contesté—tomate dos o tres traguitos, bueno, dos o tres mates seguidos y vas a ver cómo te corta la sed, para eso el mate es muy bueno—. Luego le conté mi visita al Registro Civil, y le hablé de los trámites que debíamos seguir. Los ojos le brillaban de alegría haciéndola más apetitosa ante la voracidad de mis deseos agazapados, siempre latentes y en expectativa. Ella, ya más asentada y menos acosada por la ansiedad de tenerla entre mis brazos (insistencia que se reflejaba en mis ojos), se movía con soltura sin llegar a ruborizarse, nuestra intimidad le había hecho una mujer aplomada y segura de sí misma, se realzaba ante mis ojos como una real hembra. Con la noticia de los muebles, me besó delante de su hermana sin exageración, pero a mí me hizo subir las olas de calor que me lograron estremecer. La Tina nos despertó con un llanto inusual debido a que tenía dolor en un ojo que lucía hinchado y con un puntito rojo encima del párpado. Cristina supuso que la causa había sido la picadura de algún mosquito, un insecto o alguna araña. Se le estaba cerrando el ojito y la cosa pasaba de castaño a obscuro.

—Mirá le dije, trae un poco de alcohol, una gasa y agua fría, si conseguís unos cubitos de hielo mejor. En segundos ya estaba con lo requerido y yo le hice una desinfección y le apliqué compresas de agua fría.

—Si con esto ni baja la hinchazón es conveniente que la lleves al hospital para que la vean, si la picadura es ponzoñosa entonces tendrán que aplicarle algún antibiótico. Al rato vino Vicenta con los cubitos envueltos en un repasador que había conseguido en el almacén que nutría a la villa, le aplicamos un hielito en la hinchazón, la picazón le disminuyó y la nena dejo de llorar. Al rato la niña dormía plácida y la hinchazón le había disminuido. Había sido el resultado un inofensivo pinchazo de alguno de los millones de insectos que pululan dentro de la villa, y donde todos estábamos propensos a estos accidentes que debíamos considerar normales. En este ambiente desgraciadamente todo lo que es anormal en el resto de la ciudad, para nosotros es normal, que somos los candidatos a una desaparición inminente debido a la desnutrición y por la convivencia con el hambre y las enfermedades ¿Qué tiene de extraño? ¿Acaso alguien se acuerda de nosotros? ¿Que existimos? Claro está, salvo los días de elecciones, al final venimos a ser algo así como el receptáculo de todos los detritus, somos aptos para cubrir las culpas de una mala política o una espuria administración. Somos el fruto de su evidente inoperancia. Y no tenemos ningún derecho salvo el de morirnos de hambre, pero siempre manteniendo la calma y el orden debido porque tenemos la desgracia de malvivir en el último peldaño de la escala social y humana. Por eso viene muchas veces la rebeldía que emana de la injusticia y aquí en estos ambientes es donde más se nota esta injusticia y donde más florecen los rebeldes y —por qué también no decirlo—, es donde menos vienen los que tienen la obligación moral y la obligación como gobernantes de curar los males de la República.

Pienso que aquí en esta tierra bendita si todos fuéramos un poco más argentinos, y un poco menos egoístas, no existirían problemas de agudeza social, un suelo como el nuestro donde se siembra y ladrillo y sale un árbol, un país rico y virgen que necesita cien millones de habitantes para realizarse dentro del concierto mundial de las naciones no puede ser un problema de "ismos" el que nos impida desarrollarnos. Vicenta me hizo volver a la realidad cuando me dijo:

—Agustín, ¿qué estás mascullando ahí solito?

—Nada, querida, estaba pensando que de una simple picadura de mos   quito cuántas conclusiones se pueden sacar de este ambiente que nos rodea.

—Bah, ¿no quedamos en que nosotros no vamos a arreglar el mundo? ¿Entonces para que seguir cavilando y hacer mala sangre?

—Vos tenés razón Vicenta, pero yo lo hacía para mis adentros, por lo menos no quiero engañarme yo mismo, eso no quiere decir que voy a ponerme a declamar en medio de la calle, ¡ni loco que estuviera! pero no me olvido de aquello que "entre más conozco al hombre, más quiero a mi perro".

—Bueno, entonces vamos a comer— cortó Cristina— por suerte la nena tiene el ojito completamente desinflamado y ya le saqué el hielo ahora estoy más tranquila. Comimos rápido y en silencio, y luego ellas se despidieron y se fueron a su pieza a dormir. Todos estábamos cansados.

14

Al día siguiente en la fábrica un desgraciado accidente vino a alterar la rutina. Promediaba la mañana y todos los movimientos eran un canto al trabajo fecundo y creador y nada hacía prever lo que vendría. Cuando por un instante un grito desgarrador tapó todos los ruidos de la fábrica e hizo levantar nuestras cabezas en forma automática y sorpresiva ¿Qué había pasado? Todos estábamos asustados. Allá al lado de la sierra sin fin una aglomeración de obreros indicaba el lugar de la tragedia, rápidamente el capataz con otros dos compañeros   levantaron del suelo el cuerpo del infortunado obrero que se desangraba y envolviéndole una mano con un paquete de algodón lo transportaron de inmediato al hospital. Con toda rapidez el coche del dueño del establecimiento fue puesto a disposición del accidentado mientras en la fábrica todo era comentarios y confusión, a partir de ese instante nadie trabajo más.

Yo no quería acercarme porque temía impresionarme, luego que se llevaron a Mario — que así se llamaba el desgraciado e infortunado obrero—, haciendo coraje me acerqué para saber de lo que había pasado concretamente. Al acercarme vi con espanto entre el aserrín enrojecido por la sangre, cuatro dedos esparcidos de una mano que ya no sería. Se me heló la sangre en las venas y quedé paralizado, luego sentí que se me crispaban los nervios y arcadas subían de mi estómago hacia mi garganta. Un repentino deseo de vomitar se apoderó de mí, apresuradamente me alejé de allí pero esa visión de horror que me anonadó jamás la desecharía de mi mente. Fui hasta el baño y no pude evitar vomitar, esto me hizo sentir mucho mejor, mis nervios se relajaron y las náuseas se fueron alejando de mí. Encendí un cigarrillo para tratar de tranquilizarme, la fábrica se hallaba parada y los corrillos se sucedían entre los mismos obreros comentando el accidente, me acerqué a uno de ellos y así pude saber lo que había pasado, precisamente de los labios de quien más tarde haría la exposición frente a la autoridad policial. Su voz sonaba acongojada como si le costara repetir lo que había presenciado.

—Mario el paraguayo me estaba ayudando a mí cuando sucedió el accidente. Todo sucedió en un instante tan fugaz que aún no lo comprendo. De espaldas a la sierra estaba sacando una tabla para cortarla y forcejeaba con ella, porque se había atascado en la pila y no se deslizaba sobre ella como debía, estaba haciendo más fuerza de lo común y eso me llamó la atención. Entonces le dije: "espera Mario, ya vengo a ayudarte" pero no me dio tiempo porque en ese instante que me dirigí hacia él, ocurrió la desgracia. Posiblemente, supongo yo, la tabla estaba trabada con alguna astilla quizás y como estaba haciendo mucha fuerza eliminando el escollo, la tabla empezó a deslizarse con demasiada rapidez sobre la pila, ese movimiento que él hacía atrás al ceder la madera le hizo perder el equilibrio y por instinto para no caerse soltó la tabla, pero al recular la mano derecha que había quedado en el aire tomo contacto con la sierra que seguía funcionando para su desgracia y eso fue lo que pasó. Me di cuenta cuando gritó pero ya era tarde, cuando vi su cara blanca como el papel y la sangre que corría escandalosamente cambiando el color del aserrín en rojo puro.

No quise escuchar más ¿Para qué? Ya había vomitado antes y aún las piernas me temblaban. Me alejé con el ánimo entristecido y la mente confusa. No quería oír todos esos pormenores tétricos. El dueño había ordenado no tocar nada hasta que no viniera la policía, para que ella dispusiera lo que correspondía hacer, mientras se lamentaba que era la primera vez que ocurría algo igual, y agregó: no trabajaremos más, estamos todos nerviosos y no quiero que suceda otro accidente a causa del abatimiento general, así que pueden irse para sus casas y mañana empezaremos la jornada un poco más tranquilos.

Todos agradecieron pero nadie se movió del lugar, queríamos saber las noticias del hospital, cuando regresara el capataz y los muchachos que lo acompañaron. Eran las once pasadas cuando vino un oficial de la policía y un agente, informándole al dueño que venían del Instituto de Haedo, donde habían atendido a Mario, y le estaban haciendo las primeras curas. También llegó un grupo de paramédicos que cuya misión era recoger los pedazos de dedos esparcidos sobre el aserrín enrojecido para llevarlos al hospital. Ahora, la empresa debía hacer la denuncia ante el organismo correspondiente a los efectos del Seguro. La mano derecha le había quedado solamente con el pulgar y cuatro muñones, un mutilado inútil para su oficio. La policía mientras tanto realizó las averiguaciones pertinentes levantó el sumario y se retiró, todo seguiría desde ese instante por sus cauces hasta las últimas consecuencias. Un rato más tarde llegaba el capataz quien nos informó a todos de lo sucedido en el hospital, los dos compañeros habían llevado a Mario hasta su casa quien llegó con el brazo en cabestrillo y el semblante demudado, lo dejaron con su familia sumida en el dolor y el llanto ante esa desgracia cruel e inesperada. Ya había pasado todo solo quedaba en silencio una pena muda e impotente en nuestros ojos y el eco del grito desgarrador que aún permanecía como un fantasma de sonido en el ámbito de la fábrica. Fuimos saliendo cabizbajos y comentando con rabia la desgracia de nuestro compañero, el destino le había jugado una mala pasada de la cual tardaría mucho en recuperarse moralmente, aunque era soltero y no por eso dejaba de sacrificar a su familia, hubiera sido peor teniendo esposa e hijos, a quien mantener, pero la vida es dura y en estos casos no tiene nada de poética. Había perdido cuatro dedos y ganado un trauma para toda su existencia, sumiéndolo en un complejo de inferioridad que le iba a costar mucha fuerza de voluntad para superarla, y que en el terreno de las comparaciones físicas siempre sería un mutilado.

He aquí en forma somera reflejadas las ingratitudes de la vida, hasta hace poco era una existencia útil y sana y ahora prácticamente una vida estéril. Casi siempre nos toca la vida para que veamos su cara trágica, hosca y despiadada, pocas veces en nuestra mísera existencia, nos toca ver la cara alegre y risueña, todas sus malévolas cargas las debemos repartir los desheredados, acuciados siempre por un destino desconocido pero doloroso el cual no podemos eludir ni tenemos las suficientes defensas para amortiguar sus golpes bruscos y sorpresivos. Llegué a la villa antes de la hora acostumbrada y por mi rostro apagado Cristina se dio cuenta que algo me pasaba, le expliqué lo sucedido en la fábrica, y del revuelo que había causado, el accidente amén que no me gustaría estar en la piel del accidentado. Aunque ya estaba casi lista la comida no tenía apetito, ante mis ojos los dedos rebanados del infortunado paraguayo me bailaban sobre la pista de aserrín como un ballet sanguinolento y endemoniado. Para despegarme de esa visión infernal le pregunté a Cristina sobre la hinchazón del ojo de la Tina.

—Por suerte, sabés, tiene el ojito normal, casi ni se le nota salvo el puntito de la picadura, que entre paréntesis, nos hizo pasar un buen susto.

—Y ¿dónde está que no la veo por aquí?

—Está con unos chiquitos del rancho de enfrente fue a jugar un ratito, de todos modos igual la voy a llamar porque tiene que venir a comer.

—A mí me haces el favor de servirme poco y nada, no tengo ánimos ni para abrir la boca, moralmente estoy desquiciado.

—Pero Agustín. No te tomes las cosas así, sabés que todos los trabajos tienen sus riesgos, y accidentes de ese tipo pasan todos los días.

—Si es cierto, pero vos no vistes lo que vi yo, ni sentiste el grito desgarrador de Mario que aún suena en mis oídos, ni viste su rostro pávido de impotencia ante lo ocurrido. Cortada de cuajo su trayectoria de hombre normal y hasta me atrevería a decir, la felicidad de su virilidad, no porque haya perdido su potencia sino por su complejo anímico que lo inferiorizará ante los demás.

—Sí es así como decís vos, pero solamente en primera instancia, luego el tiempo que todo lo borra trae el olvido o por lo menos lo atenúa con su pátina y nuestros dolores y desgracias entran en el campo de los recuerdos ¿Acaso cuando se pierde un ser querido no es peor? Pero si no existiera ese olvido, no existiría el mundo sería un llanto permanente y doloroso.

—Yo sé que al final es así porque lo he sufrido en carne propia con la muerte de mis padres, no te voy a discutir eso, pero ¿qué querés? Yo comprendo que tu interés es aliviar mi pena y de verdad te lo agradezco pero por unos días voy a estar con el ánimo por los suelos, luego todo pasara pero mientras, soy un pesimista empedernido y sensiblero —. Empecé a comer aunque de mala gana, solo para complacer a Cristina. Mientras ella iba en busca de la pequeña. Cuando vi a la chiquilla alegre, me pareció como si no le hubiera pasado nada y sin rastros de su dolencias del día anterior. Con su risa, su mímica y su hablar de media lengua tan pintoresca cuando se largaba a hablar, en parte fui soslayando la amargura que me corroía mi espíritu. Cristina le ordenó a la nena que me agradeciera con un beso en la mejilla a la vez que decía: —gracias a vos que enseguida te diste maña y saliste al paso a la hinchazón la nena no tiene nada, porque la verdad que yo me había puesto nerviosa y no sabía por dónde empezar, pero vos tenés salida para todo, para las enfermedades, para el matrimonio, para el amor, en fin para todo lo que venga al paso—. Sus palabras debían halagarme al menos, pero sentí que en el fondo del alma estaba disconforme de cómo iban las cosas o mejor dicho mis cosas con Vicenta, porque aunque ella a su hermana la quería, de mí le dolía desprenderse y eso la amargaba.

—Mirá, sabés lo que pasa, yo no soy nada extraordinario. Pero siempre sucede así, en este país de los ciegos el tuerto es rey—. Mi explicación hizo que Cristina lanzara una carcajada tan contagiosa que al final terminé riéndome yo también. Cristina me adelantó que para el domingo, con su hermana y la nena, irían a visitar a su marido que hacía mucho no lo veían.

—Me parece muy bien, le contesté, verte de nuevo a vos y a la nena le van a infundir más ánimos, para sobrellevar su cautiverio, además en estos casos es cuando no hay que olvidarlos porque es cuando más necesitan de nuestro afecto. Es lo mejor que podes hacer. Es un aliciente para el pobre—

—Mirá la nena, se está durmiendo voy a acostarla.

—Acostala nomás, yo mientras, levanto la mesa y limpio. Así me distraigo un poco de mi problema que me anda rondando la cabeza.

—No, dejalo que después yo hago todo eso. La nena se duerme enseguida y vuelvo. Cristina se fue a acostar a la nena y también se acostó ella. Yo también me recosté y me quede dormido. Cuando me desperté ya eran las cinco de la tarde. Vicenta parada en la puerta hizo notar su presencia con una esplendorosa sonrisa de hoyuelos enternecedores. Se la había causado el verme entreverado con ellas, platos y cacerolas y por eso se reía a carcajadas en una forma tan contagiosa que tuve que reírme yo también. Pero cuando le expliqué por qué lo estaba haciendo, aunque no era un desmadre para mí, entonces Vicenta para hacerme pensar en otra cosa, empezó llevándome al terreno de nuestro casamiento y entre mate y mate sus besos ardientes no me daban tregua ni tiempo para pensar en otra cosa que no fuera degustar el ardor de sus labios rojos. Entro Cristina cambiada para salir, efectivamente requería los datos que faltaban para que su amiga sirviera de testigo. Quedamos solos en la semi penumbra de la pieza y Vicenta con sus caricias insistía en hacerme olvidar del episodio doloroso del accidente de Mario. Sus carnes acaloradas bajo el contacto de mis manos encendían de nuevo mi pasión. Aunque mi mente aún confusa no estaba concentrada en las caricias de Vicenta, poco a poco empezaba a sentir el impacto amoroso, las caricias se fueron haciendo reciprocas y nuestros besos compartidos dejaban surcos de fuego que ya empezaban a abrazarnos. La respiración anhelante y caliente de ella sobre mis oídos marcaba el ritmo de una carrera desenfrenada emprendida hacia la misma meta. Ya hacía un buen rato que estábamos entreverados en este juego propenso a la consumación de todo nuestros afanes que ya estábamos decididos a llevarla a feliz término pero cuando me levanto para trancar la puerta, me pareció oír la vos de Cristina, me asomé por las dudas y a unos cuantos metros en efecto venía ella conversando con la pequeña no se sobre que cuestiones. La verdad fue que el sonido de su voz nos evitó pasar por un momento difícil ya que nos hubiera encontrado *in fraganti*, en pleno apogeo erótico y ardientemente abrazado. Rápido le hice señas a Vicenta para que se compusiera y disimulara la excitación que se le reflejaba en el rostro. *Ipso facto*, nuestro semblante cambio y nos tranquilizamos recuperando nuestra compostura y el aplomo que habíamos perdido segundos antes. Cristina venía regañando a la nena porque esta quería que la madre la llevara en brazos y ella la reprendía diciéndole que ya era muy grande para que todo el tiempo estuviera pretendiendo que la cargara. Yo me eché a reír por la discusión disimulando una vez más. Luego encendí la lámpara y todo se veía muy normal. Cristina no se percató de nada porque hubiera podido ser fatal si se daba cuenta.

Al entrar el día siguiente en la fábrica, las reminiscencias de lo ocurrido en el accidente volvieron de nuevo a mi conciencia, como yo, estaban también lo demás obreros, sus caras evidenciaban que aún sentían por el compañero en desgracia. Aunque por referencias sabíamos que Mario había pasado la noche tranquila, dentro de su gravedad, todos andábamos alicaídos y taciturnos como acosados por un destino de desventura que se cerniera sobre nosotros. Más tarde fui a terminar los trámites que tenía pendientes en el Registro Civil, ya con Vicenta habíamos retirado del hospital nuestros certificados prenupciales , y con el informe de los testigos más el importe de la libreta, prácticamente me sentía casado. Me fijaron la fecha para el último viernes de junio. Apenas me quedaban veinte días de espera.

Cuando tuve la noticia que Vicenta y su hermana, así me lo manifestaban en una nota que hallé sobre la mesa, habían ido a la casa donde alquilamos la pieza, me imaginé que ya estarían los muebles listos para ubicarlos y allí estarían ellas como noveles decoradoras buscando el mejor sitio para colocarlos. Volví a salir y mientras me encaminé a la nueva casa encendí un cigarrillo pensando que mis sueños se estaban haciendo realidad, y que un chango rotoso y miserable que nunca había pensado en salir de Santiago, ahora fuera a casarse en la capital de la República. Después de todas las vicisitudes pasadas y habitando una villa miseria, que ahora empezara una nueva etapa con un buena compañera, un trabajo discreto que me mantenía y una vivienda decente, era para no creerlo y dentro de una serie de desgracias circundando mi vida, ahora el sol comenzaba a brillar para mí. Era una lluvia de felicidad como premio a mi tesón, voluntad y deseo de salir adelante.

Lo que me depararía un destino desconocido para mí, no lo sabía, los acontecimientos lo pondrían en evidencia, pero dentro de todo lo malo que había sido pensaba que no llegaría a empañar esta humilde y pobre alegría que llenaba mi corazón. Las luces de la pieza encendidas a *giorno* me indicaron que las mujeres estaban en pleno apogeo con la ubicación de los muebles, y todo había sido el resultado de mi sacrificio, de acumular hambre y miseria, de malvivir para lograr este tenue rayo de luz que hoy alumbra mi existencia y resbala por sobre toda la roña que me circunda y que va cayendo costra a costra. Entré sigilosamente para sorprenderlas y ver cómo sus manos hacendosas convertían en un hermoso lugar lo que sería mi futura habitación. Bajo la dirección de Cristina, experta en las lides matrimoniales, estaban colocando una cortina y todo lo demás estaba espléndidamente ubicado. Mi sombra sobre el piso sirvió para que ellas se dieran cuenta de mi presencia. Se alegraron al verme y Cristina me preguntó:

—Agustín, ¿te gusta cómo ha quedado todo esto? Desde las doce del mediodía estamos aquí, cuando esta mañana fui a liquidar la cuenta y el mueblero me confirmó la traída de los muebles, corrí a avisarle a Vicenta y nos vinimos para aquí. Pero valió la pena, ¿no te parece? Y relamiéndose de gusto como si fuera el suyo, agregó: «Mira qué lindo quedó nues... el nidito». No terminó su frase pero en ese «nuestro» inconcluso que se le escapó desde su subconsciente me dio la pauta que los celos la carcomían y que llegado el momento temía algo desagradable, aunque se tuviera que tirar contra su misma hermana, pero no quería prejuzgar debía con toda cautela esperar los acontecimientos.

—Sinceramente— le respondí—está todo tan bien que estoy tentado de quedarme desde ya ahora mismo, por fin vamos a dormir en una pieza de verdad, entre la civilización.

—Claro que podes quedarte, salto Cristina— pero vos solo ¿te parece?

— ¡Por supuesto!— le respondí guiñándole un ojo a Vicenta, que se dio vuelta haciéndose la desentendida —cuando lo estrenemos será con mi mujer, los dos solitos y esa noche tendremos que estrenar todo lo que tenemos. ¿Estás de acuerdo así, mi estimada Cristina? Creo que luego las objeciones y las suspicacias no tienen razón de ser—. Pero su rostro acusando directamente el impacto se puso de color aceituna y luego que lo dije me dio lástima, pero qué iba a hacer ya estaba dicho, y me sentía seguro, casi casado, por eso me animé a demostrarle que sus celos estaban demás. Pero ella soslayando el estiletazo sin demostrarle nada a su hermana y recuperándose me respondió:

— ¡Cómo no voy a estar de acuerdo! eso es lo más lógico—. Vicenta viendo que la conversación se tornaba escabrosa, medio sonrojada simulaba un arreglo ficticio en las cortinas que había colocado recientemente. La nena se había cansado de jugar en el piso, y le tiraba de la pollera a la madre, era la hora en que había que darle de comer, como el arreglo de la pieza estaba terminando, apagamos la luz cerramos con seguro y nos fuimos. Ahí solita quedaba la pieza tranquila, esperándonos que fuéramos los dos a ocuparla para reeditar viejas horas llenas de felicidad. Saludamos al dueño de casa, previamente había hecho las presentaciones correspondientes, quedando el viejito encantados que fuéramos a vivir en la pieza como recién casados; para él era un presagio, como dijo, muy significativo, ya que la habitación también la estrenábamos nosotros. Cristina para caminar más rápido llevaba a la pequeña en brazos y nosotros dos lo hacíamos a su lado, luego cuando vi que había aflojado el paso, por el peso de la niña, yo la tomé en brazos y la cargué hasta la villa. Mientras caminábamos le dije a Vicenta que luego le contaría algo muy interesante y ella me replicó: Y yo también tengo que decirte algo, y en voz baja agregó: la que está en un estado interesante soy yo ¿entendiste Agustín?

—Cómo, cómo, no entendí bien lo que me dijiste. Después, después te cuento. Ahora no se puede. Hay moros en la costa, después tendremos la oportunidad de hablar con toda tranquilidad—. Por lo visto era algo íntimo que Cristina no podía oír, ya suponía yo que lo que me iba a decir tenía que ver con mi presentimiento de su posible embarazo. ¡No era para menos que con esas ganas que nos entregamos el uno al otro...! Cuando llegamos a la villa ya era obscuro, lo primero que hizo Cristina fue prepararle la cena a la niña.

—Bueno, les dije a las dos— para el viernes treinta al mediodía tenemos fijada la fecha para la boda.

—Agustín querido, ¡cómo me gusta lo que estás diciendo!— Vicenta alborozada saltaba de alegría, y abrazó a su hermana que hizo translucir su sonrisa de forma estereotipada como si fuera de compromiso— ¡Me caso, hermanita! Te das cuenta, ¡me casoooo! ¿Quién me podía vaticinar este sueño? Exclamaba llena de dicha y con una amplia sonrisa que hacían pronunciar sus divinos hoyuelos en sus mejillas—me parece algo increíble pero es una realidad. Lo dijo con los ojos empañados por lágrimas de ternura y alegría. Acercose a mi abrazándome y me besó amorosamente y este beso, le dijo a su hermana, es la prueba que hay un hombre que superó todos mis sueños. Míralo, decía mientras me abrazaba, es de carne y hueso, me lo comería a besos. Y qué bueno es Cristina, solo piensa en nuestro matrimonio.

— ¡Epa, epa! no te derritas— le dijo Cristina casi de mal talante— creo que no es para tanto, a ver si con tu euforia me matas antes de casarte, agregó riéndose para borrar y suavizar el tono empleado anteriormente—Si Vicenta supiera que su hermana me conocía mejor que ella, y que ahora estaba sufriendo íntimamente sabiendo que era de carne y hueso pero que ya no disfrutaría. Pero también sabía que si Vicenta se enteraba de algo al respecto, a estas alturas de los acontecimientos armaba un desastre de padre y señor mío.

— ¿Te parece Agustín que exagero con mis palabras de cariño? No creo que voy a hacerte daño ¿no? Porque mi hermana lo interpretó de otro modo, casi me habló irritada.

—Sí, ya sé querida,   pero es una forma de hablar nada más. Para que veas que estoy de acuerdo con vos— la tomé de la cintura y atrayéndola sobre mi pecho le devolví el beso —este te lo debía, así que ahora quedamos a mano y en santa paz. Entonces interfirió Cristina y con sus celos latentes exclamó:

— ¡Pero chicos, chicos! No se entusiasmen tanto que me están avergonzando con sus escenas amorosas y, púdicamente bajó sus ojos, en los que ya parecía destilar odio.

—No te enojes hermanita— le dijo Vicenta ingenuamente, sin conocer aún el alma de su hermana, llena de celos que la fustigaban— vos sabés que mi alegría está desbordando todos mis actos, estoy tan contenta que ni sé lo que hago.

—Bueno, bueno ya pasó— dijo Cristina ya en tono condescendiente sin pensar para nada en el apremio del sexo porque cuando lo hacía era cuando se ponía de mal humor, y agregó—

mientras llevo la nena a la cama, ve preparando la cena.

Cuando Cristina se fue y antes de que volviera, aproveché para tocar el punto que había quedado en suspenso.

—Repíteme lo que me dijiste en el camino, me dejaste preocupado, te escucho con atención.

—Lo que iba a decir— dijo ruborizándose y evitando mis ojos— es que estoy embarazada de dos meses y ya no puedo ocultártelo más.

—Ya me imaginaba que ibas a decirme algo así. ¿Tenés miedo por eso? ¿No tenés confianza en mí? ¿Acaso no nos vamos a casar? ¡Tontita querida!

—Pero si estoy loca de alegría. Yo quería con el alma un hijo tuyo. Pero, tengo miedo ¿sabés? Eso sí que lo quiero, de lo demás no me importa, lo voy a defender de todos y contra todos, para eso me sobran fuerzas porque lo idolatro. ¡Tu hijo, mi hijo, nuestro hijo querido! El miedo que siento es un miedo animal, un miedo a la novedad que desconozco y presiento que me va a ir acorralando, eso es lo que me estremece y me aterra, creeme que no hay otra cosa—. Le tomé la cara con mis dos manos y suavemente sin palabras le besé sus hermosos ojos verdes llenos de temblor.

—No tengas miedo, querida, eso es un proceso normal que la naturaleza sabiamente ya previno, además, ¿a mí no me contás para nada? Estaré a tu lado en los momentos difíciles para alentarte y ayudarte con todas mis fuerzas, no solo porque te quiero, y sos mi mujer, sino porque vendrá al mundo un nuevo ser que es nuestro y que necesitará toda la ternura del mundo. Vendrá un hijo nuestro de los dos, ¿te das cuenta Vicenta? Por eso seremos uno solo para protegerlo y guiarlo por el camino que nos han negado a nosotros, para que no tenga que sufrir lo que les tocó a sus pobres padres, ¿me entendés mi querida Vicenta? Por eso debemos ser fuertes para aplastar el miedo que en realidad no nos hace falta para nada.

—Tenés razón querido, así deberá ser, cuando estás a mi lado y te siento hablar, me reconforta del tal modo que ni me acuerdo de tener miedo, sos mi hombre, mi vida me basta, sacaré fuerzas de la flaqueza para no defraudarte.

Nuestras bocas se juntaron, era un tácito y mutuo acuerdo de esperanza y fe en nuestras propias fuerzas, tal cual lo habíamos hecho hasta el presente, no le teníamos miedo al futuro, ahora nuestro objetivo era superior. Cuando volvió Cristina la comida estaba casi lista, y cenamos pronto. Esa noche a Cristina no le dio por salir, Vicenta y yo hubiéramos querido festejar íntimamente la fecha de nuestro casamiento como nos gustaría a nosotros, lo sentimos en la piel, en la sangre en el deseo de brindarnos el amor y nuestros sexos estaban predispuestos para una noche de placer, pero Cristina había decidido no salir... Cuando Vicenta pasaba a mi lado en su ir y venir limpiando la mesa y arreglándola, exhalaba un vaho, un afrodisíaco sexual que me resultaba en invitación para cometer algún desatino. Mis manos muy cerca de sus nalgas eran atraídas como un imán y debía contenerme para no posarlas sobre ellas; nuestros ojos se cruzaban con miradas de fuego, de pasión incontenida y sin embargo, Cristina permanecía allí sentada, como ignorando todo lo que nos sucedía, o porque quizás en su larga experiencia sobre el amor lo preveía y ahí yo veía la venganza de los celos de ella. Al final tuvimos que abandonar nuestros deseos y enfriarnos para entrar con Cristina en una conversación insulsa de la rutina diaria. Por esa noche la frustración fue nuestra compañía.

Cristina en su papel voluntario o involuntario de cancerbera apagaba en el río de su venganza el fuego que nos consumía. La sobremesa fue breve, cansados de la jornada las mujeres se fueron a descansar, un beso casto frente a Cristina fue nuestra despedida. A través del anémico tabique las espié. Seguí los vaivenes de sus movimientos hasta que sus cuerpos se alojaron bajo las sabanas, algunas palabras dichas en tono bajo y un efluvio de suave perfume como mixtura de la misma sangre que los cuerpos de las hermanas contenían, se filtraban hasta mí, haciéndome suspirar resignadamente en espera de una mejor oportunidad, luego el silencio abrumó mi cuarto lleno aún del destello que emanaba el ardiente y excitado cuerpo de Vicenta y que era más potente que el de su hermana. Aspiré con profundidad varias veces ese tan peculiar olor que el viento de la noche iba disminuyendo hasta que me sorprendió el sueño, pero siempre con la mente ocupada en admirar y degustar las soberbias y redondas opulencias envueltas en idílicas formas que Vicenta me ofrecía. En vísperas de nuestro matrimonio la imagen de mi amada se erguía soberbio y complaciente en mis noches solitarias, haciéndome obnubilar en mi complaciente obsesión. Cuando a la mañana siguiente me levanté para ir a trabajar el ardor que había copado mi sangre durante la noche se había evaporado en una deliciosa polución nocturna, de nuevo estaba lúcido y tranquilo, la negrura de la noche se iba esfumando entre la creciente claridad del día.

Ese día con los delegados de la fábrica solicité mi licencia por vacaciones, que agregadas a las que me correspondían por mi casamiento, completaba diez y siete días, que posteriormente pasaría a cobrar, días de placer que disfrutaríamos con Vicenta como nunca antes. Como suele suceder en estos casos en cualquier fábrica, se corrió la voz de la noticia de mi matrimonio, sirvió para solaz de los muchachos proclives a las chanzas, tuve que aguantar palabras y miradas y a veces hasta gestos procaces sin inmutarme ya que los muchachos tratando de quedar graciosos a mi costa, se despachaban sin ningún empacho. Pero ni me extrañaba ni me enojaba simplemente porque siempre existen estas galanterías por parte de la piara, algunas de las bromas me hicieron reír, otras en cambio las repudiaba por soeces y atrevidas, pero tenía que aguantar porque eran los compañeros que a fuerza debía compartir todos los días. Además estaba alertado y sabía bien que estas bromas y a veces otras peores y crueles era patrimonio de muchos porteños que lo tenían en sus costumbres como una norma de viveza y buen gusto. Y... yo vivía en sus feudos, así que tomé todo con estoicismo como eran las cosas y de dónde venían, adaptándome a las buenas o a las malas pero adaptándome. Esta era la última semana de soltero estaba al borde de un cambio de mi vida civil, un cambio que servía para trastocar el amor y enfriarlo tratando de cubrir las apariencias mundanas saturadas de prejuicios, que siempre atentaban contra la naturaleza, pero de ese lodo que casi siempre nos circunda, emanan muchas de las disposiciones que imponían autoritariamente la viscosidad de su hipócrita y sórdido puritanismo. Y yo bajo ningún concepto quería entrar en pugna con el rebaño, aunque en muchas cosas difería con él opté por marchar con él. A la manera de Anita en *El alma encantada*, de Rolland yo no quería estar en pugna permanente con mis contrarios, ¿para qué? No me interesaba. Eso era crearse úlceras prematuras e incurables, debía buscar la forma de convivir o de lo contrario pasar desapercibido. Sin esperar ayuda de nadie el ejemplo estaba en las villas miseria. Nunca podremos hablar de ayuda mientras existan esas villas, esa es una palabra que habría que suprimirla del diccionario. Más bien existen paliativos que no solucionan nada y que en cambio sirven para acumular odios y venganzas y hacen resaltar las enormes diferencias que en ningún momento Dios pensó en legarles a sus hijos. Al final, después de aguantar un montón de cosas me daba cuenta que mi conciencia se iba transformando en pequeño burguesa y me lo digo yo haciéndome mi propia crítica, pero ¿podía impedirlo? Qué pobre mentalidad tenemos muchos de nosotros, nos peleamos entre los que no tenemos nada, ahí está la habilidad precisamente de quienes lo tienen todo, preferimos sacarnos los ojos los unos a los otros entre los hambrientos y los miserables, eso es más fácil y más cómodo. Pero si somos ciegos, entonces ¡aguantemos las consecuencias...! Y que cada cual se abra su camino como pueda pero nunca a costillas de los demás. ¡Eso sí está bien claro!

El día viernes para mí había terminado, la sirena de la fábrica lo estaba anunciando con su ulular, el silencio en pocos instantes cubrió el área de trabajo de la fábrica. Fui saliendo con los demás obreros cansado pero contento, el recuerdo de Vicenta era el motor que me hacía superar cualquier dificultad y cuando sentía la mirada entre tierna, ingenua y lúbrica de ella, de esos ojos verdes posados sobre los míos, hacían que me templara en el trabajo y a la vez hacía que me aflojara y que mi corazón se atara mansamente al suyo vencido por el hechizo y el fulgor de su presencia que amaba intensamente. Irradiaba una ternura que me hacía más sensible, más bueno, qué se yo, me sentía otro hombre y no lo podía ni quería evitar. Siempre terminaba vencido olvidándome de todo haciéndome vivir en un suspiro permanente lleno de languidez y felicidad. Cuando llegué, sobre la mesa la comida ya estaba servida, Cristina, dándole de comer a la nena me esperaba para almorzar, acaricié la cabeza de la pequeña y me senté. Mientras lo hacía, me parecía que Cristina se insinuaba, ¡y estaba tan apetecible...! Pero deseché esa idea rotundamente. No quería conflictos familiares. Quizás fuera que la veía con los ojos cargados de anteriores deseos, frustrados y eso podría ser una mala jugada de mi imaginación. Bah, mejor olvidar todo esto, me dije. Pero,...y ¿si ella en realidad lo deseaba? Hummm Yo soñaba o estaba loco, me dije interiormente, pero mejor era olvidarse y comer sí. Era un juego demasiado peligroso, me parecía que iba a ser mejor para todos olvidarme de eso.

Pero luego de almorzar cuando estaba saboreando un cigarrillo, sentado sobre la cama y Cristina hacía dormir a la Tina su siesta cotidiana, tuve la certeza de que lo que me había parecido una jugada de mi imaginación resultó ser una concreta realidad. El recato que había tenido conmigo hasta el momento, lo dejó a un lado y más que una insinuación yo lo tomé como una invitación. ¿Lo haría ella inconscientemente? Lo dudaba, era muy ducha como para que se le deslizara ese error. Desde mi cama y sentada frente a mí, yo podía ver con solo levantar mi vista, todo el esplendor de su monte que ella me brindaba. Cristina me hizo rememorar toda una etapa sexual en mi vida, que yo creía superada, pero sus deseos y fuertes celos la dominaban de tal modo que todo eso iba a resultarme en un problema serio para eliminarlo de mi vida. Sus piernas soberbias como si fueran dos columnas de carne entreabiertas dejaban ver allá en el fondo sobre el triángulo divino, la seda rojiza de una bombacha de Nylon minúscula que apenas si medio cubría su espesa selva. Evidentemente era una provocación que ya no esperaba de ella. Pero, ¿qué se propondría Cristina con sus poses? Me quedé quieto tratando de adivinar los acontecimientos que se avecinaban a pasos agigantados, pero esa visión carnal hizo que el erotismo penetrase en mi subconsciente, Cristina lo sabía muy bien, me manipulaba fácil, por eso me martilleaba con esas poses lujuriosas.

La niña, ahora dormida entre sus brazos, fue conducida por ella con todo cuidado para no despertarla hasta su cuna, y la acostó, cuando regresó se sentó a mi lado. Esto que estaba pasando era algo que Cristina estuvo gestando premeditadamente y que ahora ante la inminencia de mi casamiento culminaba en este acto provocativo, creo si no me equivocaba en mis pensamientos, que a pesar de las promesas de Cristina de que lo nuestro era algo terminado iba a resultar un problema difícil de soslayar porque ella se consideraba como parte de mi vida y no me soltaría así nomás. Ingenuo yo que creí en su promesa. La miré sorprendido como esperando que me explicara el motivo que la impulsaba a provocarme, ella notó mi gesto duro e interrogante y se apresuró a decirme mimosa mientras cruzaba con coquetería su brazo sobre mi pecho:

—Mirá, no te enojés, Agustín. Yo sé que estoy rompiendo lo que habíamos pactado entre los dos, pero es algo que me impulsa hacia vos, es algo más fuerte que yo, porque presiento que te vas y no volverás más, y por eso quiero que esta sea una especie de despedida, luego ya no te veré más en este terreno.

— ¡Segura!— le repliqué casi gritando. Sobre eso no tengo ninguna duda, porque ya no es la impresión que me parecía sino que ahora tenía la certeza de que tendría que convivir con las dos o tendría problemas de fondo con Cristina, ella aceptaría todo con tal de gozar conmigo, pero yo no pensaba lo mismo ni transigiría tampoco.

—Por eso mismo, porque lo sé, siento en mi interior que una duda que me devora por dentro las entrañas, luego si no lo hago ahora será tarde y mi sexo no se merece que lo defraudemos y, que me perdone mi hermana, por última vez quiero que nos amemos nuevamente, yo seré para vos como la pulga para el perro, siempre me tendrás encima sobre tu sangre caliente compartiendo tu deseo y tu lecho.

—Pero Cristina, ¡tu hermana puede venir ahora! Además, que juego sucio me estás proponiendo ¿que me case con tu hermana y que sea tu amante?

—No querido, no tengas cuidado. Ella nunca sabrá nada sobre todo lo nuestro pero lo que sé es que no quiero perderte de ningún modo.

—Parece—le dije— que maquinaste todo en forma premeditada, ¿no? ¿o me equivoco?

—Así es. Esta despedida no solo la había urdido si no que la deseaba ardientemente, quiero tener un último recuerdo tuyo que me quede grabado en mi corazón para siempre, grabado a fuego como las horas de amor que no esperan esta tarde sobre esta cama ansiosa de recibirnos —y mientras hablaba sus manos habilidosas cumplían su función de sutil enervamiento, mi cuerpo ya no me pertenecía, la exaltación de Cristina habíase apoderado tan eficazmente de mí que ya vibrábamos al unísono, el preludio amoroso nos arrastraba hacia la vorágine que no tardaría en devorarnos en sus fauces plenas de erotismo. Cuando ella percibió que yo cedía sus besos se hicieron más hondos y ardientes buscando con frenesí el fin esperado con terrible ansiedad. Estrujamos nuestros cuerpos con avidez desusada, mis manos, aunque carecían de ojos sabían recorrer los flancos débiles de su cuerpo moreno exacerbando su sensibilidad, Cristina, por ser la última vez, pienso que por ahora nomás, se brindaba apasionadamente. Sus carnes eran una hoguera que respiraba lava como volcán en erupción, y su magma que arrojaba por boca y ojos y piel toda, me quemaba; se contraía espasmódicamente como una flor sensitiva al contacto de su presa, en este caso la presa era yo que iba a ser devorado en cuanto penetrara dentro de esa planta carnívora, sus hojas se cerrarían y me succionarían irremediablemente. En efecto, sus tentáculos empezaron a funcionar y a medida que la penetraba me sentía atrapado, absorbido en vida. Cristina era incansable con el objeto de su amor, no se daba el mínimo resuello hasta conseguir su propio placer, la conocía muy bien para saber que lo lograría, sentía el amor intensamente y me lo hacía vivir a mí de la misma manera. Cuando la penetración se hizo total, sentí como sus uñas rasgaron mi espalda, atrayéndome hacia su pecho que jadeaba con un ritmo endemoniado, en espera de llegar a la cumbre sublime del orgasmo. Este acoplamiento perfecto trajo aparejada una copiosa eyaculación acompañada de quejidos y suspiros que luego fueron cediendo poco a poco. El líquido ardiente hizo estragos en la excitada sensibilidad de Cristina que vibraba de pasión y de triunfo de haberme podido vaciar en ella todo el furor de mi virilidad. La llamé a la realidad sacándola del éxtasis en que se encontraba con los ojos cerrados y una leve sonrisa afloró a su rostro satisfecho.

—Vamos, vamos le urgí, son las tres y media y Vicenta puede llegar en cualquier momento, y no debe sospechar nada, siento como si la traicionara— le dije con voz entrecortada mientras palmeaba sus bronceados muslos suaves como un melocotón.

—Qué malo eres, Agustín, rompiste mi ensueño lleno de agradables imágenes pero te perdono, aún es temprano quedémonos un ratito más, vos sabés lo que espero de vos, ¿no?

—Bueno, lo hacemos por última vez y espero que no se repitan tus deseos conmigo, si tu hermana nos encuentra así se terminan todos los planes de nuestro casamiento—. Cristina ni me contestó, ¿para qué? Pero en sus labios jugaba una sonrisa apenas esbozada que me pareció mefistofélica, solo ella sabía lo que guardaba en el fondo de su alma por lo que empezaba comprender el epílogo iba a resultar imprevisto. No se hizo esperar mucho ya que sus manos hablaban por ella de nuevo empezó el ritornelo de sus caricias,   sabía dónde y cómo palpar mi cuerpo para excitarlo sin control, sus besos de despedida eran mordiscos frenéticos llenos de angustia que hacían estremecer mis fibras más íntimas; en pocos instantes ya me tenía listo para el siguiente envión. Sus senos que se balanceaban sobre mi cara apuntándome con sus pezones erectos como uvas húmedas y rojas invitando a ser devoradas, me invitaban a mayores locuras, mientras ella gemía sin control con los ojos en blanco como atravesando un estado de rapto y trance sublime. Su rostro lucía transfigurado en un contraído mohín de éxtasis supremo. Su entrecejo estaba contraído y marcado por líneas verticales de piel tensionada por el furor de la pasión. Viendo todo esto me decidí a zampársela hasta el fondo y terminar con aquello pues temía que Vicenta llegara en cualquier momento. Mis brazos se enlazaron sobre su cuerpo, mientras ella se arqueó como un receptáculo de carne obsceno que engulló mi alma de un solo empujón. Un placer feroz la devoraba, su humanidad toda convertida en vagina gigantesca me absorbió todo saciando así el ardor que la enajenaba hasta la locura. En el vaivén del juego amoroso sentía el estremecimiento de su vientre acompañándome en el ritmo sincronizado de los sexos, su amor hizo oclusión con un movimiento ondulante de sus nalgas en el paroxismo frenético de un abrazo intenso que me devoraba en las profundidades de su interioridad haciéndome desaparecer en su vientre. Había logrado el goce esperado y su quietud ahora me llamaba a sosiego. Era una hembra pacífica que acababa de saciar su hambre prehistórica de posesión vaciando la virilidad de su macho predilecto. Y era todo, ternura, amor, pasión sexo y voluptuosidad. Luego que terminamos nuestro ritual en pocos minutos arreglamos la cama, la ropa, nuestros cabellos...ya más tranquilos en la certidumbre de que Vicenta no iba a sospechar nada.

Mientras nos preparábamos para tomar unos mates, encendí un cigarrillo que fumamos a medias, el humo con sus volutas azules y caprichosas como los pensamientos futuros de ella, paulatinamente se iba elevando hacia el techo de la pieza. La voz de Cristina cariñosa y aterciopelada llegó hasta mi "gracias querido, nunca te había amado con tanta intensidad como hoy, quizás fue porque hacía mucho tiempo que te deseaba y no podía hacerlo, pero esta tarde me has hecho muy feliz».

—No tenés nada que agradecerme, vos sabés que si no hubiera aparecido tu hermana aún estaría a tu lado alojado en el fuego de tu amor, pero los dos queremos a Vicenta, y sacrificamos lo nuestro para hacerla feliz a ella y sacarla de aquí.

—Sí, ya sé que eso es lo mejor para todos, las circunstancias mandan y nosotros debemos obedecer, pero lo que me desespera es que te fueras de esta inmundicia así fríamente luego de lo que hubo entre nosotros. Era una idea que no podía soportarla, hasta que hoy me desahogué guardándome en mi corazón el recuerdo de esta tarde. No tendría que haber claudicado como lo hice, eso lo reconozco y lo sé, pero la carne es débil y mi sexo es un fuego en ebullición, esperaba esta oportunidad que me atenazaba el alma para brindarnos nuestro amor y ojalá sea por última vez. Te acechaba como la pantera lo hace con su presa, mi amor felino agazapado te atrapó y se me desgarra el corazón pensando que ella te va a disfrutar en exclusividad, a pesar de todo me siento muy feliz. Con otra hembra hubiera peleado pero con ella no. Le ofrendo mi presa en aras de su felicidad y también espero que mi amor por ti no me juegue una mala pasada donde no pueda controlarme y tenga que lamentarme. Yo ya estoy resignada con mi destino, somos casi amigos y aunque no descubro mi futuro vamos andando por el mundo tomados de la mano como dos viejos amigos.

Nos vimos una vez más pero era estéril volver a insistir, Vicenta era la etapa futura que alumbraba mi camino y no podía negarle la dicha de recorrerlo conmigo. Por lo menos en lo que a mi conciencia respecta llegaremos a recorrerlo en total unidad. Tampoco era del caso, como en la novela *Crimen y Castigo* de Dostoievski, pretender redimir a una prostituta, como Cristina y prostituir a una ingenua virgen como mi amada Vicenta, solo se trataba de tomar y compartir lo mejor de las dos hermanas.

Cristina también había borrado todo vestigio de esa hora frenética de amor que aún estaba degustando en mi fuero interno, pero sin demostrárselo, porque sería capaz de empezar de nuevo. Luego de examinarse ante el espejo comprobó y aprobó su auto inspección con un movimiento de cabeza y se sentó sobre la cama. Todo había vuelto a la normalidad, incluso hasta la pava para tomar mate, esperaba el regreso de Vicenta posada sobre la llama enana del pequeño calentador. La Tina se despertó y llamaba la madre, Cristina se levantó y se fue a su pieza, para atenderla mientras yo me entretenía preparando el mate. La voz de Vicenta hablando con su hermana me indicaba el retorno de su diaria labor, luego entraron las tres a mi cuartucho, Vicenta vino a besarme, y se preparó para cebar el mate, mientras nosotros volvíamos a sentarnos sobre la cama recientemente escenario mudo y leal de nuestras pecaminosas relaciones. Pero todo eso había pasado Ahora frente a mí irradiaba la luz que emanaba de Vicenta y su hermana pasaba a un segundo plano, sería un agradable recuerdo que a toda costa debía tratar de mantener dentro de esa tónica para evitar problemas a futuro. Como siempre en todos sus movimientos sensuales, el paso de Vicenta daba elasticidad a sus formas juveniles y soberbias, sus caderas parecían ensancharse como efecto del embarazo, haciendo resaltar el nacimiento de sus nalgas fuertes y tonificadas, que sostenidas por dos hermosas, contorneadas y fuertes piernas me llenaban de ardor y felicidad al saber que era mi mujer. Todos los movimientos de hembra fresca y casi virginal ahora exaltados por el advenimiento de su secreto embarazo que agigantaban el tamaño de sus senos, me hacían gemir de ansiedad y emoción de poseerla cuanto antes como minutos antes había poseído a su hermana. Nuestro cuerpos emanaban ciertos efluvios magnéticos, que no podíamos evitar pues giraban volátiles en el mismo circuito y frecuencia de onda, pero que frente a Cristina tratábamos de disimular, si pasaba ella a mi lado era inevitable al roce de su cuerpo o su mano sobre el mío, aunque fuera fugaz estábamos magnetizados por alguna energía más fuerte que nosotros, que nos impulsaba a buscarnos con desesperación, y que leíamos en nuestros ojos ávidos. Era la atracción plena que no podíamos evitar, agravado aún más por el deseo frustrado de la vez anterior, que aunado a la certidumbre de nuestro matrimonio, nos tenía en ascuas. La noche llegó y Cristina con apatía prendió la lámpara. La notaba como incómoda, como si se sintiera marginada. Seguro para ella era un gran sufrimiento vernos a los dos juntos y en su interior libraba una lucha terrible entre su amor por mí y el futuro de su amada hermana. Pero que tonta. Todavía era impotente para controlar ciertos resabios, frustración que no podía revelar frente a su hermana, que ignoraba la existencia de ese pasado, y que cualquier gesto podía hacer entrar en sospechas de esa intimidad que yo entendía había muerto y no teníamos por qué desenterrarla. Pero como Vicenta era ajena a esa relación, no le dio importancia a ese gesto de displicencia de su hermana mayor. La nena que ya se había cansado de jugar, rompió el pequeño impasse creado con nuestro breve silencio, cuando con sus gritos empezó a decir que tenía hambre, todos nos movilizamos para que no llorara más, estábamos tan poco acostumbrados a su llanto que cuando lo hacía resultaba todo un acontecimiento, además en ese momento nos servía para distender el ambiente tenso creado por Cristina. Al final éramos como una familia sin mezquindades, compacta y perfecta, solo manchada por los celos de ella. De esta forma volvió a imperar la ternura que nos prodigábamos pero debíamos tener el tacto de mezclarla o confundirla con otros sentimientos que subyacían subterráneos entre nosotros. Las dos mujeres preparaban la cena. Después de comer opíparamente esperaba que Cristina se fuera a sus labores de planchado pero al parecer ella iba a desistir de ese trabajo para mantenerse cono chaperona y no dejarnos en intimidad hasta después de nuestro casamiento. Nos miramos con Vicenta e hicimos un imperceptible gesto de resignación, encogiéndonos de hombros. En los lánguidos ojos de Vicenta podía leer «paciencia querido, ya tendremos tiempo cuando las noches sean totalmente nuestras». Le sonreí con cierto desgano pero Cristina estaba decidida a evitarnos el pecado sexual a toda costa, si supiera que mi Vicenta hacia dos meses que estaba nutriendo nuestro más íntimo y querido pecado, seguramente gritaría de rabia y despecho, pero Vicenta era mi muer de hecho y derecho, se justificaba lo que había incubado en ella, que era el fruto de nuestra pasión amorosa, pero Cristina no debía, no podía pretender lo mismo, lo nuestro había sido una atracción sexual sin ningún contenido o promesa de pasar de ahí. Esa noche para los dos también había resultado infecunda, pues Cristina se eternizaba en su silla, y yo viendo su capricho de no dejarnos a solas, opté por alegar que estaba cansado y que lo mejor era ir a dormir. Cristina se dio perfecta cuenta de mi humor. Se fueron silenciosas apenas si nos saludamos con leves movimientos de cabeza. Vicenta me sonrió y calló lo que pensaba, así fue como pasé otra noche más de las pocas que me faltaban para convertirme en el dueño de Vicenta. Me dormí embalado en una ensoñación marcadamente sexual en donde no sabía con quién estaba haciendo el amor si con la felina Cristina o con mi devota amada Vicenta.

El día siguiente era sábado y debía concurrir al trabajo para hacerme unas horas extras. Cuando llegué de regreso a la villa, todo estaba preparado como para zarpar, la comida hecha esperándonos y las mujeres listas también, salían en ese instante para la villa donde vivía su madre, pernoctarían allá y al día siguiente temprano partirían en caravana hacia el penal de Olmos. Allí visitarían al marido de Cristina y luego de vuelta dejarían a la vieja en su villa y regresarían entonces a su vivienda. Me restaba a mí quedarme a cuidar las dos piezas y todo nuestro magro patrimonio, resignado y mordiéndome los labios por esa indeseada y forzada castidad de no poder poseer esa noche a ninguna de las dos. Al parecer me estaba convirtiendo, sin querer, en un fauno insaciable alimentado por mi saludable y enérgica juventud. Vicenta se despidió con las manos y mi semblante se entristeció. A todo esto ya entraba en mi última semana de celibato con Vicenta, y eso me consoló en algo mi soledad. «Es zonzo el cristiano cuando el amor lo domina». Mucha razón tenía Martín Fierro, y yo estaba en el papel de zonzo evidentemente. Como tenía tiempo de sobra, limpié y arreglé todos los bártulos de mi desvencijada pieza, listos para una inminente mudanza. Terminada eta operación, encendí un cigarrillo y salí a tomar aire... La tarde iba cayendo con un tinte de tristeza quizás era el reflejo de mi estado de ánimo, que me hacían ver las cosas así, y veía más desolado y miserable el ambiente que me rodeaba, y pensaba que cómo era posible lograr tanta felicidad entre dos seres en medio de tamaña inmundicia. Pero me respondí que era el milagro del amor que estaba por encima de toda carencia de bienes materiales. Y pensaba con toda seguridad, sin temor a equivocarme, que la noche iba a estar más animada cuando empezaran a caer los galanes y bailarines prestos a fabricar las francachelas de los fines de semana. El vino barato con exuberancia de colorante ahogaba las penas y hacia renacer viejas rencillas que vivían latentes a flor de piel y que luego se dirimían a palos, botellazos o cuchilladas que por lo general eran las armas preferidas. ¡Bah! siempre al final resultaba lo mismo, la misma cantinela de hace tantos años. Pero lamentablemente para ellos esa era su vida, su objetivo era rápido y accesible barato casi para cualquier bolsillo lo que lo convertía en un vicio firme y permanente, y que los vendedores infiltrados dentro de las villas explotaban a su arbitrio sin importarles luego las consecuencias que ocasionaban.

Luego de cenar algo ligero para mi estómago, me acosté y al rato ya estaba durmiendo tranquilamente. El domingo fue un día triste, desde muy temprano una llovizna persistente convirtió la villa en un barrial resbaloso y maloliente haciendo resaltar con más nitidez sus miserias y sus lacras como pústulas expuestas al ojo experimentado del cirujano. Promediando la mañana salí a efectuar algunas compras lo que me arrojó a los brazos de la lluvia y el barro, cuando regresé tuve que cambiarme de ropa. En esos momentos de tristeza para mí el único consuelo eran los ojos verdes de Vicenta que me acariciaban el alma con su ternura y me hacían olvidar de todo lo feo que veía a mi alrededor como si no existiera más que ella. Y fantaseando con la intimidad de las dos hermanas, me llegaba nítida la certeza que la diferencia entre las dos potentes hembras era simplemente el amor. Lo de Cristina era pasión mientras que lo de Vicenta era pasión más amor. ¡Qué diferencia tan abismal!

Comí algo con desgano, me encontraba melancólico como la misma tarde que se iba hundiendo silenciosamente. Recién a las cinco de la tarde el viento que se había levantado empezó a subir al cielo y al rato ya la lluvia había cesado, entre las nubes que se iban disipando se podían contemplar el nacimiento de algunas estrellas. Mire hacia afuera pero la villa era algo fantasmal en medio de los vahos neblinosos era una boca de lobo tenebrosa y horripilante. Encendí la lámpara mientras con impaciencia esperaba el regreso de las mujeres, su tardanza me hacían suponer que tal vez se habían quedado en casa de sus madre, pero no fue así. Como a la hora regresaron todas. La Tina venía envuelta en el saco de Vicenta, y entre los brazos de Cristina dormía apaciblemente. Llegaron con frío pero no mojadas como yo esperaba, allá de donde venían no había llovido en cambio se quedaron extrañadas del lodazal y haciéndose cruces como si no fueran habitantes de la villa. Mientras Cristina acostaba a la nena, tomé a

Vicenta por la cintura y le di un beso ardiente que ella retribuyó con gusto como para resarcirme del hastío y de mi feroz abstinencia, sin embargo por sus reacciones me di cuenta que a pesar del frío su sangre hervía como caldera. En el segundo beso su cuerpo vibraba como un junco ribereño, sus fosas nasales se dilataban al olor de nuestro cuerpos acalorados. Mis besos la hacían desmayar entre mis brazos como una flor estival y su mirada me imploraba que saciara su apetito de hembra joven implorando ser tomada. Qué mujer maravillosa, sensual y sensitiva se iba tornado mi Vicenta, su despertar sexual la hacían parecer más exquisita, y apetitosa. Entre suspiros tratábamos de recuperar el tiempo perdido pero era en vano, ya Cristina venía hacia nosotros. Disimulamos nuestra excitación hablando cosas del penal cosa que involucró a Cristina y su pena por las vicisitudes que estaba atravesando su marido, pero dentro de esa amargura por su hombre preso, estaba contenta porque de allí iba a salir un hombre de trabajo, tan es así que le dio un montón de pesos que los había ganado trabajando en las dependencias carcelarias que servirían a petición de su marido para comprarle ropa a la Tina y algo para ella. Y Cristina pensando en voz alta se decía que «no hay mal que por bien no venga», si hubiera estado libre seguiría siendo un borracho y un pusilánime, solo trabajando cuando se le antojaba. Al parecer la experiencia carcelaria lo estaba haciendo cambiar. Ella creía en la real regeneración de su marido.

15

Pero la novedad de esta conversación para mí era que desde el miércoles íbamos a contar con la presencia de la vieja que venía a quedarse por unos días hasta después de nuestro casamiento, al fin y al cabo era una cosa lógica, pensé, ya que la que se casaba era una hija suya, la benjamina de la familia y la mimada de todos.

Luego entre las dos prepararon una cena ligera aunque algo ya habían comido en la casa de su madre, no obstante eso comimos todos con renovado apetito y luego nos fuimos todos a dormir. Tuvimos con Vicenta un instante a solas que sirvieron para renovar antes de acostarnos nuestros votos de amor total y besos que iban y venían consolidaban esa promesa. El día lunes entró con velocidad de crucero. Me levante vertiginosamente primero motivado por el cercano acontecimiento que engalanaría mi pobre vida y segundo por el ansia vital que emanaba de la juventud de mis veinte años. Reinicié mi rutina en la última semana de soltero que aún me restaba, vislumbrando desde ya la dicha que me esperaba junto a Vicenta, trabajaría hasta el día jueves, ese día cobraría mi quincena y mis vacaciones, estaba contento como un chico cuando le regalan un traje nuevo, o un lindo juguete. Todo lo veía color de rosa, y tenía la pretensión de querer creer que la vida era hermosa. Mis íntimos pensamientos volaron hacia Vicenta y nuestro hijo futuro, todos mis afanes serían para ellos dos, tendría que sacrificarme y lo haría con gusto, quería un hijo con otro destino y si fuera posible diferente al mío, que no fuera carne barata para nutrir villa miseria ni que fuera el manto donde golpearan los males de la injusticia y la prepotencia. Que tuviera el derecho de andar con la frente en alto, en su propia tierra, sin las desventuras de un perro vejado y avasallado, tenía la esperanza que iba a nacer bajo un signo diferente al mío y de mi parte pondría todo el esfuerzo para que no fuera un extraño en su propia tierra. Estas inquietudes que generaba mi cerebro y que en el fondo eran una incógnita, hicieron volar la mañana. Luego del regreso, almorcé Cristina quien me ayudó a preparar dos valijas, era todo lo que tenía que llevar a mi nuevo destino, la «mudanza» me ocupó toda la tarde.

Llegó Vicenta y se puso a preparar un mate que en sus dulces manos me supo a gloria, calientito y espumoso, y entre el calor de los mates y el fuego de sus ojos verdes mi espíritu cansado renació en todo su esplendor pleno de optimismo. No hacía falta nada más, todo mi cuerpo había entrado en clima y hasta me sentía turbado al extremo que debía disimular el encono de mi miembro que pugnaba por romper su encierro, era impropio que me sintiera así, pero la realidad evidente era esa, ante la inminencia de saber que Vicenta iba a pertenecerme toda la vida mi sangre aceleraba sus latidos y estos pensamientos me hacían estremecer deliciosamente. Vicenta me estaba contando que en el trabajo le habían confirmado sus vacaciones que las compañeras le estaban preparando una despedida de soltera. Su alegría era ilimitada. Ansiábamos estar solos y devorarnos literalmente para demostrarnos nuestro amor pero la presencia de Cristina nos lo impedía, y con la visión de Vicenta desnuda y complaciente grabada en mi retina me fui a dormir plácido y feliz. El día siguiente también estuvo marcado por ese deseo frustrado de intimar con Vicenta y siempre por la maligna interferencia de

Cristina que no nos dejaba ni unos minutos solos. Las lívidas ojeras que circundaban nuestros ojos eran el producto de nuestras angustiosas vigilias exentas de ese íntimo pecado que fustigaba nuestra psiquis despiadadamente haciéndonos pagar el error de haberlo cometido prematuramente. Ya el miércoles era la antevíspera del gran acontecimiento de mi vida, mentalmente mientras trabajaba repasaba todos los detalles para que nada se quedara por fuera, todo estaba en orden, un orden pobre pero modesto que llevaba mi sencillo objetivo a entera satisfacción. De mi sacrificada economía y sufrido físico no podía exigir más, había ofrecido en holocausto el máximo de mis fuerzas para su consolidación.

Al llegar a la villa me encontré con la futura suegra que estaba alimentando a la pequeña Tina. Me hizo recordar a mi madre, exigente para hacer rendir la yerba y preparar el mate como un excelente digestivo; recuerdo que hizo acunar entre mis húmedas pestañas disimulando algunas lágrimas rebeldes que al invocar a mi madre pugnaban por dejarme en evidencia ante la vieja ocupada en cebar esos mates amarguitos y espumosos. Antes de la hora de costumbre entró Vicenta de vuelta del trabajo, esa tarde sus amigas iban a pasar un rato juntas para tomar unas copas a manera de despedida, como estaba apurada se cambió enseguida y apenas tomo dos o tres mates ya salía de vuelta. Le advertí que dentro de un rato iba a ir a la pieza nueva para llevar algunas cositas que había comprado, ya que ahora con la presencia de la vieja apenas si tendríamos tiempo de mirarnos o darnos algún beso furtivo. Vicenta rápidamente me contestó que en cuanto saliera de la despedida pasaría a buscarme, ella también quería estar a solas un rato conmigo. Cristina que oía este dialogo aparentemente soso y sin importancia nos miró como si tuviera en el pecho clavada una espina que a cada palabra nuestra se le iba profundizando y luego que salió Vicenta me dijo:

—Mira qué casualidad, Agustín yo también pienso ir, porque encargué unas cortinas que ahora voy a retirar para colocarlas. Este anuncio fue el vaso de agua fría que no esperaba que Cristina a estas alturas me arrojara en la cara para llamarme a la realidad haciéndome ver que ella estaba ahí viva y con ciertos derechos que por ninguna razón iba a perderlos. Sin contestarle con un mohín de rabia y la cara descompuesta, salí de la choza y me dirigí hacia mi nuevo domicilio llevando bajo mi brazo un pequeño envoltorio con diversos objetos. Mientras caminaba sentí en mi pecho que algo se desgajaba lacerándome, eran las palabras de Cristina anticipándome que algo iba a ocurrir, un ramalazo de ira se cruzó por mi mente ante el temor de ver mis esperanzas derrumbadas. Que algo iba a pasar, estaba seguro ¿cuándo y cómo? eso lo ignoraba. Pero atando cabos sobre muchas palabras dichas por Cristina tenía la certidumbre que nuevos hechos se avecinaban para complicarme mi pobre existencia. Estaba ocupado en arreglar algunos objetos dentro de la cocina y tan ensimismado que no sentí los pasos que se acercaban me percate de ello cuando dos manos suaves taparon mis ojos. Debería decir quién era Vacilé un tanto y luego con entusiasmo exclamé: ¡Vicenta!

— ¡No ingrato!, soy yo Cristina, y tomándome la cara me besó repetidas veces en la boca y dejándome anonadado y con un rictus de una sonrisa estereotipada en los labios. Me sentí acorralado, estupefacto tuve la impresión que era el principio del fin, su presencia desmoronaba en un instante todo lo que me había costado tanto sacrificio y privaciones, desde ese momento vi todo negro y temí lo peor de la saña y la risa fría con que Cristina me estaba agasajando. Ella ya se había puesto cómoda como la verdadera dueña de la casa en la presente situación, dejando el paquete sobre la mesa y su bolsón, volvió a besarme ardientemente y abrazándome por la cintura me invitó a examinar el dormitorio. La fuerza cósmica y primitiva de   hembra sensual y poderosa de Cristina   se imponía de nuevo sobre mi carne débil   y ávida de placer; me sentía impotente ante el embrujo de su energía sexual , pero ponía toda mi voluntad para contrarrestarlo y evitar el peligro que se cernía sobre la consolidación de mi felicidad con Vicenta.

Entramos a la pieza sin hacer ninguna escena para desvirtuar alguna suspicacia de parte de los dueños de la casa, que podrían aparecer por allí en cualquier momento. Sin más ni más se sentó en la nueva cama arrastrándome a pesar de las tentativas inútiles que yo hacía para zafarme, quedé tendido sobre el lecho que olía a nuevo con Cristina casi encima, que me besaba desesperadamente hundiéndome su lengua hasta el fondo mi garganta y mientras con sus manos desesperadas buscaba mi masculinidad para brindarle sus caricias apasionadas. Ante mi resistencia pasiva pero firme las cosas comenzaron a complicarse. Cristina me lanzaba miradas llameantes y con voz quemante me pedía: « ¡Quereme mi negro! Me muero por vos, ¿por qué has cambiado así conmigo mi amor»?

— ¡Pero estás loca Cristina! No dijimos el otro día que era la última vez, que esa era la despedida definitiva. Que pretendes de mí ¿no piensas en el compromiso con tu hermana?

—Por favor Agustín, no me hables así. Me estas matando ingrato, desagradecido—Tratando de calmarle le antepuse a Vicenta— Piensa en tu hermana no seas obcecada e injusta—. Pero eran inútiles mis argumentos ante su febril obsesión porque ella clamaba:

— ¡Dame! ¡dame! mientras sus manos alocadas ceñían mi miembro inhiesto como una brasa fulgurante. Mi resistencia en vez de tranquilizarla sirvió para encenderla aún más, entonces apelé a lo que considere el recurso supremo.

—Por Vicenta a la que quieres de veras, en su nombre te pido que no comprometas nuestro futuro, si es que sentís algo por ella no insistás más Cristina, no estoy dispuesto a transigir, lo nuestro ha terminado. ¡Dejame, dejame levantar querés!

—Si no sos para mí también, muerto te sacaran de aquí y tomando mis piernas entre las suyas mientras me inmovilizaba en un santiamén se desvistió manteniéndose siempre encima de mí, ante la frialdad que demostraba y un tanto impresionado por la actitud homicida de ella, opté por negarme a sus requerimientos tratando de evitar la reacción, la que habría de servido para estimularla en su accionar. En vista de eso Cristina apeló a todas sus artes y mañas de meretriz, que eran muchas por cierto, pero ante su fracaso gritó exasperada y frenética:

—Quereme Agustín. No me desprecies o no sé lo que será de mí.

—Por Vicenta te lo pido, le imploré. Es tu hermana, pensá un poco, dejame tranquilo— pero ella no pensaba, estaba cegada en su maldita obsesión y en sus celos irracionales que la consumían.

—Dame tus caricias Te haré lo que quieras, te daré lo que me pidas—balbuceaba mientras de las comisuras de sus labios escurría como un líquido baboso—, pero amame, amor. Me quedé mudo sin contestarle, y ella dominada por la rabia del deseo contrariado y por mi indiferencia llegó a decirme:

—Agustín, vos sabés cómo pienso yo, me ofrezco a trabajar para vos, sí, únicamente para vos, seré tu puta, tu esclava y tu cautiva, pero dame tu amor dame…, gemía enfervorizada y fuera de sí.

Ante las palabras de Cristina, abyectas y sin duda surgidas en un momento de amor frustrado, exclamé:

—¡Ah puta!—, y reaccionando traté de levantarme y salir de mi incómoda posición, pero en vano, Cristina sin darme tiempo para nada y teniéndome los brazos trabados empezó de nuevo a besarme con tanta fuerza e irracionalidad que mis labios empezaron a sangrar y asqueados de la ceguera de Cristina rechazaban furiosamente sus insólitas caricias. Y mientras trataba de dominarme en todas mis intimas fibras, ante esa fiera enardecida y malherida por mi indiferencia que no claudicaba, su cuerpo ardiente y sudoroso insistía con alocado ímpetu en lograr que mi cuerpo reaccionara. En eso estábamos, ajenos a todo lo que nos rodeaba, cada cual empeñados en lograr los objetivos evidentes, ella tratando de hacerme sucumbir a su locura y yo buscando la forma de zafarme de sus brazos, que me apretaban como tentáculos, y tratando de disimular los temores que ya empezaba a sentir, cuando de pronto se oyó más que una voz, un grito histérico y estridente, lanzado como una puñalada que taladró todo el ámbito de la pieza.

— ¡Traidora! ¡Perra! ¡Peerrraaaaa!

Era Vicenta que en su afán de acostarse conmigo había adelantado el final de la despedida en más de una hora, con el resultado aciago para mí de encontrar su lecho de futura desposada ocupado por quien menos se podía imaginar. Todos los acontecimientos se sucedieron en tal forma que terminaron por volcarse en mi contra y aplastarme literalmente hablando. Estaba en un berenjenal del que no sabía ni tenía idea como salir, por lo menos decorosamente. Podía decir cómo había entrado y que, entre paréntesis, sus resultados fueron fáciles, pero ahora ¿qué pasaría ante esta nueva variante inesperada?

Cristina se desinfló como un globo ante la inesperada presencia de su iracunda hermana y rápidamente pálida, con la cara descompuesta y temblando se soltó como si yo fuera una brasa donde ella se estaba quemando y a la que había sucumbido. Al parecer pretendía hacer creer que ella era la víctima y yo el victimario. Al quedar libre del abrazo de Cristina salté de la cama y me dirigí hacia la puerta para alcanzar a Vicenta, que llorando ya se iba por el patio para salir a la calle. Pero la cuestión se volvió a complicar aún más con la presencia de la vieja que venía caminando lentamente, trayendo de la mano a la pequeña Tina. La madre seguramente viendo que nadie aparecía por la villa y como le parecía tarde se vino a nuestro encuentro, y he aquí que nos encontramos todos de nuevo reunidos, pero esta vez signados por los celos estúpidos y absurdos de Cristina, que pudieron más que todas las razones y las conveniencias, echándolo así todo a perder irremediablemente.

Corrí tras ella angustiosamente y le pedí, le supliqué que me escuchara, que volviese que yo le explicaría todo, pero las palabras estaban demás, ante los hechos que me condenaban despiadadamente. Por toda respuesta Vicenta sin casi darse vuelta, limpiándose con un pañuelito las lágrimas, que de sus ojos verdes (perdidos para mí irremediablemente y para siempre) fluían copiosas por sus pálidas mejillas, exclamó:

— ¡Falluto, hipócrita! ¡No te quiero ver más en mi vida! ¡Me iré de aquí y jamás me encontrarás! Todo se ha terminado entre nosotros.

Mientras trataba de disuadirla en su actitud intransigente, pero lógica, ella entrecortadamente le contaba a su madre, todo lo que había visto con sus propios ojos. La vieja haciéndose cruces de mi herejía, se hizo, como era de esperar solidaria, con la posición de su hija y esperando la salida de Cristina se fueron despaciosamente así como habían venido, no sin antes llenarme de improperios como culpable y único causante de todo lo que había ocurrido.

Y sabe mi conciencia afligida que yo no busqué nada de eso, que era inocente y que a Vicenta la amaba perdidamente pero ¿quién me lo iba a creer ante esa enorme evidencia que jamás se borraría de sus ojos? La única que podría aclarar esa situación era Cristina, pero maldita la gracia que le hacía poner todo en claro, sería en vano suplicarle, ya me lo había dicho, ya que no era de ella tampoco sería de su hermana. Fue una jugada premeditada y riesgosa, pero ella al fin había vencido consiguiendo que se rompieran todos los vínculos con Vicenta, no había nada más que hacer.

Recostado en el hueco de la puerta, estuve un rato después que ellas salieron, la rabia me hizo entrar en la pieza y luego de dar unas vueltas, abrumado por todos mis pensamientos, por las circunstancias y viendo así de golpe todas mis esperanzas frustradas, salí de la habitación protestando contra mi destino que tan mala pasada me había jugado, justo cuando estaba *ad portas* de una nueva vida. Cerré la puerta lentamente y la habitación volvió a tornarse silenciosa, salí cabizbajo y triste a la calle murmurando en voz baja:

Delincuentes, borrachos, prostitutas, la hez de la sociedad. ¿Qué podía esperar de todo eso? Si eso era lo que había vivido y eso era lo que siempre me había rodeado. Resignadamente me pregunté: ¿Cuál será mi destino? Pobre «cabecita negra» ¿volvería a integrar una villa miseria sin redención posible? Pensé fríamente que no, ya para mí todo había quedado atrás, como un mal recuerdo me había lanzado y ya mi vida sería otra, aunque en mi pieza quedaban para siempre todos mis sueños inconclusos, mi porvenir se había disipado con el comienzo de una nueva etapa que ya tenía principios de alborada.

Cerré los ojos evocando el recuerdo querido de Vicenta que ya había muerto para mí y silbando quedamente me alejé caminado en busca del porvenir que me esperaba.

Acerca del autor

José Antonio Gioffré nació en el pueblo de Seminara, en Reggio, Calabria, Italia el cuatro de marzo de 1920. Prácticamente no tuvo recuerdos de ese lugar ya que con dieciocho meses de vida se embarcó para la Argentina con sus padres, en una larga travesía como eran los viajes en barco en esa época, cruzando todo el Atlántico. Al llegar a Buenos Aires se instalaron en la zona de Pompeya, de ahí se mudaron al barrio de Boedo, donde creció.

Fue a la escuela primaria y hasta ofició de monaguillo en la iglesia de la parroquia, algo de no creer por su temperamento rebelde que lo caracterizaba. Luego de terminar la primaria, debía salir a trabajar. Su papá era un veterano de la Primera Guerra Mundial y se ganaba la vida como zapatero. Su mamá era ama de casa, ahora con dos hijos varones más y una niña que estaba por venir. Ese cuadro familiar no le impidió llevar adelante una de sus máximas pasiones: la lectura. Todo lo que caía en sus manos era leído. Se hizo autodidacta y muy pronto empezó a escribir. Tuvo diferentes trabajos y su pasión se mantuvo intacta hasta que llegó esta novela. Le llevó dos años escribirla, de 1963 a 1965 y muchos años más tratar de publicarla. Pasó el tiempo y nunca pudo concretarlo hasta que su hijo Horacio, cumplió el viejo sueño de hacerlo, no solo de él sino también de toda su familia.